AF196727

|grafit|

Dieses Buch ist ein Roman. Handlungen und Personen sind frei erfunden.
Ähnlichkeiten mit lebenden oder toten Personen sind nicht gewollt
und rein zufällig.

Bibliografische Information der Deutschen Nationalbibliothek
Die Deutsche Nationalbibliothek verzeichnet diese Publikation
in der Deutschen Nationalbibliografie; detaillierte bibliografische Daten
sind im Internet über http://dnb.d-nb.de abrufbar.

© 2022 by GRAFIT in der Emons Verlag GmbH
Cäcilienstraße 48, D-50667 Köln
Internet: http://www.grafit.de
E-Mail: info@grafit.de
Alle Rechte vorbehalten
Umschlaggestaltung: Nele Schütz Design unter Verwendung von
Shutterstock/Tridsanu Thopet (Baum);
AdobeStock/Sina Ettmer (Weinheim)
Gestaltung Innenteil: DÜDE Satz und Grafik, Odenthal
Lektorat: Dr. Marion Heister
Druck und Bindearbeiten: CPI – Clausen & Bosse, Leck
ISBN 978-3-89425-783-5
1. Auflage 2022

Silke Ziegler

Zerbrochene Träume

Ein Fall für Sina Engel

Kriminalroman

Silke Ziegler, Jahrgang 1975, lebt mit ihrem Mann und zwei Kindern in Weinheim an der Bergstraße. Die gelernte Finanzassistentin arbeitet nach Anstellungen in diversen Kreditinstituten seit zwei Jahren an der Universität Heidelberg. Zum Schreiben kam sie 2013 durch Zufall, als ihr während eines Familienurlaubs im Süden Frankreichs die Idee für ihr erstes Buch kam. Wenn sie nicht gerade in ihre französische Herzensheimat reist oder an einem ihrer Romanprojekte schreibt, geht sie gern wandern oder liest.

Für meine Kinder

Prolog

Weinheim

Katinka schwebte auf einer Wolke. Ihr Körper fühlte sich federleicht an. Ihre Gedanken schwirrten orientierungslos ohne Ziel, ohne Kompass in ihrem Kopf herum. Emsig wie Tausende Ameisen, die den Weg zu ihrem Bau nicht mehr fanden. Was geschah mit ihr? Hörte sie da etwa Stimmen? Katinka wollte die Lider heben, doch obwohl die Schwerelosigkeit, in der sie sich augenscheinlich befand, anhielt, vermochte sie nicht, die Muskeln in ihrem Gesicht anzuspannen. Und was war mit ihren Händen los? Würde sie es schaffen, ihre Finger zu heben und an die Augen zu führen? Wer redete da? Wo war sie? Sie versuchte fieberhaft, ihre Kräfte zu bündeln. Doch je mehr sie sich anstrengte, ihre Wahrnehmung zu schärfen, desto ungehorsamer verhielten sich ihre Gehirnströme. Lief ihr Schweiß über die Stirn? Was geschah da auf ihrer Gesichtshaut? Verspürte sie eine Berührung? Oder einen Windhauch? Konzentrier dich, Katinka!

Der Nebel, der um ihre Gedanken zu wabern begann, verdichtete sich. Lange würde sie diesen Zustand nicht ertragen können. Was war denn nur passiert? Sie musste sich jetzt unbedingt anstrengen. Sie musste in jeden noch so kleinen Winkel ihres Körpers hineinhören, ob sich dort nicht doch eine winzige Kraftreserve versteckte, die sie mobilisieren konnte. Und obwohl sich der Zustand, der sie umgab, fast wohlig anfühlte, geschützt und weich, sträubte sich Katinkas Unterbewusstsein mit aller Macht gegen den Drang, loszulassen. Irgendetwas in ihrem sich im Stand-by-Modus befindlichen

Gehirn löste einen nicht ignorierbaren Alarm aus. Wenn sie doch nur diesen Dunstschleier von ihren Gedanken nehmen könnte! Katinka spürte, dass sie sich in einer Situation befand, die ihr sehr gefährlich werden konnte.

Steh auf und lauf weg!, befahl ihr eine kaum wahrnehmbare Stimme aus ihrem tiefsten Inneren in diesem Moment. Katinka lachte stumm, bevor sie sofort zu frösteln begann. Wieso bewegte sich ihr Körper plötzlich? Die Gefahr, die sie umgab, wurde greifbarer, fühlbarer, konkreter. Wehr dich! Schrei! Öffne endlich die Augen! Steh auf!

Ja, ja!, wollte Katinka aus voller Brust rufen, doch auch die Lippenmuskulatur schien außer Gefecht gesetzt zu sein. Welche Verbindung funktionierte hier nicht mehr?

Keuchte da jemand? Die Härchen auf Katinkas Armen stellten sich auf. Nicht alle Körperreflexe waren also ausgeschaltet. War das ein gutes Zeichen?

Wieder Stimmen. Was redeten sie? Katinka versuchte, ihr Gehör zu schärfen. Doch das Geräuschwirrwarr überforderte ihre vernebelten Sinne. Aus welcher Richtung vernahm sie die Töne? Von rechts, links? Von oben? Ja, da war jemand über ihr. Wie konnte das sein? Aus dem Himmel?

Katinka, reiß dich zusammen! Du bist nicht gläubig. Da sitzt niemand in den Wolken und sieht auf dich hinab! Es musste eine andere Erklärung geben. Wenn sie doch nur ihre Augen öffnen könnte!

Da! Jetzt hörte sie es wieder. Da sprach jemand. Wirklich? Nein, es klang eher wie das Schnaufen eines Tieres. Was tat derjenige? Und warum sah er sie nicht? Er musste ihr doch helfen.

Ein Ruckeln durchfuhr ihren Körper. Steh auf und renn weg! Verzweiflung machte sich in Katinka breit. Was konnte sie tun? Ihre Hilflosigkeit wuchs. Obwohl sie die Situation nicht einordnen konnte, obwohl sie nicht wusste, was mit ihr geschah, spürte sie die schwelende Gefahr.

Die Geräusche um sie herum wurden lauter. Am liebsten hätte sie die Hände gehoben und auf ihre Ohren gepresst. Woher kamen die Geräusche? Sie verstand den Zusammenhang nicht, aber ihre Angst wurde größer. Wenn nur diese undurchlässige Suppe in ihrem Kopf sich lichten würde …

War es möglich, dass man sie nicht sehen konnte? Hielt sie sich etwa versteckt? Wenn sich Menschen in ihrer Nähe befanden, würden die ihr doch helfen. Oder nicht? Sie mussten doch erkennen, dass sich Katinka in einer unpässlichen Situation befand. Unpässlich. Wenn sie gekonnt hätte, hätte sie über diesen Ausdruck den Kopf geschüttelt. Sie war hilfloser als ein neugeborenes Baby. Kraftlos ließ sie sich in den Nebel zurücksacken. Die Fokussierung ihrer Gedanken strengte sie immens an.

Einen Moment lang musste sie sich ausruhen, bevor sie erneut ihre Kräfte mobilisieren konnte. Hör auf zu denken, befahl sie sich stumm. Lass dich treiben. Nutz die Atempause, um wieder Energie zu sammeln.

Das Stimmengemisch schwoll erneut an. Was war da los? Wie gern hätte sie in diesem Moment losgeschluchzt, ihren Tränen freien Lauf gelassen, ihrer Qual ein Ventil zum Ausbrechen gegeben. Doch nichts davon war möglich.

Alles in ihrem Kopf drehte sich plötzlich. Nichts schien auf einmal mehr zusammenzupassen. Was passierte mit ihren Beinen? Ihrem Oberkörper? Katinka kam sich vor wie auf einem Schiff bei starkem Seegang. Ihr wurde übel, ihre Kehle fühlte sich trocken und rau an. Sie versuchte zu schlucken. Lange konnte sie dieses Schaukeln nicht ertragen. Würde sie es schaffen, sich zu übergeben, wenn der Würgereiz sich weiter verstärkte? Oder reichte ihre Kraft nicht einmal mehr dafür? Katinka wollte nach Luft schnappen, als im nächsten Augenblick ein stechender Schmerz durch ihren Körper schoss. Nein, es war nicht ihr Körper, es war ihr Kopf.

Die Verzweiflung ließ sämtliche Dämme in ihr brechen. Sie

spürte etwas Hartes an ihrer Hüfte. Wieder durchfuhr ein Ruckeln ihre Arme und Beine. Wenn sie doch nur wüsste, was mit ihr geschah! Die Nebelschwaden wichen einer dunklen Wand, die sich bedrohlich und angsteinflößend vor ihr aufbaute. Sie konnte die Veränderung fühlen, spürte den kalten Hauch, der über sie hinwegwehte. Erneut probierte sie, ihre Gedanken zu bündeln, ihre Energie wiederzuerwecken, doch diesmal schien es noch auswegloser. Das Einzige, was Katinka noch wahrnehmen konnte, war diese Mauer, die sie mehr und mehr von ihrem Denken, ihrem Fühlen, ihrem Inneren trennte.

War das der Schlussstrich? Fühlte sich so der Tod an?

1

Sina schaltete die Kaffeemaschine aus und holte zwei Tassen aus dem Schrank. Als sie den Kühlschrank öffnen wollte, umschlang ein Arm ihre Taille.

»Guten Morgen, meine Süße«, hauchte Matthias ihr ins Ohr.

Sina drehte sich um und drückte ihrer Tochter Clara, die stolz auf Matthias' Arm thronte, einen Kuss aufs Haar. »Gut geschlafen, mein Schatz?«

Clara brabbelte vor sich hin und streckte eine Hand nach Sina aus.

Liebevoll strich sie über die Wange des Kleinkinds, bevor sie sich Matthias zuwandte, sein Gesicht mit beiden Händen umfasste und ihn küsste. »Guten Morgen.«

»Hast du auch gut geschlafen?«

Sie nickte.

»Clara ist ausgehfertig.«

Sina lächelte. »Du bist der Beste.«

»Du weißt, was sie mir bedeutet.«

»Und darüber bin ich sehr glücklich.« Sina musterte den hochgewachsenen dunkelhaarigen Mann, der sich im Laufe der letzten Monate mehr und mehr in ihr Herz geschlichen hatte.

Nachdem sie im Februar letzten Jahres ihren Lebensgefährten und Claras Vater Carlo verloren hatte, hatte sie sich lange nicht vorstellen können, sich jemals wieder in dieser Intensität auf einen Mann einlassen zu können. Und Carlos ehemaliger Partner Matthias Sommer wäre ihr mit Sicherheit zuletzt eingefallen, wenn man sie nach einer potenziellen Beziehung gefragt hätte. Carlos Erzählungen über Matthias' unzählige Affären hatten ihr stets den Eindruck eines sprunghaften und unzuverlässigen Weiberhelden vermittelt, der sich von einem Abenteuer ins nächste stürzte. Doch ihre Zusammenarbeit während des letzten Jahres hatte sie ihre Meinung ändern lassen. Sina musste schmunzeln.

»Was?« Matthias' Blick wirkte irritiert.

Sie schüttelte den Kopf. »Nichts. Wollen wir frühstücken?«

Matthias setzte Clara in den Hochstuhl, während Sina den Tisch deckte.

»Was steht diese Woche bei euch an?«

Sina legte Clara einen Zwieback auf den Teller und verfolgte, wie ihre Tochter erst dreimal auf das Gebäck schlug, bevor sie es hochhob und in den Mund steckte. Kopfschüttelnd blickte sie zu Matthias. »Schreibkram, Schreibkram und noch mal Schreibkram.« Sie verzog ihre Mundwinkel. »Ach, und habe ich erwähnt, dass sehr viel Schreibkram auf mich wartet?«

Matthias lachte. »Wären dir ein paar Tote lieber?«

»Das fragst du nicht ernsthaft«, entgegnete Sina und nippte an ihrem Kaffee.

»Nein, war nur ein Spaß! Sei froh, dass sich die Weinheimer momentan so gut benehmen.«

»Ich hasse Berichte schreiben«, brummte Sina. »Was habt ihr vor?«

Er schnaufte.

»Matthias?«

»Ich denke, wir werden Söldner einen Besuch abstatten.«

»Heute?« Sie merkte, dass ihre Stimme zitterte.

»Sina, ich gehe da nicht allein hin.« Matthias griff über den Tisch und umfasste ihre Finger. »Du musst keine Angst haben.«

Ferdinand Söldner betrieb in Heidelberg und Umgebung vordergründig vier große Fitnessstudios. Es war jedoch ein offenes Geheimnis, dass er seit Jahren über sein Unternehmen Geldwäsche in großem Stil betrieb. Den Ermittlern lagen Hinweise auf Zwangsprostitution, Menschenschmuggel, vornehmlich aus Osteuropa, und Drogenhandel vor. Vor vier Wochen war ein Undercoverbeamter, der für Matthias' Team gearbeitet hatte, brutal ermordet worden, bevor er wichtige Unterlagen an seine Kollegen hatte übergeben können. Sina wusste, dass Söldner mit allen Wassern gewaschen war. Und sie hatte Angst. Angst, erneut den Mann zu verlieren, der ihr alles bedeutete.

»Bitte sei vorsichtig«, flüsterte sie und kam sich klein und hilflos vor.

»Ich bin nicht Carlo«, konstatierte Matthias. Er streckte eine Hand aus und strich Clara, die noch immer hoch konzentriert an ihrem Zwieback knabberte, übers Haar. »Ich lasse euch nicht allein.«

Sina hielt beim Kauen inne. »Ich weiß nicht, ob ich das ein zweites Mal …«

»Bitte vertrau mir«, erwiderte er in eindringlichem Ton.

»Ich weiß ja, dass du ein hervorragender Polizist bist«, versuchte sie sich an einer Erklärung für ihre zwiespältigen Gefühle. »Aber warum kannst du nicht einfach … Schlosser sein? Oder Lehrer? Busfahrer? Irgendetwas Ungefährliches?«

Matthias kniff seine Augen zusammen. »Ich liebe meinen Beruf genauso sehr wie du, Sina. Wir haben schon einige brenzlige Situationen zusammen durchgestanden. Aber für nichts auf der Welt würde ich etwas anderes tun wollen.« Er zögerte. »Bis auf …« Sein Blick intensivierte sich, als er ihr in die Augen sah.

Sina wusste, woran er dachte. »Ich weiß«, murmelte sie.

»Keine Ahnung, was mit mir los ist. Du bist verdammt gut in dem, was du tust.«

»So?« Sein Gesicht nahm einen belustigten Ausdruck an. »Bin ich das? Gern darfst du das etwas näher ausführen.«

Sina sah von Clara zu Matthias. »Nicht vor Minderjährigen.« Sie lachte.

»Schon besser.«

»Versprich mir, dass du auf dich aufpasst. Dass du …«

»Sina«, unterbrach er sie. »So schnell wirst du mich nicht los. Zumindest nicht, wenn du es nicht möchtest.«

»Ich bin … unmöglich.«

Clara klopfte mit dem angeknabberten Zwieback auf die Fläche vor dem Hochstuhl und gluckste.

»Nein, bist du nicht«, widersprach Matthias sanft, während er Claras Hand umfasste und sie an ihre Lippen führte. »Der Zwieback ist zum Essen da, Clara, nicht zum Spielen.«

Das Kleinkind zog eine Grimasse.

Sina musste lachen.

»Du machst dir Sorgen um mich«, fuhr Matthias fort, als Clara weiteraß. »Wir haben nun mal keinen Bürojob. Die Gefahr begleitet uns mehr oder weniger auf jedem unserer Einsätze. Aber damit müssen wir leben. Und ich würde lügen, wenn ich behaupten würde, keine Angst um dich zu haben. Aber ich weiß, dass du«, er grinste, »ebenso wie ich, verdammt gut in dem bist, was du tust. Daher vertraue ich darauf, dass du jeden Abend wohlbehalten zu mir zurückkommst.« Er nahm ihre Hand und hauchte einen Kuss auf die Innenfläche. »Das war jetzt richtig kitschig, was ich da gesagt habe.«

»Nein.« Sina lächelte. »Das war sehr schön.« Sie erhob sich. »Aber ich glaube, wir sollten los. Ich muss Clara noch zu meinen Eltern bringen.«

Auch Matthias stand auf und räumte das Geschirr zusammen. »Geh dich fertig machen, ich räume ab.«

»Danke.« Sie warf ihm eine Kusshand zu, während sie das Esszimmer verließ.

Im Bad hörte sie, wie er leise mit dem kleinen Mädchen

redete. Niemals hätte Sina sich vorstellen können, dass ein Mann wie Matthias zum Vorzeigepapa mutierte, insbesondere vor dem Hintergrund seiner Vergangenheit und der Tatsache, dass Clara nicht seine leibliche Tochter war. Während Sina ihre Zähne putzte, betrachtete sie sich im Spiegel. Sah man ihr an, wie glücklich sie war? Sie fuhr mit ihren Fingern über die dünne Haut unter den Augen.

»Sina, Telefon!«

Hastig legte sie die Zahnbürste beiseite und spülte sich den Mund aus. »Wer ist es denn?«

Als sie auf den Flur trat, saß Clara auf der Kommode und Matthias zog ihr gerade die weichen hellblauen Lederschuhe an, die sie vor zwei Wochen in Heidelberg gekauft hatten.

»Natascha«, erklärte er mit ernster Stimme. Und leiser: »Ich glaube, sie weint.«

Sina verdrehte die Augen, als sie das Telefon aufnahm. Hatte sich ihre Schwester wieder mit Jochen gestritten? In regelmäßigen Abständen musste Sina Natascha Beistand leisten, wenn diese mit ihrem Ehemann aneinandergeraten war, der seit der Geburt der beiden gemeinsamen Kinder Jonas und Nele strikt dagegen war, dass seine Frau in ihren Beruf als Ärztin zurückkehrte. Bis heute verstand Sina nicht, wie ihre emanzipierte Schwester sich immer wieder den konservativen und völlig überholten Vorstellungen ihres Gatten beugen konnte. Umso schwerer fiel es ihr oft, Nataschas Jammerattacken mit dem nötigen Verständnis zu begegnen. Mehr als einmal hätte sie ihr am liebsten geraten, diesen uneinsichtigen, von seinen eigenen Ansichten schon fast krankhaft überzeugten Mann zu verlassen.

»Natascha.« Sina seufzte. »Guten Morgen. Was gibt es denn so früh?« Ein Blick auf die Uhr zeigte ihr, dass es kurz vor sieben war.

»Jochen ist nicht daheim.« Ihre Schwester schluchzte am anderen Ende auf.

»Was soll das heißen?« Sina sah zu Matthias und zuckte mit den Achseln.

»Er ist gestern nicht heimgekommen.«

»Nach der Arbeit, meinst du?«

»Ich weiß es nicht.« Natascha putzte sich lautstark die Nase.

»Okay, Natascha.« Sina bemühte sich um Ruhe. »Bitte beruhige dich jetzt erst mal. Und dann erzähl mir, was mit Jochen ist.«

Einige Sekunden lang wimmerte Natascha leise vor sich hin, bevor sie sich räusperte. »Ich bin gestern Abend gegen halb zehn ins Bett gegangen. Nachmittags waren wir auf dem Spielplatz, und ich war todmüde.«

»Und zu diesem Zeitpunkt war Jochen noch nicht daheim?«, hakte Sina, nun ganz Polizistin, nach.

»Nein, war er nicht«, bestätigte Natascha. »Allerdings hat er öfter abends Termine. Es war also nicht außergewöhnlich, dass er um diese Uhrzeit noch nicht zu Hause war.« Sie verstummte.

Sina wartete geduldig.

»Als ich vor einer Viertelstunde aufgewacht bin, dachte ich im ersten Moment, er sei vielleicht schon ins Büro gegangen. Aber sein Bett ist unberührt. Es sieht noch genauso aus wie gestern Abend. Und nirgends liegen seine Klamotten herum. Sein Schlafanzug befand sich ordentlich zusammengelegt in seinem Bett.«

»Hast du versucht, ihn anzurufen?«

»Natürlich!«, empörte sich Natascha. »Was denkst du denn?«

Sina seufzte stumm und wechselte erneut einen Blick mit Matthias. Menschen verhielten sich in Schreckmomenten nicht immer rational, allerdings verkniff sie sich vor ihrer Schwester eine Bemerkung in dieser Hinsicht. »Und?«

»Er geht nicht dran.«

Sina überlegte. »Gut, hör zu! Ich bringe Clara jetzt zu Mama und Papa. Am besten kommst du zu mir aufs Revier, sobald die Kinder im Kindergarten sind. Dann überlegen wir, wo wir Jochen suchen können beziehungsweise was passiert sein könnte.«

»Du denkst auch, ihm ist etwas passiert«, schluchzte Natascha erneut auf.

»Momentan denke ich gar nichts, Süße«, versuchte Sina, ihre Schwester zu beruhigen. »Vielleicht gibt es eine ganz harmlose Erklärung für sein Wegbleiben.«

»Du denkst, er ist bei einer anderen …«

»Natascha«, stöhnte Sina leise. »Bring die Kinder weg und komm dann zu mir.«

Als Sina eine halbe Stunde später die Treppen ins Obergeschoss des Polizeireviers hinaufeilte, drängten sich für einen kurzen Moment die Eindrücke der vergangenen drei Tage des Pfingstwochenendes in ihr Bewusstsein. Matthias, Clara und sie beim Spazierengehen im Odenwald, beim gemütlichen Abendessen zu Hause, beim anschließenden Weißwein, den sie auf dem weitläufigen Balkon ihrer Wohnung gemeinsam getrunken hatten, als Clara schon schlief.

»Wenn ich deinen Gesichtsausdruck richtig deute, muss dein langes Wochenende bombastisch gewesen sein.«

Die Stimme von Polizeiobermeister Marc Fornack riss Sina aus ihren Gedanken, als sie das Großraumbüro betrat.

»Was?«

»Na, dein seliges Lächeln.« Marc drehte sich auf seinem Schreibtischstuhl um und sah zu seinem älteren Kollegen, Polizeiobermeister Gerhard Runz.

»Ist die Chefin gut drauf, profitieren auch die Mitarbeiter davon«, frotzelte Gerhard.

Sina schüttelte den Kopf. »Guten Morgen erst mal! Und ja, mein Wochenende war sehr schön, danke der Nachfrage.

Und ihr so?« Sie zog die Brauen hoch, während sie ihren Blick zwischen den beiden Männern hin- und herwandern ließ.

Marc grinste. »Kann nicht klagen.«

»Was macht denn die kleine Prinzessin?« Gerhard erhob sich und kam auf Sina zu.

»Wächst und gedeiht«, erwiderte sie lächelnd. »Und sie fängt an zu brabbeln.«

»Das wird ein gescheites Kind«, witzelte Marc von seinem Stuhl.

»Clara *ist* ein gescheites Kind«, verbesserte Sina ihn tadelnd.

Ihr jüngerer Mitarbeiter hob die Hände wie zum Schutz und lachte.

»Mütter sind wie Löwinnen«, erklärte Gerhard in Marcs Richtung. »Und unsere Sina ist die Rudelführerin.«

Sina schnalzte mit der Zunge. »Hat sich meine Schwester schon gemeldet?«

Marc zeigte mit dem Daumen über seine Schulter. »Sie sitzt seit zwanzig Minuten in deinem Büro. Ich habe ihr angeboten, dass sie auch mit uns sprechen kann, aber …«

Sina nickte zögernd. »Ihr Mann ist verschwunden.«

»Was?« Gerhard runzelte die Stirn. »Seit wann?«

Sina zuckte mit den Achseln. »Wir haben vorhin nur kurz telefoniert. Ich weiß noch nichts Genaues. Anscheinend ist er gestern Abend nicht nach Hause gekommen.«

»Oha!« Marc hob die Arme und verschränkte seine Finger im Nacken.

»Ich gehe mal zu ihr und hake nach. Danach überlegen wir, was zu tun ist«, erklärte Sina mit gedämpfter Stimme und steuerte auf ihr Büro zu. Marc schien die Tür hinter Natascha geschlossen zu haben, daher klopfte sie kurz an, bevor sie die Klinke hinunterdrückte.

Als sie den Raum betrat, sprang Natascha, ein Taschentuch vor den Mund gepresst, umgehend auf und eilte auf ihre Schwester zu. »Sina!«

Sie nahm Natascha in die Arme und drückte sie an sich, während sie dem leisen Weinen lauschte. Als Natascha sich etwas beruhigt hatte, schob Sina sie sanft zu dem Besucherstuhl zurück, umrundete ihren Schreibtisch und setzte sich. Während sie den Computer anschaltete, legte sie ihre Tasche in eine Schublade und holte eine Flasche Wasser aus dem Schreibtisch.

»Ein Wasser? Oder lieber einen Kaffee?«

Natascha lehnte ab.

»Sind Nele und Jonas im Kindergarten?«

»Ja«, hauchte ihre Schwester und fuhr sich über die Stirn.

»Was ist passiert?« Sina beugte sich nach vorn und blickte Natascha abwartend an.

Sie hatte dunkle Schatten unter den Augen. An ihren Mundwinkeln bildeten sich kleine Fältchen. Trotz des seit Wochen anhaltenden sonnigen Wetters wirkte Nataschas Gesicht bleich und eingefallen.

Ihre Schwester schüttelte den Kopf. »Ich weiß es nicht«, presste sie hervor.

»Habt ihr euch gestritten?«

Natascha schnaufte. »Es läuft momentan nicht gut.«

Sina fluchte innerlich. Es lief seit Jahren nicht gut zwischen Natascha und ihrem Mann. Sie konnte die Treffen, bei denen sich ihre Schwester über ihre Ehe erboste, schon gar nicht mehr zählen. Doch sie verkniff sich einen Kommentar.

»Ich … Jochen ist so ein Idiot.«

Was sollte Sina auf diese Bemerkung erwidern? Ihr recht geben? Sie fragen, warum Natascha sich nicht schon längst getrennt hatte?

»Das höre ich nicht zum ersten Mal«, brachte Sina vorsichtig an. »Du denkst also, er ist aus freien Stücken nicht nach Hause gekommen?«

Natascha stützte ihre Ellbogen auf dem Schreibtisch ab und legte ihren Kopf in die Hände. »Ich weiß es nicht, Sina.«

19

»Aber er geht weiter nicht ans Telefon?«, hakte sie nach.

»Nein, ich habe es vor zehn Minuten zum letzten Mal versucht. Er nimmt nicht ab.«

»Was ist mit Bekannten, Freunden? Könnte er bei einem von ihnen untergekommen sein? Oder bei seinen Eltern?«

»Soll ich da etwa anrufen und fragen, ob sie etwas von Jochen gehört haben?« Natascha verzog ihre Lippen. »Wie sieht das denn aus? Dann weiß doch jeder sofort, was bei uns daheim …« Sie schluchzte erneut auf.

»Natascha, dein Mann ist verschwunden. Du weißt nicht, wo er sich momentan aufhält. Ganz ehrlich: Da ist es doch erst mal völlig egal, was andere Leute sich auf irgendwelche Nachfragen zusammenreimen.«

Natascha schüttelte den Kopf. »Jochen flippt aus, wenn er erfährt, dass ich die halbe Welt verrückt gemacht habe.«

Sina lehnte sich weiter vor. »Jochen flippt aus?« Sie fixierte den Blick ihrer Schwester. »Jochen flippt aus?«, wiederholte sie mit leiser Stimme. »Ist das deine einzige Sorge?«

Natascha zuckte mit den Achseln. »Du weißt doch, wie er ist.«

»Allerdings«, entgegnete Sina, während sie voller Wut an ihren Schwager dachte.

»Denkst du, ihm ist etwas zugestoßen?«

Sina verdrehte die Augen. »Das weiß ich nicht, Schwesterherz. Deshalb bist du doch hier, oder? Was ich tun kann, ist, dass ich Marc und Gerhard beauftrage, die Krankenhäuser abzutelefonieren. Falls er einen Unfall hatte …«

»Er muss sein Handy bei sich haben und auch seine Brieftasche.«

»Gut! Also würde man ihn identifizieren können, sollte er schwer verletzt und nicht ansprechbar sein.«

Natascha nickte. »Kannst du ihn nicht vielleicht orten lassen?«

Sina überlegte. »Nein, dazu habe ich keine Befugnis. Dein

Mann ist gerade einmal zwölf Stunden weg. Wann hast du denn das letzte Mal mit ihm gesprochen?«

Natascha legte den Kopf schief. »Gestern gegen … drei.«

»Und da hat er dir nicht gesagt, wann er vorhatte, abends nach Hause zu kommen?«

Nataschas Lippen bildeten eine schmale Linie. Stumm schüttelte sie den Kopf.

»Du machst es mir nicht gerade einfach.« Sina seufzte und erhob sich. »Ich gebe meinen Mitarbeitern Bescheid. Und du solltest es in eurem Umfeld versuchen. Wenn ich als Polizistin dort nachfrage, sieht es wohl noch dämlicher aus, oder?«

2

Anna drehte sich auf die Seite und blinzelte. Das unangenehme Gefühl in ihrer Kehle verstärkte sich. Ein Blick auf ihr Handy sagte ihr, dass sie in fünf Minuten aufstehen musste. Sie schloss die Augen und versuchte, die aufsteigende Übelkeit zu ignorieren. Obwohl sie gestern Abend früh zu Bett gegangen war, war sie noch immer müde und erschöpft. Anna vermied jede Bewegung, verharrte ruhig und regungslos unter ihrer Decke. Doch die Enge in ihrem Hals verschwand nicht. Was sollte sie tun? Heute stand eine wichtige Englischarbeit an. Ihre letzte Möglichkeit, die Fünf im Zeugnis zu verhindern. Sie musste unbedingt zur Schule gehen, möglicherweise stand ihre Versetzung auf dem Spiel. Verzweiflung stieg in ihr auf. Was war nur mit ihr los? Sie erkannte sich selbst kaum wieder. Jeder Handgriff war ihr zu viel. Sie verspürte keinen Hunger mehr und hatte folglich kaum noch Kraft, den Alltag zu bewältigen.

Die Tür wurde geöffnet, und ihre Mutter erschien. »Bist du wach, Anna?«

»Ja.« Am liebsten hätte sie sich die Decke über den Kopf gezogen und alles um sich herum vergessen.

»Guten Morgen. Dann zieh dich bitte an, ich warte in der Küche.«

Anna knurrte etwas vor sich hin, was ihre Mutter anscheinend als Zustimmung verstand. Zumindest schloss sie die Tür hinter sich, bevor Anna hörte, wie sich ihre Schritte entfernten. Es blieb ihr keine Wahl. Sie musste aufstehen. Herr Müllrath würde wenig erfreut sein, wenn sie nicht zur Klassenarbeit erschien. Stöhnend setzte sie sich auf, um ihre Entscheidung bereits im nächsten Moment zu bereuen. Der aufsteigende Schwindel zwang sie, sich wieder zurücksinken zu lassen. Sie schnaufte tief durch und legte eine Hand auf ihren Brustkorb. Wenn dieser Zustand noch länger anhielt, musste sie zu einem Arzt gehen.

Hunderte von Krankheitsszenarien schossen ihr durch den Kopf. Vielleicht hatte sie einen Hirntumor. Erst vor Kurzem hatte sie ein Buch gelesen, in dem ein Kind genau an dieser Diagnose gestorben war. Krebs konnte auch junge Leute treffen. Anna war unter dem Einfluss der Geschichte tagelang nicht in der Lage gewesen, neuen Lesestoff zu beginnen, da ihr das Schicksal dieses Kindes und dessen Familie so nahegegangen war. Was würde mit ihrer Mutter geschehen, wenn Anna stürbe? Ihre Eltern waren seit sieben Jahren geschieden. Ihr Vater lebte mit seiner neuen Familie in der Nähe von München. Sie hatte ihn das letzte Mal in den Sommerferien des vergangenen Jahres gesehen. Ihre Oma, die Mutter ihrer Mutter, lebte in Wald-Michelbach, einem Elftausend-Ein-wohner-Ort etwa zwanzig Kilometer von Weinheim entfernt. Ihr Opa war schon vor langer Zeit verstorben, Anna konnte sich überhaupt nicht mehr an ihn erinnern. Wer würde ihrer Mutter also bleiben? Geschwister hatte sie keine. Einmal die Woche traf sie sich mit ein paar anderen Frauen zum Bowlen. Bekannte. Freundinnen wäre keine zutreffende Beschreibung. Würden die ihrer Mutter Trost spenden?

»Anna? Wo bleibst du?« Die Stimme ihrer Mutter riss sie aus ihren abstrusen Gedanken.

Anna setzte sich ein weiteres Mal auf und schwang schwerfällig ihre Beine aus dem Bett. Nein, sie würde heute nirgendwo hingehen. Ihr Körper rebellierte, ihr Magen fühlte sich flau und elend an. Sie schluckte das unangenehme Brennen in ihrer Kehle herunter und erhob sich. Mit schleppenden Schritten verließ sie ihr Zimmer.

»Du bist ja noch gar nicht angezogen!« Senta Fromm blickte von ihrem Kaffee auf. »Was ist mit dir?«

»Es geht mir nicht gut«, murmelte Anna, während sie sich kraftlos auf einen Esszimmerstuhl fallen ließ.

»Schon wieder?«

Anna konnte die Besorgnis im Gesicht ihrer Mutter erkennen.

»Vielleicht habe ich etwas Falsches gegessen«, merkte sie leise an. Oder ich habe einen Gehirntumor, der schleichend das Leben aus meinem Körper haucht, setzte sie in Gedanken hinzu. Doch diese Vermutung behielt sie für sich.

»Soll ich Dr. Haller anrufen?«

Anna schüttelte den Kopf. »Vielleicht ist es bis morgen wieder besser.«

»Schreibst du heute nicht Englisch?«

Anna seufzte. »Ja, aber ich schaffe das nicht. Ich … ich fühle mich total schlapp und ausgepowert.«

»Du weißt, was auf dem Spiel steht«, mahnte ihre Mutter sie ernst. »Vielleicht liegt es an der Aufregung, dass dein Magen nervös reagiert.«

»Es ist nicht nur mein Magen.« Anna spürte, wie ihre Augen zu brennen begannen. Sie blinzelte.

»Herr Müllrath hat gesagt …«, setzte ihre Mutter vorsichtig an.

»Ich weiß, was Herr Müllrath gesagt hat«, brauste Anna auf. »Und ich weiß auch, dass ich dann wohl sitzen bleibe.« Sie schloss die Augen, da die Übelkeit kaum noch auszuhalten war. »Vielleicht kann ich die Arbeit wann anders nachschreiben.«

»Vielleicht.« Ihre Mutter klang nicht überzeugt.

»Was soll ich denn tun?« Anna begann zu weinen. »Es geht mir nicht gut. Ich komme mir vor wie eine alte Frau. Allein der Gedanke an Essen …« Sie brach ab.

Ihre Mutter stand auf und stellte sich hinter sie. Sachte drückte sie Annas Kopf an ihren Bauch und streichelte ihr übers Haar.

»Es ist gut, Schatz. Ich rufe in der Schule an und gebe Bescheid, dass du heute nicht kommen kannst. Und wenn du nicht nachschreiben darfst, versuche ich, mit Herrn Müllrath zu sprechen. Sicher findet sich irgendwie eine Lösung.«

»Danke«, flüsterte Anna mit erstickter Stimme und genoss den Augenblick des Trosts.

»Am besten legst du dich gleich wieder ins Bett. Ich koche dir jetzt eine Kanne Kamillentee. Irgendwo müssten wir auch noch ein paar Stücke Zwieback haben. Vielleicht hast du Glück, und es geht dir bis heute Abend wieder besser.«

»Wie lange arbeitest du heute?«

»Ich versuche, gegen fünf daheim zu sein. Schaffst du es so lange ohne mich?« Ihre Mutter löste sich von Anna und stellte den Wasserkocher an.

»Klar, ich bin kein kleines Kind mehr.«

»Aber du bist krank.« Senta Fromm lächelte. »Wenn etwas ist, rufst du mich bitte an, okay?«

Anna stand auf und stützte sich auf dem Tisch ab. »Ja, mache ich.«

Nachdem sie in ihr Bett zurückgekrochen war, nahm sie ihr Smartphone vom Nachttisch und schickte Lilli eine kurze Nachricht, dass sie heute nicht zur Schule käme und Lilli sie bei der Englischarbeit entschuldigen solle.

»Was ist mit dir? Du bleibst sitzen, wenn du nicht mitschreibst!« Dahinter fünf weinende Emojis.

»Ich weiß es nicht. Meine Mutter meint, ich hätte mir den Magen verdorben. Ich glaube allerdings, dass ich einen Hirntumor habe.« Anna blickte auf die Nachricht. Bevor sie sie abschickte, löschte sie den letzten Satz. Sie wollte nicht, dass Lilli sich unnötig Sorgen machte.

Der Abend vor sechs Wochen fiel ihr ein. Noch immer hallten die besorgten Vorwürfe ihrer Freundin in ihr nach. Nein, Lilli hatte es nicht verdient, dass sie ihr erneut einen Schrecken einjagte.

Keine zehn Sekunden nach dem Abschicken ihrer Nachricht erreichte sie auch schon die Antwort. »Ruh dich aus. Und drück mir die Daumen, dass die Arbeit nicht so hammerschwer wird. Gute Besserung! Muss jetzt los. Melde mich heute Mittag.«

Erschöpft legte Anna das Handy auf den Nachttisch zurück und kuschelte sich in ihre Bettdecke. Es dauerte keine zwei Minuten, bis sie in einen tiefen Schlaf versunken war.

3

Nachdem Sina Natascha nochmals versprochen hatte, alles zu tun, um Jochens Verbleib diskret nachzugehen, sprach sie kurz mit ihren beiden Mitarbeitern und gab ihnen die dürftigen Informationen weiter, die sie von ihrer Schwester bekommen hatte.

»Wir schauen, was wir herausfinden können«, sicherte Gerhard ihr zu, als in ihrem Büro das Telefon klingelte.

Sina eilte zurück in ihr Zimmer und nahm den Hörer ab. »Engel.«

»Guten Tag, hier spricht Mareike Lungwitz. Meine Tochter ist verschwunden.«

Sina ließ sich auf ihren Stuhl fallen und holte einen Kugelschreiber aus der Schublade. »Wie alt ist Ihre Tochter?«

»Sechzehn.«

»Und seit wann vermissen Sie sie?«

Die Anruferin stockte. »Seit … heute Morgen.«

Sina schaute irritiert auf. »Wie meinen Sie das, seit heute Morgen? Wann haben Sie Ihre Tochter das letzte Mal gesehen?«

»Gestern.«

»Uhrzeit?« Sina schüttelte den Kopf.

»Gegen sechzehn Uhr.« Eine Pause entstand. »Glaube ich.«

Sina seufzte stumm. »Bitte geben Sie mir Ihre Adresse. Ich komme gleich mit einem Kollegen vorbei. Dann können wir den Sachverhalt persönlich klären.«

Die Familie, Mareike und Karsten Lungwitz mit ihrer halbwüchsigen Tochter Katinka, wohnte am Prankel, unterhalb der Weinheimer Stadtmitte. Sina verabschiedete sich und verließ hastig das Büro.

»Wir haben ein vermisstes Mädchen.« War es tatsächlich erst heute Morgen gewesen, als sie zu Matthias gesagt hatte, ihr stünde eine eintönige Woche mit viel Schreibkram bevor? »Marc, würdest du mich bitte zu den Eltern begleiten?«

»Dein Schwager liegt schwer verletzt im Weinheimer Krankenhaus«, verkündete Gerhard mit ernstem Gesicht.

Sina erstarrte. »Hatte er einen Unfall?«

Gerhard schüttelte den Kopf. »Anscheinend ist er ... zusammengeschlagen worden.«

»Was?« Sina konnte es nicht glauben. »Weiß Natascha es schon?«

»Nein, die Kollegen von der Streife haben mir eben gerade erzählt, dass sie zu einem schwer verletzten Mann gerufen wurden. Ich weiß noch keine Details.«

»Ist er ansprechbar?« Sinas Gedanken rasten. Was war passiert? Und wie würde Natascha reagieren?

Gerhard hob die Hände. »Ich kann im Krankenhaus vorbeifahren.«

Sina überlegte. »Ja, mach das. Sobald Marc und ich bei den Eltern fertig sind, komme ich nach. Und Gerhard? Ich rufe meine Schwester von unterwegs aus an und gebe ihr Bescheid. Wahrscheinlich triffst du sie dann im Krankenhaus.«

Marc pfiff durch die Zähne, als sie an der Adresse der Familie Lungwitz ausstiegen. »Nette Hütte.«

Sina verzog das Gesicht, doch ihr Mitarbeiter hatte recht. Die imposante Villa, die von einer hohen Mauer umgeben war, in die ein weißes Schiebetor eingelassen war, musste ein Vermögen wert sein.

»Wenn wir hier fertig sind, überprüfst du bitte den Hintergrund der Familie. Möglicherweise geht es um Entführung mit Lösegeldforderung.«

»Da könntest du recht haben«, stimmte Marc ihr zu.

Sie traten vor das Grundstück und klingelten. Keine drei

Sekunden später öffnete sich das Tor und gab den Blick auf einen breit angelegten Fahr- und Gehweg frei, der zu einer eleganten weißen Eingangstür führte. Die Mauern der Villa waren gelb getüncht. Im Obergeschoss befanden sich hohe zweiflüglige Sprossenfenster, die von schwarzen Klappläden umrahmt wurden. Eine breite Marmortreppe führte zur Eingangstür, die in diesem Moment geöffnet wurde.

»Klotzen, nicht kleckern«, raunte Marc Sina zu, während eine schlanke blonde Frau auf der obersten Stufe erschien.

Sina reichte Katinkas Mutter die Hand und stellte Marc und sich vor.

»Bitte kommen Sie doch herein«, bat Frau Lungwitz mit tiefer Stimme.

Der Flur oder besser das Foyer hatte in etwa die Ausmaße von Sinas komplettem Wohnzimmer. Hochflorige weiße Teppiche bedeckten den grauen Marmor, der sich von der Außentreppe ins Innere des Hauses zog.

»Möchten Sie einen Kaffee oder ein Wasser?« Selbst in dieser Situation versuchte die Frau, die Fassung zu wahren.

Sina und Marc lehnten dankend ab.

Nachdem sie sich in einem Wohnzimmer, welches mit seinen antiken dunklen Möbeln eher einem Ballsaal denn einem gemütlichen Familientreffpunkt glich, auf eine weiche Ledercouchgarnitur gesetzt hatten, wandte sich Sina behutsam an Frau Lungwitz. »Bitte erzählen Sie uns noch einmal ganz genau, seit wann Ihre Tochter verschwunden ist.«

Katinkas Mutter schloss kurz die Augen und atmete tief aus. »Mein Mann hatte gestern eine Zwölf-Stunden-Schicht im Krankenhaus.« Sie blickte von Sina zu Marc. »Er ist Professor an der Uniklinik in Heidelberg. In der Kardiologie. Deshalb ist er jetzt auch nicht hier. Er hat einen wichtigen Patiententermin, den er unmöglich aufschieben konnte. Karsten hat Katinka gestern überhaupt nicht gesehen. Ich bin gegen sechzehn Uhr nach Hause gekommen.« Sie schluckte. »Ich bin Architektin.«

»Wo arbeiten Sie?«, hakte Sina ein.

»Mein Büro befindet sich in der Nordstadt.«

»Als Sie nach Hause kamen, war Katinka daheim?«, wollte Marc wissen.

Mareike Lungwitz nickte. »Sie macht gerade von der Schule aus ein Praktikum bei einem Malerbetrieb hier in Weinheim. Sie hat mir erzählt, dass sie seit einer halben Stunde daheim sei.«

»Und dann?«

Frau Lungwitz zögerte. »Ich war am frühen Abend mit einer Freundin zum Essen verabredet. Nachdem ich Katinka mitgeteilt habe, dass ich noch mal wegmüsste, habe ich sie nicht mehr gesehen.«

»Sie haben sie nach Ihrer Verabredung nicht mehr gesprochen?«

»Katinka hat einen eigenen Flügel im Haus, den sie bewohnt.« Die Lippen der Mutter bildeten eine schmale Linie. »Mit eigenem Eingang.«

Das Haus erschien zwar groß, aber Sina konnte sich kaum vorstellen, dass man sich innerhalb einer Familie derart aus dem Weg gehen konnte und nicht mitbekam, wann ein Angehöriger das Haus verließ oder zurückkam. Als sie in jüngeren Jahren noch bei ihren Eltern lebte, hatte sie stets gewusst, wenn ihre Eltern weggingen und wo sie sich aufhielten.

»Das heißt, Sie wissen nicht, ob Katinka gestern Abend noch einmal das Haus verlassen hat?«

»Doch. Ihr Bett ist unberührt. Frau Malchow hat es mir heute früh mitgeteilt.«

»Wer ist Frau Malchow?« Sina machte sich eine Notiz.

»Unsere … gute Perle, wenn Sie so wollen. Da mein Mann und ich beruflich sehr eingespannt sind, kümmert sich Frau Malchow um den Haushalt und teilweise auch um den Garten.«

»Ist sie jeden Tag bei Ihnen?« Marc musterte Mareike Lungwitz.

Sie nickte. »Von sieben bis zwölf. Sie kocht auch, damit Katinka etwas Warmes zu essen hat, wenn sie von der Schule kommt.«

»Das heißt, Ihre Tochter hat gestern am späten Nachmittag oder Abend das Haus verlassen und ist nicht mehr zurückgekehrt.«

Wieder nickte Frau Lungwitz.

»Hat sie Ihnen gegenüber denn erwähnt, dass sie noch vorhatte, wegzugehen? Mit sechzehn kann sie ja nicht einfach tun und lassen, was sie möchte.«

Frau Lungwitz verzog ihr Gesicht. »Wie gesagt, mein Mann und ich sind beruflich sehr engagiert. Es war uns schon immer sehr wichtig, unsere Tochter früh zu Eigenverantwortung und Selbstständigkeit zu erziehen.«

Eigenverantwortung und Selbstständigkeit, wiederholte Sina in Gedanken. Für sie klangen diese Worte eher nach Selbstverwirklichung der Mutter und Karrierestreben des Vaters. Sie räusperte sich. »Sie wissen also nichts von einem Treffen? Einem Termin, den Ihre Tochter noch wahrnehmen musste?«

Mareike Lungwitz schüttelte den Kopf. »Nein, darüber ist mir nichts bekannt.«

Die Frau hätte auch von einer Nachbarin oder einer Arbeitskollegin reden können. Doch Sina ließ die Aussage unkommentiert. »Wir benötigen die Klassenliste Ihrer Tochter. Wer sind ihre Freundinnen? Die Adresse des Malers, bei dem sie das Praktikum macht. Ich nehme an, dass Sie bei näheren Verwandten bereits nachgefragt haben?«

»Wir haben nicht viel Kontakt zu der weiteren Familie«, gab Frau Lungwitz kurz angebunden zurück. »Ich kann mir nicht vorstellen, dass Katinka jemanden von ihnen kontaktiert hat.«

Jemanden von ihnen. »Wir müssen dem trotzdem nachgehen«, erwiderte Sina sachlich und erhob sich. »Würden Sie uns jetzt bitte noch Katinkas … Zimmer zeigen?«

»Das Mädchen besitzt mehr Wohnfläche als ich in meiner Zwei-Zimmer-Wohnung«, merkte Marc an, als sie zwanzig Minuten später wieder im Wagen saßen. »Schlafzimmer, Wohnzimmer, Arbeitszimmer ...« Das letzte Wort kam voller Ironie aus seinem Mund.

»Wir haben es hier nicht mehr mit der Mittelschicht zu tun«, erklärte Sina, während sie den Motor startete. »Professor der Kardiologie. Was dieser Mann verdient, kannst du nicht mit unserem Polizistengehalt vergleichen.«

Marc lachte auf. »Nee, das kannst du sicher nicht.« Er schüttelte den Kopf. »Und hast du die Möbel des Mädchens gesehen? Nur hochwertige Marken. Und dieser Fernseher ...«

»Aber hast du auch gehört, wie Frau Lungwitz von ihrer Tochter geredet hat? Ich hatte den Eindruck, dass sie kaum etwas von ihr mitbekommt.« Als die Ampel vor ihr auf Rot schaltete, hielt Sina an. »Als Natascha und ich Teenies waren, wussten meine Eltern immer, was wir vorhatten und wo wir hinwollten. Und umgekehrt genauso. In diesem riesigen Haus fühlt man sich zu dritt doch vollkommen verloren.« Sie dachte an ihre eigene Tochter. »Nein, so wollte ich auf keinen Fall leben.«

»Das würde das Ehepaar Lungwitz wahrscheinlich auch über deine Wohnung sagen«, frotzelte Marc.

»Da könntest du recht haben. Was denkst du?«

»Über den Fall?«

Sie nickte.

»Sie könnte auch abgehauen sein.«

»Möglich. Der Gedanke kam mir auch, als ich die sterile Atmosphäre bemerkt habe. Aber wir müssen auf jeden Fall einen Suchaufruf machen. Wenn Katinka abgehauen ist, kommt sie wahrscheinlich von allein wieder zurück. Es ist warm, eine Nacht im Freien bringt sie mit Sicherheit nicht um.«

»Vielleicht ist sie bei einer Freundin untergekommen.«

»Unwahrscheinlich, wenn wir davon ausgehen, dass sich

ihr Freundeskreis auf ihre Altersgruppe beschränkt. Aber vielleicht hat sie einen Freund, von dem die Eltern nichts wissen. Der könnte etwas älter sein und allein leben.« Sina dachte nach. »Ich setze dich am Revier ab, bevor ich ins Krankenhaus fahre. Bitte überprüf beide Elternteile und kümmere dich um ein Bewegungsprofil ihres Handys.«

»Das kann dauern«, merkte Marc vorsichtig an.

»Ich weiß, aber wir müssen wissen, wo sie sich in ihrer Freizeit üblicherweise aufhält. Ihre Mutter war in der Hinsicht ja keine große Hilfe. Und wir müssen dringend mit dem Vater sprechen, auch wenn ich nicht glaube, dass er uns wirklich weiterhelfen kann.«

»Wird erledigt, Chefin.«

»Quatschkopf!« Sina lachte.

Als sie drei Minuten später vor dem Revier anhielt, stieg Marc nicht sofort aus.

»Was ist?«

»Wegen deines Schwagers …«, setzte er zögernd an.

»Ja?«

»Du solltest mit Gans reden. Ich befürchte, dass er dich von dem Fall abziehen könnte, weil du … Na ja, weil ihr verwandt seid.«

»Du meinst, ich könnte befangen sein?« Sina blickte ihren Mitarbeiter von der Seite an.

»Ich meine das mit Sicherheit nicht«, widersprach Marc ernst. »Aber es ist nun mal deine Schwester, die mit ihm verheiratet ist.«

Sina beobachtete zwei Meisen, die über die Rasenfläche hüpften. »Du hast recht. Sobald ich weiß, was mit Jochen passiert ist, rufe ich den Kriminalrat an. Dann soll er entscheiden, wie wir weiter vorgehen.«

4

Fünf Minuten später stellte Sina ihren Wagen auf dem Parkplatz des Krankenhauses ab. Am Empfang zückte sie ihren Ausweis und fragte nach Jochen Völker.

Als sie aus dem Aufzug stieg, hörte Sina schon das Weinen ihrer Schwester. Natascha stand mit einem älteren Ehepaar, das Sina als Jochens Eltern erkannte, vor einer breiten Glaswand. Ihre Schwiegermutter hatte einen Arm um Natascha gelegt und redete leise auf sie ein. Gerhard konnte sie nirgends entdecken. Sie näherte sich der kleinen Gruppe.

»Guten Morgen.« Sie nickte Jochens Eltern zu, bevor sie Natascha vorsichtig am Arm berührte. »Es tut mir sehr leid.« Sie blickte durch die Glasscheibe. Jochen lag allein in dem Zimmer. Die Decke war bis über seinen Oberkörper gezogen. Nur sein Kopf war erkennbar. Er hatte schwere Blutergüsse im Gesicht. Ein Auge war komplett zugeschwollen. Zwei Platzwunden prangten auf seiner Stirn. »Wie geht es ihm?«

»Nicht gut«, antwortete Marita Völker mit belegter Stimme. »Wer tut denn nur so etwas?«

»Das war sicher einer dieser Kriminellen«, erklärte ihr Mann, der sichtlich um seine Fassung rang.

»Wer das getan hat, hat definitiv eine Straftat begangen«, merkte Sina an, da sie die Aussage von Jochens Vater nicht verstand.

»Das meine ich nicht.« Richard Völker wedelte ungeduldig mit der Hand. »Das war bestimmt eines dieser … Subjekte, die Jochen verteidigt. Ich habe ihm schon immer gesagt, Strafrecht sei eine undankbare Wahl.«

»Du denkst, das war einer seiner Klienten?« Da Sina Nataschas Schwiegereltern von vergangenen Familienfeiern kannte, duzten sie sich schon sehr lange.

Die Miene des Mannes verfinsterte sich. »Wohl eher Ex-Klienten! Jochen kann nicht jedem helfen. Er ist Strafverteidiger, kein Zauberer. Aber viele denken, wenn sie sich einen Rechtsbeistand nehmen, dann kommen sie schon glimpflich davon.«

»Also Rache als Motiv?«, überlegte Sina laut.

»Was ist, wenn er nicht mehr aufwacht?«, schluchzte Natascha in diesem Moment. »Sein Gesicht … die vielen Brüche …«

»Was sagen denn die Ärzte?«

»Er hat vier gebrochene Rippen, sein linker Unterarm ist mehrfach gebrochen, Blutergüsse am ganzen Körper, ein schweres Schädel-Hirn-Trauma und sein Gesicht …« Völkers Stimme versagte. »Na, das siehst du ja selbst.«

»Können sie schon etwas dazu sagen, wann er möglicherweise ansprechbar ist?«

»Ansprechbar?«, brauste Natascha auf. »Sieh ihn dir doch mal an! Niemand weiß, wann er wieder aufwacht.« Sie blinzelte. »Ob er überhaupt wieder aufwacht.«

»Natascha!«, mahnte Marita Völker ihre Schwiegertochter. »Jetzt reiß dich bitte zusammen. So etwas darfst du nicht sagen.«

»Weißt du etwa, wann er aufwacht?«, fuhr Natascha die Ältere an.

»Ich denke, das Wichtigste ist jetzt, dass wir Ruhe bewahren.« Sina zog ihre Schwester an sich und streichelte ihren Rücken. »Jochen ist jung und sportlich. Er weiß, dass er eine Familie hat. Er wird es schaffen. Schließlich will er seine Kinder aufwachsen sehen.«

Sie wechselte einen kurzen Blick mit Nataschas Schwiegermutter und nickte leicht.

In diesem Moment bog Gerhard um die Ecke und bedeutete Sina, dass er mit ihr allein reden wolle.

»Entschuldigt mich bitte einen Moment. Ich bin gleich wieder da.« Mit tragender Miene steuerte sie auf ihren Mitarbeiter zu. »Und?«

»Seine Brieftasche ist weg. Und sein Handy ebenfalls.«

»Hast du mit einem Arzt gesprochen?«

Er nickte. »Dein Schwager wurde brutal zusammengeschlagen. Wahrscheinlich hat man ihm noch Gewalt angetan, als er schon bewusstlos war.«

Sina fröstelte. »Warum?«

»Ein Raubüberfall?«

»Weiß man, wie viel Geld er bei sich hatte?«

Gerhard verneinte. »Deine Schwester konnte mir dazu keine Auskunft geben.«

»Jochen ist nicht der Typ, der mit Bündeln von Bargeld in der Tasche herumläuft.« Sina bezweifelte Gerhards Theorie. »Wir müssen mit seiner Sekretärin sprechen. Und wir müssen wissen, ob in letzter Zeit Straftäter freikamen, die Jochen erfolglos verteidigt hat.«

»Du meinst, es könnte sich um einen Racheakt handeln?«

»Wäre möglich. Wir sollten keine Option außer Acht lassen.« Sie verzog ihr Gesicht.

»Was ist?«

»Ich muss mit Gans telefonieren. Marc meinte, es könnte sein, dass er wegen mir Bedenken hat.«

»Weil das Opfer dein Schwager ist?«

Sie nickte.

»Schöner Mist!«

5

Heidelberg

Ein stechender Schmerz durchfuhr Matthias' Arm, während die Stimme von Hauptkommissar Thorsten Schröder hinter ihm in scharfem Ton bellte: »Messer fallen lassen.« Zwei Sekunden später sackte Matthias auf die Knie, während er meinte, sein Trommelfell platze. Der Schuss hallte an den Wänden wider.

»Scheiße«, zischte es neben Matthias. Einer seiner Kollegen packte ihn an den Schultern und schleifte ihn zum Ausgang, während ein anderer dem Gorilla von Ferdinand Söldner ein Tuch um die rechte Hand band. Thorsten schien getroffen zu haben.

»Söldner …«, presste Matthias mühsam hervor, während er versuchte, das Brennen zu ignorieren.

»Sie haben ihn schon«, erwiderte Frank Bensen. »Zeig mir mal deinen Arm.«

»Das ist nicht so schlimm.« Matthias versuchte, aufzustehen, doch sein Kollege bedeutete ihm mit leichtem Druck, auf dem Boden zu bleiben. »Du bleibst sitzen. Wir warten, bis der Notarzt da ist.«

»Es ist nur ein Kratzer«, wiegelte Matthias ab. Er musste an Sina denken. Hatte er nicht erst heute früh noch ihre Sorgen abgetan? Wie würde sie reagieren, wenn sie von dem Zwischenfall erfuhr? Er schloss kurz die Augen und fluchte stumm.

»He, Sommer, nicht schwächeln. Bleib wach.«

»So schnell haut es mich nicht um«, knurrte er unwillig. »Ich …«

»Die Wunde muss ziemlich tief sein«, erklärte Bensen, während er das Tuch kurz anhob und die Verletzung begutachtete.

»Das ist nichts.«

Bensen lachte. »›Nichts‹ sieht anders aus.«

Matthias lehnte den Kopf gegen die Wand und verfolgte, wie im nächsten Moment Söldner von Thorsten zum Ausgang geführt wurde.

»Sie haben nichts gegen mich in der Hand!«, tobte der Unternehmer. »Absolut nichts.« Er wollte sich aus Thorstens Griff befreien, doch der Polizist packte ihn nur noch fester.

»Abführen«, wies er einen Kollegen an und übergab ihm den Mann. Dann wandte er sich an Matthias und Bensen. »Alles in Ordnung?«

»Nur ein Kratzer«, behauptete Matthias.

»Es blutet sehr stark«, widersprach Bensen neben ihm. »Wenn der Notarzt da ist, soll er es sich gleich ansehen.«

»Mensch, da ist nichts. Er hat mich einfach blöd erwischt.«

»Was wollte er mit der Aktion bezwecken?« Thorsten schüttelte den Kopf. »Wir rücken hier mit fünfzehn Mann an, und dieses Hohlhirn meint, uns mit einem Messer entgegentreten zu können.«

»Guter Schuss«, bemerkte Matthias. Der Schmerz wurde stärker. Instinktiv wollte er mit der rechten Hand an seinen verletzten Arm greifen.

»Lass«, bremste Frank Bensen ihn und drückte das Tuch noch ein wenig fester auf die Verletzung.

»So eine Scheiße«, stöhnte Matthias.

»Wir haben ihn«, beruhigte ihn Thorsten. »Und wenn der Notarzt die Wunde behandelt hat und du dich entsprechend fühlst, kannst du bei Söldners Vernehmung dabei sein.«

»Dieses Arschloch«, zischte Matthias und versuchte weiter hartnäckig, den Schmerz zu ignorieren.

»Diesmal kriegen wir ihn dran.« Aus Thorstens Stimme klang Genugtuung.

»Hoffentlich hast du recht.«

»Matthias, du sollst zu Kriminalrat Gans kommen«, teilte ihm Thorsten zwei Stunden später mit, als er, mit zwei Tassen bewaffnet, ihr gemeinsames Büro betrat. Er setzte sich und schob Matthias einen Kaffee über den Schreibtisch.

»Danke.«

»Was macht der Arm?« Sein Kollege zeigte auf den Verband.

Matthias winkte ab. »Das ist nichts.«

»Vielleicht solltest du nach Hause gehen und dich ausruhen.«

Matthias verzog das Gesicht. »Ich sagte doch, das ist nichts. Was will Gans?«

Thorsten zuckte mit den Achseln. »Keine Ahnung.«

Matthias trank einen Schluck, bevor er sich erhob. »Dann wollen wir mal.«

Nachdem er an der Tür des Kriminalrats geklopft hatte, ertönte auch schon dessen sonore Stimme. »Herein.«

Als er eintrat, blickte sein Vorgesetzter auf und winkte ihn näher. »Kommen Sie, Kollege Sommer. Setzen Sie sich. Was macht der Arm?«

»Ist noch dran«, entgegnete Matthias genervt.

Der Kriminalrat musterte ihn einige Sekunden, bevor er eine Akte heranzog und sich darüberbeugte. »Na gut. Wie Sie meinen.«

»Warum wollten Sie mich sprechen?«

»Es geht um Weinheim.«

Matthias' Puls beschleunigte sich, er bemühte sich um einen unbeteiligten Gesichtsausdruck und zähmte seine Ungeduld.

»Die Kollegin Engel hat angerufen. Sie hat heute Vormittag zwei neue Fälle hereinbekommen. Ein vermisstes Mädchen und eine schwere Körperverletzung, die auf versuchten Mord hinauslaufen könnte.«

Matthias verstand nicht, was er damit zu tun hatte. Sina war sicher in der Lage, zwei Fälle dieser Art zu bearbeiten. Mit Marc und Gerhard standen ihr erfahrene Beamte zur Seite.

Gans schien seine Miene richtig zu deuten. Er lächelte schwach. »Ja, grundsätzlich nichts Außergewöhnliches. Das Problem an der Sache ist aber, dass es sich bei dem schwer verletzten Opfer um Engels Schwager handelt.«

»Was?« Sina hatte Matthias schon mehrfach von der schwierigen Beziehung zwischen ihrer Schwester und deren Mann erzählt. Natascha kannte er seit Sinas und seinem ersten gemeinsamen Fall vor knapp einem Jahr persönlich, deren Mann war er allerdings noch nicht begegnet. Er musste an Nataschas Anruf heute früh denken.

Gans nickte. »Ja, so wie es aussieht, wurde er brutal zusammengeschlagen. Die Hintergründe sind momentan noch völlig unklar.«

»Wie geht es ihm?«

»Er lebt.«

Also war es ernst, mutmaßte Matthias.

Klaus-Peter Gans stützte die Ellbogen auf der Schreibtischplatte ab und legte seine Finger aufeinander. »Ich möchte, dass Sie Weinheim unterstützen.« Er nickte bedächtig. »Mir ist nicht entgangen, dass die Kollegin Engel Ihnen gegenüber …«, er zögerte, »… nun, sagen wir, gewisse Vorbehalte hatte.«

Matthias musste innerlich schmunzeln.

»Wahrscheinlich hängt das damit zusammen, dass Sie mit dem verstorbenen Kollegen Reinhardt gearbeitet haben.« Gans wiegte seinen Kopf.

»Ich glaube nicht …«, setzte Matthias vorsichtig an, doch Gans winkte mit beiden Händen ab.

»Schon gut. Wenn es Spannungen gibt, bin ich durchaus in der Lage, diese zu erkennen.« Er machte eine Pause. »Wobei ich im Februar das Gefühl hatte, dass sie Ihnen schon wesentlich wohlwollender gegenüberstand.«

Matthias musste sich ein Grinsen verkneifen. »Zwischen der Kollegin Engel und mir sind alle … Missverständnisse ausgeräumt.«

Gans wirkte irritiert. »Schön, das ist gut zu hören. Wie dem auch sei, ich möchte, dass Sie sich um Engels Schwager kümmern. Die Kommissarin kann der Sache mit dem vermissten Mädchen nachgehen.«

»Weiß sie schon Bescheid?«

»Ich habe ihr mitgeteilt, dass ich jemanden zur Verstärkung schicke. Zuerst wollte ich allerdings mit Ihnen reden.«

Als ob Gans seine Meinung geändert hätte, wenn Matthias Einspruch eingelegt hätte. Doch er verkniff sich einen Kommentar und nickte nur.

»Gut, dann wäre das geklärt. Viel Erfolg!«

Damit war Matthias entlassen. Was würde Sina sagen, wenn sie erfuhr, dass er die Verstärkung war?

6

Weinheim

»Wie geht es deinem Schwager?«, begrüßte Marc Sina, als sie ihn am Revier abholte.

»Nicht gut.«

Während sie wartete, dass ihr Mitarbeiter in den Wagen stieg, holte sie kurz ihr Handy hervor und sah aufs Display. Matthias hatte versucht, sie anzurufen. Sina musste an ihr Gespräch heute Morgen denken. Ob er und sein Team erfolgreich gewesen waren?

»Ist was?« Marc blickte sie von der Seite an.

Sina schüttelte den Kopf. »Wir fahren zu Chiara Lemke, Katinkas Freundin. Da die Klasse momentan ja verschiedene Praktika absolviert, können wir uns den Weg zur Schule sparen. Ich habe bei Chiara zu Hause angerufen. Eigentlich würde sie in einem Kindergarten arbeiten, aber sie ist stark erkältet und deshalb heute daheimgeblieben.«

»Sie weiß, dass wir kommen?«

»Ich habe mit ihrer Mutter gesprochen.«

Zehn Minuten später parkte Sina den Wagen in der Weinbergstraße im Weinheimer Stadtteil Lützelsachsen.

»Die Mädchen scheinen aus ähnlichen Verhältnissen zu kommen«, merkte Marc mit hochgezogenen Brauen an, während sie auf das zweistöckige Haus zusteuerten.

»Gleich und gleich gesellt sich gern«, gab Sina zurück, während sie ihren Notizblock hervorzog. »Das war doch bei uns früher schon so, oder?«

»Wahrscheinlich.« Marc grinste. »Ich kann mich nicht mehr so recht erinnern.«

Sina blieb stehen und schüttelte den Kopf. »Klar, du bist ja auch uralt.«

Er lachte.

Bevor sie die Haustür erreichten, wurde diese schon geöffnet, und eine kleine Frau erschien am Eingang.

Sina schätzte, dass Chiaras Mutter keine fünfzig Kilo wog.

»Frau Engel?«

Sie nickte. »Genau die bin ich. Guten Tag, Frau Lemke. Das ist mein Kollege, Polizeiobermeister Fornack.«

»Kommen Sie doch rein.« Sie sprach leise und betonte jede Silbe auf eine merkwürdige Art.

»Danke.«

»Chiara liegt in ihrem Bett. Nehmen Sie Platz, ich hole sie.«

Sina und Marc betraten den weitläufigen Wohnbereich und setzten sich an den Esszimmertisch. »So hätte unser Leben aussehen können, wenn wir uns nicht für eine Beamtenlaufbahn entschieden hätten«, sagte Marc leise.

Sina zuckte abwesend mit den Achseln. Warum hatte Matthias sie angerufen? Sie war davon ausgegangen, dass sie den ganzen Tag nichts von ihm hören würde, nachdem heute die Verhaftung eines der größten kriminellen Schwergewichte der Region anstand. War ihm etwas passiert? Nein, dann hätte er ja nicht selbst anrufen können. Ihre Unruhe wuchs. Gleichzeitig wurde ihr warm ums Herz, als sie sich bewusst machte, was Matthias ihr mittlerweile bedeutete. Wie er Clara heute früh auf dem Arm …

»Sina?« Marc sah sie mit merkwürdigem Blick an.

»Entschuldige. Ich war ganz in Gedanken …« Sie musste sich zusammenreißen. Für Tagträume war in ihrem Job wirklich kein Raum.

Er lachte. »Das habe ich gemerkt. Ist alles okay mit dir? Mit Clara?«

Sie nickte. »Ja, meine Tochter entwickelt sich prächtig, und mir geht es auch gut. Es ist einfach …« Sie seufzte.

»Wegen deines Schwagers?« Sein Ton wurde mitfühlend.

»Auch.«

»Guten Tag«, erklang hinter ihnen eine schüchterne Stimme.

Sina und Marc erhoben sich, als sie Chiara erblickten, die neben Frau Lemke in den Raum getreten war. Das Mädchen war genauso zierlich gebaut wie ihre Mutter. Ihre Augen schimmerten glasig, ihre Wangen waren stark gerötet.

»Hallo, Chiara.« Sina bemühte sich um eine zuversichtliche Stimme. »Deine Mutter hat dir sicher gesagt, warum wir hier sind.« Sie stellte Marc und sich erneut vor. »Es geht um deine Freundin Katinka. Wir haben einige Fragen, bei denen du uns vielleicht weiterhelfen kannst.«

»Katinka ist weg?« Zögernd kam die Jugendliche näher, zog einen Stuhl gegenüber von Sina hervor und setzte sich langsam auf die Kante.

»Soll ich dir noch einen Tee machen?« Frau Lemke legte eine Hand auf Chiaras Schulter, bevor sie zu Sina sah. »Kann ich Ihnen etwas zu trinken anbieten?«

»Nein, danke«, erwiderte Sina lächelnd.

»Einen Kamillentee bitte«, flüsterte Chiara.

Frau Lemke entfernte sich Richtung Küche.

»Was ist mit Katinka?«

»Das wissen wir noch nicht«, gab Sina offen zu. »Wir haben schon mit ihrer Mutter gesprochen, die uns aber leider nicht sagen konnte, ob Katinka gestern Abend eine Verabredung hatte. Vielleicht weißt du etwas?«

»Gestern Abend?«, wiederholte Chiara mit schleppender Stimme. »Keine Ahnung. Wir haben gestern nur kurz geschrieben. Mir ging es nicht gut. Katinka hat gefragt, ob wir uns im Schlosspark treffen wollen, aber ich konnte nicht.«

»Was hatte sie denn vor?«, hakte Marc nach.

Chiara blickte ins Leere. »Nichts. Sie hat mich gefragt, ob wir ein wenig auf der Wiese abhängen wollen. Das machen wir öfter bei schönem Wetter.«

»Als du ihr mitgeteilt hast, dass es dir nicht gut geht, was hat sie dazu gesagt?« Sina musterte das erschöpfte Gesicht des Teenagers.

»Nichts. Was hätte sie denn sagen sollen?«

»Wollte sie sich vielleicht mit jemand anderem verabreden?«

Chiara schüttelte den Kopf. »Kann ich mir nicht vorstellen. Die anderen Mädels in der Klasse ...« Sie verzog ihr Gesicht. »Na ja, manche sind ganz okay. Aber am liebsten sind Katinka und ich für uns.«

»Hat sie einen Freund?«, fragte Marc weiter.

Chiara stockte. »Katinka? Nein.«

»Aber es gibt doch sicher Jungs, die sie nett finden.«

»Kann sein«, nuschelte Chiara undeutlich.

»Kannst du uns Namen sagen?« Marc wechselte einen genervten Blick mit Sina.

»Stehen auf der Klassenliste.«

»Und von außerhalb der Schule? Andere Jungs, vielleicht etwas ältere, gibt es da niemanden?«

Wieder schüttelte Chiara den Kopf, bevor sie ein Taschentuch aus ihrer Sportjacke zog und sich lautstark die Nase putzte.

»Wie war das Verhältnis zwischen Katinka und ihren Eltern?«

»Gut, schätze ich.« Das Mädchen zog ein Knie hoch.

»Es gab keinen Streit, keine Meinungsverschiedenheiten?« Sina sah auf ihren Block.

»Katinka war sehr selbstständig«, antwortete Frau Lemke anstelle ihrer Tochter. »Mareike arbeitet sehr viel, und Karsten mit seinem Schichtdienst ...« Sie stellte eine dampfende Tasse vor ihre Tochter, bevor sie sich einen Stuhl heranzog und sich setzte.

»Sie kennen die Eltern gut?«, wollte Sina von ihr wissen.

»Was heißt gut? Wie man sich eben als Eltern kennt, würde ich mal sagen. Aber man bekommt ja doch einiges mit. Die Kinder sind seit der fünften Klasse befreundet. Ab und an trifft man sich und wechselt natürlich auch ein paar Worte.«

»Ist Ihnen irgendetwas aufgefallen, was Ihnen vielleicht merkwürdig vorkam?«

Frau Lemke überlegte. »Nein. Wie gesagt, Katinka ist oft auf sich allein gestellt. Mein Mann arbeitet auch viel und ist viel unterwegs.« Sie machte eine Pause. »Er ist Pilot. Aber ich bin nicht berufstätig und kümmere mich um Chiara.«

»Katinka hat dir gegenüber auch nicht erwähnt, dass sie sich verfolgt oder beobachtet fühlte?«, lenkte Marc die Befragung in eine andere Richtung.

»Sie denken, Katinka wurde entführt?« Frau Lemkes Stimme klang irritiert. »Gibt es denn Hinweise darauf?«

»Darüber dürfen wir Ihnen keine Auskunft geben. Aber die Familie ist vermögend. Wir dürfen keine Möglichkeit außer Acht lassen«, erklärte Sina ihr geduldig.

»Oh Gott, das arme Mädchen.« Chiaras Mutter wirkte ehrlich bestürzt.

»Du denkst nicht, dass sie weggelaufen ist?« Marc wandte sich erneut an Chiara.

»Nein, warum auch?« Sie wischte sich über die Augen. »Was ist, wenn ihr etwas zugestoßen ist? Vielleicht ist sie …« Ihre Stimme versagte.

Sina wechselte einen betroffenen Blick mit Chiaras Mutter. Obwohl sie der Jugendlichen noch einige weitere Fragen stellten, die diese auch gewissenhaft beantwortete, kamen Sina und Marc an dieser Stelle letztlich nicht weiter und verabschiedeten sich daher nach einer Viertelstunde.

»Ich muss Sie freistellen, Frau Engel. Das verstehen Sie sicher.«

Sina schluckte. »Gewiss, Herr Kriminalrat.«

»Das Opfer ist der Mann Ihrer Schwester. Wir wollen doch beide nicht, dass man uns später vorwirft, die Ermittlungen seien von persönlicher Befangenheit geprägt gewesen. Das kann auch nicht in Ihrem Interesse sein.«

»Nein, natürlich nicht«, murmelte Sina enttäuscht. Obwohl Marc sie vorgewarnt hatte, hatte sie doch gehofft, dass ihr Verwandtschaftsgrad zu Jochen zu weitläufig sei, als dass hier ein persönlicher Interessenskonflikt unterstellt werden konnte.

»Ich möchte, dass Sie ab sofort nur an dem Fall mit dem vermissten Mädchen arbeiten. Ach, und Frau Engel?«

»Ja, Herr Gans?« Sina trommelte ungeduldig mit ihrer rechten Hand auf den Schreibtisch.

»Kommissar Sommer wird Ihre Truppe ab heute unterstützen. Der Kollege hat sich bereits auf den Weg nach Weinheim gemacht. Ich hoffe, dass Sie ihm alle bisher vorhandenen Informationen zu der Körperverletzung weitergeben.«

»Kommissar Sommer?«, entfuhr es Sina überrascht. »Aber ich dachte …«

»Was?« Der Kriminalrat räusperte sich. »Was dachten Sie, Kollegin Engel?«

»Nichts, Herr Gans. Gar nichts. Selbstverständlich werde ich mit Herrn Sommer die vorliegenden Fakten durchsprechen. Einer meiner Mitarbeiter kann ihn unterstützen, wenn er Befragungen im Fall Völker durchführt.«

»Schön, dass Sie Ihre Vorbehalte gegenüber dem Kollegen überwunden haben.«

»Aber …«, wollte sich Sina an einer Erklärung versuchen, als sie auch schon von ihrem Vorgesetzten aus Heidelberg unterbrochen wurde.

»Lassen Sie es gut sein, Kollegin Engel. Herr Sommer hat vorhin mir gegenüber schon angedeutet, dass die Komplikationen aus dem letzten Sommer beseitigt seien.«

Sina schluckte eine entsprechende Erwiderung hinunter. Niemand ihrer Mitarbeiter, geschweige denn ihr Vorgesetzter, wusste von ihrer Beziehung zu Matthias. Und wenn es nach Sina ging, würde es auch dabei bleiben. Daher entschied sie, das Thema nicht weiter zu vertiefen.

»Können Sie mir schon etwas zu der vermissten Katinka Lungwitz sagen?«

»Wir haben bisher mit der Mutter gesprochen und mit Katinkas Freundin. Der Kollege Runz ist in Heidelberg bei Katinkas Vater, der dort in der Uniklinik als Kardiologe beschäftigt ist. Aber da er noch nicht zurück ist, liegen mir hierzu noch keine Informationen vor. Die anderen beiden Gespräche waren eher unergiebig, daher würde ich dringend vorschlagen, die Ermittlungen weiterhin in alle Richtungen offen zu führen.«

»Tun Sie das, Frau Engel.«

Sie verabschiedete sich und beendete das Telefonat. Als sie sich erhob, vernahm sie Matthias' Stimme aus dem Großraumbüro, das an ihr eigenes Zimmer grenzte. Würde sie es schaffen, keinen Argwohn bei ihren Mitarbeitern zu wecken? Matthias ist nur ein Kollege, bläute sie sich ein. Behandle ihn einfach, wie du auch mit Marc oder Gerhard umgehst.

Sie fuhr sich durch ihr Haar und öffnete die Tür. Da saß er. An der schmalen Kante von Marcs Schreibtisch. Auch Gerhard saß an seinem Platz. Er war offenbar in der Zwischenzeit aus Heidelberg zurückgekommen.

Sie suchte Matthias' Blick und lächelte. »Hallo, Matthias.«

»Sina. Schön, dich wiederzusehen.« Als er sich erhob, um ihr die Hand zu reichen, erblickte sie den Verband an seinem linken Oberarm.

»Du bist verletzt?« Sie schluckte und bemühte sich um Gleichgültigkeit.

»Nur ein Kratzer im Eifer des Gefechts.« Er winkte ab, während sein Blick ihr signalisierte, das Thema für den Moment auf sich beruhen zu lassen.

Sina atmete tief durch und rief sich wieder die Anwesenheit ihrer Mitarbeiter ins Gedächtnis. »Ich habe gerade mit dem Kriminalrat telefoniert. Er hat mir deine Unterstützung angekündigt.«

Matthias grinste und hob seine Arme. »Und schon bin ich da.«

Sie nickte, während ihr Blick erneut an dem festen Verband hängen blieb. Was war geschehen?

»Hast du mit Professor Lungwitz sprechen können?«, wandte sie sich an Gerhard.

Der nickte und zog seinen Notizblock hervor. »Und er hat die Aussage seiner Frau bestätigt. Er hatte Dienst und war nicht zu Hause, als seine Tochter von ihrem Praktikum nach Hause kam.«

»Was für einen Eindruck hat er auf dich gemacht?« Sina wich Matthias' Blick aus.

»Er schien ehrlich besorgt zu sein.« Gerhard kratzte sich am Kinn. »Ich glaube nicht, dass er etwas mit dem Verschwinden der Tochter zu tun hat.«

»Den Eindruck hatten wir heute früh auch nicht, stimmt's?« Sina sah zu Marc. »Also ist sie entweder freiwillig abgehauen, oder ihr ist etwas zugestoßen. Ob es sich hier tatsächlich um eine Entführung handelt oder etwas anderes dahintersteckt, wissen wir nicht.«

»Was könnt ihr mir über den Fall deines Schwagers berichten?«, mischte sich Matthias ins Gespräch. »Was ist mit dem Fundort?«

»Gerhard, kannst du hierzu etwas sagen?«, bat Sina ihren Mitarbeiter.

»Ich war nicht vor Ort, aber Jochen Völker wurde an der Ecke Hegelstraße und Am Schloßberg gefunden, unterhalb der beiden Burgen. Von einem Ehepaar, das nur wenige Meter entfernt wohnt. Er lag hinter einem Gebüsch und war nicht ansprechbar. Sie haben sofort den Notarzt und uns verständigt.«

»Habt ihr einen Stadtplan hier?«

Marc öffnete eine Schublade und holte eine Karte heraus. Nachdem er sie auseinandergefaltet hatte, breitete er sie auf der Tischplatte aus. Alle vier erhoben sich und beugten ihre Köpfe darüber.

»Da.« Sina zeigte mit dem Finger auf die Straße.

»Hier wurde er aufgefunden«, ergänzte Gerhard und markierte eine Stelle auf dem Plan.

»Was hat er da gemacht?« Sina sah auf.

»Was sagt deine Schwester?«

»Sie wusste es nicht«, beantwortete sie Matthias' Frage. »Ihr solltet mit seiner Sekretärin in der Kanzlei sprechen. Sie müsste seine Termine kennen.«

»Das werden wir.« Matthias setzte sich wieder. »Er ist Anwalt für Strafrecht?«

Gerhard nickte. »Es ist durchaus möglich, dass einer seiner ehemaligen Klienten hinter dem Überfall steckt.«

»Wurde etwas gestohlen?«

»Handy und Brieftasche«, sagte Gerhard.

»Was meinen die Ärzte?«

»Sie konnten nicht sagen, wann er das Bewusstsein wiedererlangt.«

»Besteht Lebensgefahr?« Sein Blick wurde weicher, als er zu Sina sah.

Ihre Kehle schnürte sich zu. »Nein, er ist stabil, aber …«

»Befürchten sie, dass er bleibende Schäden davonträgt?«

Sina blinzelte gegen die Tränen an, während sie an Natascha und die Kinder denken musste. »Sie wissen es nicht.«

»Er ist jung, und er hat Familie.« Matthias zögerte. »Er wird kämpfen.«

Gerhard legte seine Hand auf Sinas Unterarm. »Er wird es schaffen. Die Ärzte waren doch zuversichtlich.«

Sina nickte, erwiderte jedoch nichts. Sie mochte sich gar nicht vorstellen, welche Ängste ihre Schwester gerade ausstand. Und obwohl sie mit ihrem Schwager in der Vergangenheit nie wirklich auf einen Nenner gekommen war, hoffte sie von ganzem Herzen, dass er wieder komplett genesen würde. Wer, wenn nicht sie, wusste, wie es sich anfühlte, plötzlich vor dem Nichts zu stehen, nachdem man den geliebten Partner verloren hatte? Als sie aufblickte, erkannte sie in Matthias' Miene, dass er ähnliche Gedanken zu hegen schien. Sie sah Mitgefühl und Wärme in seinem Gesichtsausdruck.

»Gut.« Ihre Stimme klang belegt. Sie räusperte sich. »Lasst uns Feierabend machen. Morgen liegt viel Arbeit vor uns. Wir müssen Katinka Lungwitz finden, und wir müssen aufklären, wer Jochen so zugerichtet hat.«

7

»Sina, komm rein. Natascha ist auch da«, begrüßte Marion Engel ihre Tochter an der Eingangstür, bevor sie sie kurz in den Arm nahm. »Du siehst erschöpft aus.«

Sina winkte ab. »Es ist alles okay.«

Doch nichts war in Ordnung. Wieder musste sie an Matthias' Verletzung denken. Da er noch kurz mit Gerhard und Marc Jochens Fall und die weiteren Schritte hatte besprechen wollen, hatte Sina keine Möglichkeit mehr gehabt, mit ihm unter vier Augen zu reden. Was war passiert?

»Sina!« Als sie das Wohnzimmer betrat, stürmte ihre Schwester auf sie zu und schlang ihre Arme um sie.

Beruhigend strich sie der schluchzenden Natascha über den Rücken.

Als sie sich voneinander lösten, seufzte ihre Mutter. »Was ist das nur für eine Welt geworden? In der junge Familienväter brutal zusammengeschlagen werden?«

»Der Kriminalrat hat mich von dem Fall abgezogen«, berichtete Sina leise.

»Warum das denn?«, wollte Natascha mit aufgerissenen Augen wissen.

»Weil wir verwandt sind.«

»Er ist dein Schwager, das ist doch … eher weitläufig, oder nicht?« Ihre Mutter schüttelte den Kopf. »Ermitteln deine Mitarbeiter jetzt ohne dich?«

Sina senkte den Kopf. »Nein, wir haben Verstärkung bekommen. Matthias … Sommer aus Heidelberg unterstützt uns.«

Nataschas rechtes Auge zuckte, doch sie erwiderte nichts.

Natürlich wusste sie von Sinas und Matthias' Beziehung, doch da ihre Eltern nicht informiert waren, sagte sie nichts.

»Das ist doch Carlos ehemaliger Partner«, hakte Marion Engel nach. »Der dich im Sommer ...«

»Ja«, beeilte Sina sich zu erwidern, da der Zeitpunkt mehr als ungünstig war, um ihrer Mutter zu erklären, wie sich ihr Leben in den letzten Monaten gewandelt hatte.

»Er ist gut«, bemerkte Natascha ernst. »Matthias wird denjenigen finden, der Jochen das angetan hat.«

Sina nickte. »Wo ist Clara?«

»Im Garten. Mit Papa, Nele und Jonas.«

»Ich will gleich noch mal ins Krankenhaus gehen«, erklärte Natascha in Sinas Richtung. »Deshalb habe ich die Kinder hergebracht.«

»Was hast du ihnen erzählt?«

Natascha schluckte. »Dass Jochen einen Unfall hatte und im Krankenhaus liegt, um sich zu erholen.« Ihre Augen wurden feucht. Sie fuhr sich übers Gesicht.

»Soll ich mitkommen?« Behutsam griff Sina nach Nataschas Hand und drückte sie.

Die schüttelte den Kopf. »Du hast den ganzen Tag gearbeitet. Deine Tochter möchte jetzt auch etwas von ihrer Mutter haben.« Sie bemühte sich um ein Lächeln. »Es ist schon gut. Jochen ...« Sie begann wieder zu weinen. »Er bekommt ja doch nicht mit, dass ich da bin.«

»Doch«, widersprach Sina mit Nachdruck. »Doch, das tut er! Rede mit ihm. Halte seine Hand. Ich glaube ganz fest daran, dass er deine Anwesenheit spürt. Erzähle ihm von den Kindern.«

Natascha presste ihre Lippen aufeinander, nickte aber.

»Sina hat recht«, pflichtete Marion Engel ihrer jüngeren Tochter bei. »Du darfst jetzt nicht die Hoffnung aufgeben. Jochen ist jung. Er wird es schaffen. Und grüß ihn ganz lieb von uns.«

»Mache ich«, murmelte Natascha und schniefte. »Ich gehe dann jetzt mal. Ich weiß noch nicht, wann ...«

»Lass dir Zeit«, beruhigte ihre Mutter sie sofort. »Die Kinder sind bei uns gut aufgehoben. Kümmere du dich um deinen Mann, er braucht dich.«

Natascha nickte, umarmte Sina und ihre Mutter und verließ das Wohnzimmer.

Marion Engel fasste Sina am Ellbogen. »Lass uns nach draußen gehen.«

Als Sina über die Schwelle zur Terrasse trat, quoll ihr Herz fast über vor Glück. Clara saß auf einer karierten Decke auf dem Rasen, Nele und Jonas knieten neben ihr und stapelten grüne, blaue, rote und weiße Bauklötze übereinander. Hans Engel stand daneben und beobachtete seine drei Enkel mit einem Lächeln.

»Sina!« Sein Gesicht erhellte sich, als er seine Tochter erblickte. »Na, hast du endlich Feierabend?«

Sie nickte und steuerte auf die kleine Gruppe zu. »Hallo, Papa.« Sie umarmte ihn und hauchte einen Kuss auf seine Wange. »Ich sehe schon, das Bespaßungsprogramm ist in vollem Gange.« Sie ging in die Hocke. »Clara, meine Süße, spielst du schön mit Jonas und Nele?«

»Clara kann den Turm schon ganz allein bauen«, plapperte ihre Nichte los, während Jonas den Kopf schüttelte.

»Aber nur, wenn wir ihr die Bauklötze hinlegen.«

»Clara ist ja erst neun Monate alt. Ich denke, sie hat noch Zeit, all das zu lernen, was ihr beiden ihr beibringt.«

»Ja, das macht total Spaß.« Nele strich Clara über das kurze blonde Haar. »Stimmt's, Clara, du Kleine?«

Sina musste schmunzeln.

»Setz dich.« Ihr Vater winkte sie mit dem Kopf zur Terrasse. »Lass die drei noch ein wenig spielen.«

»Magst du etwas trinken, Sina?«, erklang die Stimme ihrer Mutter aus dem Wohnzimmer.

»Ein Wasser vielleicht«, entgegnete sie dankbar, während sie sich zu ihrem Vater setzte. Sie schnaufte tief.

»Viel Arbeit?«, erkundigte er sich, während sie seinen Blick auf ihrem Gesicht spürte.

Sina zuckte mit den Achseln. »Heute früh dachte ich noch, die Woche würde so weitergehen, wie sie gestern begonnen hat. Viel Schreibkram, Berichte abtippen, Akten ablegen, langweilige Bürokratie.« Sie lächelte.

»Und was denkst du jetzt?«

»Na ja. Erst die Sache mit Jochen, und dann haben wir noch ein verschwundenes Mädchen reinbekommen.«

»Ein Mädchen?«

»Eine Jugendliche«, verbesserte sich Sina und griff dankbar nach dem Wasserglas, das ihre Mutter ihr in diesem Moment reichte. »Sechzehn Jahre alt.« Sie nahm einen großen Schluck.

»Ist sie ausgerissen, oder vermutet ihr ein Verbrechen?«

»Das wissen wir noch nicht. Momentan müssen wir in alle Richtungen ermitteln. Sie kommt aus einem wohlhabenden Elternhaus.«

Marion Engel runzelte die Stirn. »Eine Entführung? Hier in Weinheim?«

Sina musste lachen. »Ach so. Du denkst, so etwas kann hier im idyllischen Weinheim nicht passieren? In Berlin, Hamburg oder Stuttgart schon. In Großstädten. Aber in Weinheim? Nein, hier doch nicht.« Sie grinste.

Ihre Mutter sah sie tadelnd an.

»War nur ein Spaß, Mama.«

»Gibt es denn eine Lösegeldforderung?«, wollte ihr pragmatischer Vater wissen.

»Bis jetzt nicht.« Sina lehnte sich zurück und verfolgte, wie Clara erst den Turm zerstörte und im nächsten Moment ihrer Cousine einen der Bauklötze hinstreckte.

»Clara, wenn du den Turm immer wieder kaputt machst, musst du ihn auch wieder aufbauen«, belehrte Nele sie mit erhobenem Zeigefinger. »Sieh! Einfach einen auf den anderen setzen.«

Doch sie kam nur bis zur dritten Etage, dann schoss Claras Hand wieder vor, und die Klötze purzelten erneut durcheinander.

»Mensch, du bist ja eine Spielverderberin«, maulte Jonas und erhob sich. »So ein Baby.«

»Jonas, da drüben liegt die Tasche mit den Autos, die Mama für dich eingepackt hat.« Marion Engel zeigte zum Rand der Terrasse.

Jonas holte sich seine Spielsachen und setzte sich einige Meter von den Mädchen entfernt ins Gras.

Sina gähnte.

»Du arbeitest zu viel.«

»Ach, Mama. Momentan mache ich so gut wie keine Überstunden.«

»Aber du hast ein Kind. Wenn du nach Hause kommst, hast du keinen Feierabend. Keine Zeit für dich. Vielleicht solltest du mal ein paar Tage Urlaub machen«, schlug ihre Mutter beherzt vor.

»Urlaub?« Sina sah zu ihrer Tochter.

»Ja, ein paar Tage. Und Clara lässt du solange bei uns.«

Sina blickte abwechselnd ihre Eltern an. »Nein, ohne Clara fahre ich nirgends hin.«

»Nur ein paar Tage. Dein Leben besteht doch nur noch aus Arbeit und Kinderversorgung.«

Sina wandte ihren Blick ab. Sie war seit knapp vier Monaten mit Matthias zusammen, hatte aber immer noch das Gefühl, dass es zu früh sei, ihren Eltern zu beichten, dass es einen neuen Mann in ihrem Leben gab. Davon abgesehen war sie sich nach wie vor nicht sicher, wie es mit ihnen weitergehen würde. Matthias' Ex-Freundin rief noch immer in unregelmäßigen Abständen an, doch Sina traute sich nicht, ihm zu sagen, dass sie das störte. Es war Matthias' Vergangenheit, die sie im Grunde nichts anging. Doch die Tatsache, dass diese Frau ihm hinterhertelefonierte, ärgerte sie mehr, als sie sich selbst eingestehen wollte.

»Nein«, erwiderte sie jetzt. »Es ist nett, dass du mich ein wenig entlasten möchtest. Aber Clara ist mein Kind, und ich sehe sie eh schon so wenig, wenn ich den ganzen Tag arbeiten muss. Wenn ich Urlaub nehme, dann werde ich diesen mit meiner Tochter verbringen.«

Hans Engel lachte.

Seine Frau warf ihm einen strengen Blick zu.

»Was? Du wärst früher auch um nichts in der Welt ohne deine Töchter weggefahren«, erklärte er mit Nachdruck. »Erinnerst du dich, als ich mit dir ein Wochenende nach München fahren wollte?«

Seine Frau verzog ihr Gesicht. »Ich war auch nicht so gestresst wie Sina.«

»Ich bin nicht gestresst«, warf Sina ein. »Es ist alles gut.«

»Da hörst du es«, pflichtete Hans Engel seiner Tochter bei. »Sie hat alles im Griff.«

»Ach, ihr zwei«, gab seine Frau in genervtem Ton zurück, lachte aber im nächsten Moment.

8

Während Sina den Grießbrei rührte, krähte Clara in ihrem Hochstuhl munter vor sich hin.

»Na, dein Tag muss ja sehr ereignisreich gewesen sein.« Sina lächelte. Ihre Tochter schien glücklich zu sein. Und sie? Sie war ebenfalls glücklich, wenn sie sich auch immer noch wegen Matthias' Verletzung sorgte. Sie sah auf die Uhr. Wo blieb er nur?

Als der Brei die richtige Konsistenz hatte, nahm sie den Topf vom Herd und schüttete einen Teil davon in einen tiefen Teller. »Wir lassen ihn noch ein wenig abkühlen, dann kann es gleich losgehen.« Sie trat zu ihrer Tochter und setzte sich neben sie. Clara streckte ihre rechte Hand aus. Sina umfasste die zarten Finger. »Geht es dir gut, mein Schatz?«

Die blauen Augen ihrer Tochter sahen sie unverwandt an. Liebevoll strich Sina ihr über die Wange. »Ich habe dich sehr, sehr lieb, mein Schatz.« Wehmut stieg in ihr auf, als sie an Carlo denken musste. Ihr verstorbener Lebensgefährte würde seine Tochter niemals kennenlernen. Und Clara würde niemals wissen, was für ein witziger und empathischer Mann ihr Papa gewesen war. Sina schloss kurz die Augen. Obwohl Carlo seit fast anderthalb Jahren tot war, gab es Momente, in denen sich der Schmerz mit voller Wucht zurückmeldete. Clara war sein letztes Geschenk an Sina gewesen.

»Wir werden ihn nicht vergessen«, flüsterte sie. »Niemals.« Was war seit Carlos Ermordung nur alles geschehen? Manchmal konnte Sina es selbst nicht glauben, wie rasant sich ihr Leben in den letzten Monaten verändert hatte. Jetzt saß sie hier und wartete auf den Mann, der die Sonne in ihren Alltag zurückgebracht hatte. Der ihr wieder gezeigt hatte, wie viel Schönes noch auf sie wartete.

»Ah!«

Sina lachte. »Du hast Hunger, ich weiß.« Sie stand auf und holte den Teller mit dem dampfenden Brei. Während Clara immer wieder ungeduldig auf das Essen deutete, rührte und pustete Sina, bis die Temperatur deutlich gesunken war. »Es kann losgehen, junges Fräulein.« Sie holte ein Lätzchen und band es Clara um.

Beim Füttern schweiften Sinas Gedanken erneut ab. Carlo und Matthias. Zwei völlig unterschiedliche Männer. Carlo mit seinem blonden Wuschelhaar und seiner locker-flapsigen Art. Und Matthias mit seinen dunklen Locken und dieser unwiderstehlichen Anziehung. Wäre Carlo nicht ermordet worden, hätte sich Sina niemals für Matthias interessiert. Doch Carlo konnte sie nicht mehr glücklich machen. Sie musste schlucken. Matthias schon.

Clara schlug mit ihrer Hand auf die Ablage des Hochstuhls.

»Ja, du hast recht. Ich grüble zu viel.« Sie konzentrierte sich wieder auf ihre Tochter, die mit gesundem Appetit den kompletten Teller leerte.

Sina hob das kleine Mädchen aus dem Stuhl und brachte mit ihr auf dem Arm das Geschirr in die Küche. In dem Moment klopfte es an der Tür. Sina hatte Matthias vor drei Wochen einen Schlüssel zu ihrer Wohnung gegeben, da er sechs von sieben Nächten sowieso bei ihr und Clara verbrachte. Aber wenn er wusste, dass sie daheim war, klingelte oder klopfte er vorher. Den Schlüssel nutzte er nur, wenn Sina ihm nicht öffnen konnte.

»Das ist Matthias.« Sie eilte mit Clara in den Flur.

»Sina.« Er grinste schief, während er die Wohnung betrat. »Na, Clara, wie geht es dir?« Er streichelte dem Mädchen über den Kopf.

»Sie hat gerade gegessen.«

Matthias legte eine Hand an Sinas Wange und küsste sie zart. »Du hast mir gefehlt.«

Seine Worte berührten sie, und sie spürte, wie ihre Augen zu brennen begannen. Hastig blinzelte sie dagegen an. »Komm.« Sie lotste ihn ins Wohnzimmer, wo sie Clara auf ihre Spieldecke setzte. »Was ist passiert?«, platzte es im nächsten Moment aus ihr heraus. Sie griff nach seiner linken Hand und ließ ihre Finger über den Verband wandern.

»Es ist nur ein Kratzer«, wiegelte er sofort ab.

Sina schüttelte den Kopf. »Lass das.«

Matthias atmete aus. »Söldners Vorzimmersekretär hat die Nerven verloren.«

»Wie konnte das passieren?«

»Sina, wir sind hier nicht beim Verhör«, mahnte er sie sanft. »Was hältst du davon, wenn wir eine Runde spazieren gehen und ich dir dabei alles in Ruhe erzähle?«

Sie sah ihn schweigend an.

Er erwiderte ihren Blick. »Ich bin wieder hier. Bei euch. Es geht mir gut«, beschwichtigte er sie leise. »Bitte. Lass uns eine Runde gehen.«

Als sie zwanzig Minuten später am Waidsee ankamen, konnte Sina nicht mehr an sich halten. »Er wollte dich …« Ihre Stimme versagte. »Diese Stelle. Er wollte dich nicht an deinem Oberarm verletzen. Er wollte …«

Matthias blieb mit dem Buggy stehen und wandte sich ihr zu. »Ich bin Polizist, Sina. Und wenn ein Angreifer auf meinen Oberkörper zielt, weiß ich mich zu wehren.«

Sie blickte zur Seite. »Wenn er …«

»Nein, Sina. Nicht wenn …« Er berührte ihr Gesicht und drehte es wieder in seine Richtung. »Sieh mich an! Ich bin hier. Mir ist nichts passiert.« Er verdrehte die Augen. »Nichts Schlimmes zumindest.« Sein Blick wurde intensiver. »Und ich verspreche dir, dass ich alles in meiner Macht Stehende tun werde, um jeden Abend, jeden Tag zu dir zurückkehren zu können.«

Ergriffen von seinen Worten legte sie eine Hand in seinen Nacken und zog seinen Kopf zu sich heran. Als ihre Lippen die seinen berührten, verdrängte sie all ihre Sorgen und Ängste. Sina wusste, dass es in ihrem Job keine hundertprozentige Sicherheit gab. Sie standen an vorderster Front, und niemand konnte wissen, was in der nächsten Stunde, am nächsten Tag, in der nächsten Woche geschah. Wem sie begegneten, mit welchen kriminellen Energien sie es zu tun bekamen. Diese Abwechslung, dieses Gefühl, die Bevölkerung vor Unheil und Verbrechen schützen zu können, war es, was ihren Beruf als Polizeibeamte ausmachte. Sie sorgten dafür, dass sich jeder an die Regeln hielt. Doch Sina war auch klar, dass manchmal in Bruchteilen von Sekunden Entscheidungen getroffen werden mussten, die sich erst im Nachhinein als richtig oder falsch erwiesen. Die im Extremfall über Leben oder Tod bestimmten. Doch daran wollte sie jetzt nicht denken. Sie genoss Matthias' Nähe, die Wärme seines Körpers, seinen so vertrauten Geruch, die Geborgenheit, die er ihr vermittelte.

Als sie sich wieder voneinander lösten, hatte sie fast zu ihrer alten Zuversicht zurückgefunden. »Es tut mir leid.«

»Das muss es nicht, Sina«, wiegelte er ab. »Ich weiß doch, woher deine Angst kommt.«

Sie schwieg.

»Du weißt, dass wir nicht alles beeinflussen können. Wir standen mit fünfzehn Mann in diesem Vorraum. Warum der Gorilla das Messer gezogen hat ...« Matthias schüttelte den Kopf. »Das weiß er wohl selbst nicht. Thorsten hat ihm in die Hand geschossen.«

»Autsch.«

Matthias nickte. »Menschen verhalten sich nicht immer rational.«

»Was ist mit Söldner?«

»Ich hoffe, sie nehmen ihn jetzt richtig in die Mangel.«

Sina musterte ihn. »Ärgert es dich nicht, dass du von dem Fall abgezogen wurdest?«

Er zuckte mit den Achseln. »Wenn Gans der Ansicht ist, ich solle meiner Weinheimer Lieblingskommissarin unter die Arme greifen, dann ist das kein Grund zum Ärgern, wie ich meinen würde.« Er grinste.

Sina lachte. »Quatschkopf.«

Sie setzten ihren Weg fort und genossen den lauen Frühsommerabend.

9

Mittwoch, 7. Juni

»Können Sie uns sagen, ob Herr Völker vorgestern am späten Nachmittag oder frühen Abend einen Termin am Wachenberg hatte?«

Jana Dörsam blickte auf ihren Bildschirm. »Ich kann nichts finden.«

Matthias wechselte einen kurzen Blick mit Gerhard, bevor er sich erneut der jungen Sekretärin zuwandte. »Bis wann war Herr Völker in der Kanzlei?«

Die Angestellte sah auf und schien zu überlegen. »Ich bin mir nicht ganz sicher.« Langsam drehte sie sich auf ihrem Schreibtischstuhl. »Katrin, wie lange warst du vorgestern hier?«

Die zweite Sekretärin saß in etwa fünf Meter Entfernung und tippte ohne Unterbrechung auf ihrer Tastatur herum. »Bis sechs.«

»War Jochen noch im Haus, als du gegangen bist?«

Ohne aufzusehen, erwiderte die Dunkelhaarige: »Er ist kurz vor mir gegangen.«

Jana Dörsam drehte sich wieder zu den beiden Beamten. »Sie haben es gehört.«

Matthias nickte. »Er ist also kurz vor sechs gegangen, hatte aber augenscheinlich keinen Außer-Haus-Termin.«

»Zumindest keinen, der mir bekannt war«, ergänzte die Angestellte. »Meine Kollegin ist für Herrn Weinmann zuständig, Herrn Völkers Partner, während ich ausschließlich für Herrn Völker arbeite.«

»Könnte es theoretisch sein, dass er einen Kliententermin hatte, uber den Sie nicht informiert waren?« Gerhard trat einen Schritt näher.

Die junge Frau pustete gegen ihren Pony. »Klar, möglich wäre es schon.«

»Aber nicht sehr wahrscheinlich?«, hakte Matthias nach.

Sie schüttelte den Kopf. »Herr Völker legt großen Wert auf Ordnung und System. Ab und zu hat er natürlich Außer-Haus-Termine. Aber im Normalfall weiß ich darüber Bescheid.«

»Welche Fälle bearbeitet er momentan?«

Sie verdrehte die Augen. »Viele.«

»Stehen Prozesse an, die …«, Matthias überlegte, »… eher aussichtslos erscheinen?«

Sie lächelte leicht. »Sollte es solche Fälle tatsächlich geben, würde Herr Völker dies nie zugeben. Für ihn ist ein Prozess erst verloren, wenn der Richter ein entsprechendes Urteil gesprochen hat.«

»Das heißt, er setzt sich zu hundert Prozent für alle seine Klienten ein?«, folgerte Gerhard.

»Zu hundertfünfzig Prozent«, widersprach Jana Dörsam ernst. »Herr Völker ist Anwalt aus Leidenschaft. Er kämpft bis zum Letzten. Gibt keinen Fall vorschnell verloren. Wenn Sie ihn vor Gericht sehen könnten! Er blüht regelrecht auf, wenn er sich für seine Mandanten einsetzen kann. Wenn er zu ihrem Fürsprecher, ihrem Verteidiger wird.«

Matthias war ihrem Vortrag mit wachsendem Erstaunen gefolgt. Entweder war diese junge Frau bis über beide Ohren in ihren Chef verliebt, oder er selbst musste sich ernsthaft Gedanken zum Thema »Identifizierung mit dem eigenen Arbeitgeber« machen.

»Sie halten Herrn Völker für einen guten Anwalt?«, legte Gerhard überflüssigerweise nach.

»Den besten«, kam es auch umgehend von Jochens Sekretärin zurück.

»Hat Herr Völker davon gesprochen, ob in letzter Zeit ehemalige Mandanten aus der Haft entlassen wurden? Möglicherweise Straftäter, deren Prozesse Ihr Chef verloren hat?«

»Er kann nicht jeden vor dem Gefängnis bewahren«, nahm Jana Dörsam ihren Vorgesetzten erneut in Schutz. »Manche Straftaten …« Sie brach ab.

»Hat er?«, wiederholte Matthias Gerhards Frage.

»Ich glaube, vor einigen Wochen wurde jemand entlassen.«

»Haben Sie einen Namen?«

Sie plusterte ihre Wangen auf und schien zu überlegen. »Moment.« Hastig tippte sie auf ihrer Tastatur herum.

Matthias ließ seinen Blick durch den Raum schweifen. Schwere Eichenmöbel verliehen dem Vorzimmer eine rustikale, fast einschüchternde Atmosphäre. Er kannte Sinas Schwager nicht, hatte aber öfter mitbekommen, dass es zwischen Natascha und ihrem Mann nicht allzu gut lief. War der Anwalt bei einer anderen Frau gewesen, bevor er zusammengeschlagen worden war? Hatte er möglicherweise eine Affäre? Vielleicht sollte er bei Sina nachfragen, ob sie ihrem Schwager zutraute, dass er seine Frau, seine Familie derart hinterging?

»Mirco Markovic«, riss ihn Jana Dörsams Stimme in diesem Moment aus seinen Überlegungen. »Der Mann saß fünf Jahre wegen schwerer Körperverletzung mit Todesfolge hinter Gittern. Vor drei Wochen wurde er vorzeitig entlassen.«

Matthias notierte sich den Namen. »Ihr Chef hat den Prozess damals verloren?«

Sie wiegte leicht ihren Kopf. »Wie man's nimmt. Markovic hat bis zum Schluss darauf bestanden, unschuldig zu sein. Jochen …« Sie räusperte sich. »Herr Völker war der festen Ansicht, dass ein Freispruch unrealistisch sei. Markovic konnte froh sein, dass er nicht wegen Mordes verurteilt wurde.«

»Aber Markovic sah das anders.« Matthias überlegte.

Sie nickte. »Ein übler Zeitgenosse. Ich kann mich noch gut an den Fall erinnern, weil ich erst kurz davor hier angefangen hatte. Einmal durfte ich Herrn Völker ins Gefängnis begleiten, als er Markovic in U-Haft besucht hat.«

»Weitere entlassene ehemalige Mandanten?«

Sie verzog ihr Gesicht. »Das ist gut möglich, aber bekannt ist mir sonst niemand.«

»Wurde Herr Völker in letzter Zeit bedroht? Vertrat er Straftäter, die mit seiner Arbeit unzufrieden waren und dies auch entsprechend geäußert haben?«

Sie zuckte mit den Achseln. »Unsere Mandanten sind manchmal sehr … schwierig. Es ist immer mal wieder einer dabei, der nicht glücklich damit ist, wie Jochen … Herr Völker die Situation einschätzt.« Sie blickte von Matthias zu Gerhard. »Wir vertreten Menschen, die gegen das Gesetz verstoßen haben. Straftäter, Kriminelle … Da können Sie sich wahrscheinlich gut vorstellen, dass der Umgang mit dem einen oder anderen nicht besonders angenehm ist.«

»Könnten Sie uns eine Liste mit den aktuellen Fällen Ihres Chefs zukommen lassen?«, bat Matthias die junge Frau, während er eine Karte auf den Tresen legte.

Sie nickte.

»Und wenn Ihnen noch etwas einfällt, rufen Sie mich bitte an.«

10

»Du bist immer noch ganz blass um die Nase. Warum bist du nicht daheimgeblieben?«

Anna spürte den prüfenden Blick ihrer besten Freundin auf sich und drehte ihren Kopf weg.

»Anna?«

Sie zog die Oberlippe zwischen die Zähne und rang um Fassung.

Lilli blickte auf ihre Uhr, bevor sie an Annas T-Shirt zog. »Komm.«

»Was machst du?«, brauste Anna auf, während sie sich von Lilli durch die Gruppe der Schüler ziehen ließ, die wie die beiden Freundinnen ihre Pause in der Schulstraße der Dietrich-Bonhoeffer-Schule verbrachten.

»Komm mit«, zischte Lilli erneut und warf Anna über ihre Schulter hinweg einen grimmigen Blick zu.

Diese stolperte kopfschüttelnd hinter ihrer Klassenkameradin her.

Erst etwa zwanzig Meter vor der Haupteingangstür löste Lilli ihre Hand von Annas T-Shirt und blieb stehen. »Da wären wir. Also, was ist eigentlich los?« Sie stemmte ihre Hände in die Taille und legte ihren Kopf schief. »Ich höre.«

Anna verzog ihr Gesicht. »Was willst du denn?«

»Du stehst seit Wochen völlig neben dir! Sieh dich mal an.« Lilli zeigte auf Anna. »Irgendetwas stimmt doch nicht mit dir.«

Anna senkte ihren Blick.

»Anna? Hallo! Ich bin es, Lilli. Deine beste Freundin. Rede doch endlich mit mir.«

»Ich dachte …«, begann Anna leise.

»Ja? Was dachtest du?«

Anna schnaufte. »Ich habe gedacht, dass ich vielleicht einen Hirntumor habe.«

Die Verblüffung stand Lilli ins Gesicht geschrieben. »Wie bitte?«

Anna schüttelte den Kopf. »Ja, eine blöde Annahme, ich weiß.«

»Eine blöde Annahme? Äh, wie kommst du auf so einen Schwachsinn?«

»Mir ist immer wieder schlecht, ich habe Kopfschmerzen, Gliederschmerzen …«

»Ja, klar«, höhnte Lilli. »Typische Symptome eines Hirntumors.« Erneut schüttelte sie den Kopf. »Süße, du hast keinen Hirntumor. Ich verstehe es nicht …« Sie warf ihre Hände in die Luft und blickte in den Himmel.

Vorbeieilende Schüler sahen mit neugierigen Mienen zu Lilli.

»Pst, nicht so laut«, mahnte Anna betreten. »Das muss ja nicht jeder mitbekommen.«

»Wie kommst du da nur drauf?« Lilli ging nicht auf ihren Einwand ein.

»Ich habe so ein Buch gelesen, in dem …« Anna winkte ab. »Vergiss es. Ich habe mich wohl getäuscht.«

»Mit Sicherheit«, merkte Lilli mit ironischem Unterton an. »Und deshalb ziehst du seit Tagen so ein Gesicht? Weil du dachtest, du hättest Krebs?«

»Erinnerst du dich an den Abend vor einigen Wochen, als wir am Marktplatz waren?«

»Als sich diese Typen zu uns gesetzt hatten?« Lilli schien sofort zu wissen, von welchem Abend Anna sprach.

Sie nickte.

»Ja, und?« Ungeduldig verlagerte ihre Freundin das Gewicht auf den anderen Fuß.

»Du musstest doch früher gehen«, fuhr Anna gedehnt fort.

»Ja …«

Anna verdrehte die Augen. »Ich habe keine Ahnung, wie ich an dem Abend nach Hause gekommen bin.«

Lilli runzelte die Stirn. »Wie meinst du das?«

Anna schluckte. »Als ich am nächsten Morgen aufgewacht bin, habe ich mich total schlecht gefühlt. Bis heute kann ich mich null erinnern, was an jenem Abend passiert ist.«

»Ich verstehe nicht …«

Anna verfolgte, wie zwei Schülerinnen der Grundschule hinter dem weißen Zaun, der den Grundschulbereich von den weiterführenden Schulen trennte, mit einem Softball kickten.

»Anna?«

»Ich verstehe es auch nicht«, platzte es aus ihr heraus. »Du weißt doch, dass ich normalerweise gar keinen Alkohol trinke.«

Lilli wackelte mit dem Kopf. »Ja, und?«

»Meine Mutter hat mir am nächsten Tag eine gehörige Standpauke gehalten, weil sie meinte, ich sei total besoffen heimgekommen.«

»Du und besoffen?« Lilli prustete los, schlug sich jedoch im nächsten Moment mit der Hand auf den Mund. »Entschuldige, aber wie kommt sie darauf?«

»Sie musste mir beim Umziehen helfen. Ich sei kaum ansprechbar gewesen, hätte nur unverständliches Zeug gefaselt.« Annas Augen begannen zu brennen. »Sie war richtig sauer.«

»Aber ich verstehe das nicht. Als ich gegangen bin …« Lilli stockte kurz. »Wann war das? Gegen neun?«

Anna nickte.

»Da hattest du doch noch überhaupt nichts getrunken außer einer Apfelsaftschorle.«

»Mama meinte, ich sei gegen elf daheim gewesen.«

»Zwei Stunden«, rechnete Lilli laut. »Wie solltest du dir in zwei Stunden dermaßen die Kante geben? Abzüglich deines Nachhausewegs.«

»Ich habe mich am nächsten Tag total komisch gefühlt.« Anna malte mit dem rechten Fuß eine Acht auf den Boden, während sie ihren Kopf gesenkt hielt. Sie konnte Lilli kaum in die Augen sehen.

»Was willst du damit sagen?«

»Vielleicht haben mir diese Typen etwas in mein Getränk geschüttet.« Jetzt war es raus. Die halbe Nacht hatte Anna wach gelegen und darüber nachgedacht.

Lillis Augen weiteten sich. »Ist das dein Ernst?«

Anna nickte.

»Du denkst, sie haben dich …« Lilli fuhr sich mit einer Hand über ihr Gesicht. »Scheiße!«

Anna erwiderte nichts.

»Seit wann weißt du das?«

Anna blickte auf. »Mensch, Lilli! Ich weiß es doch gar nicht! Aber ich habe Angst, dass sie mich … Ich habe mich wirklich übel gefühlt am nächsten Morgen.«

Lillis Blick wurde prüfender, vorsichtig legte sie ihren Arm um Annas Schulter. »Warum hast du denn nichts gesagt?«

Anna zuckte mit den Achseln. »Ich … ich glaube, ich wollte es nicht wahrhaben. Ich bin mir ja auch nach wie vor nicht sicher, ob ich recht habe.«

»Kannst du dich denn erinnern, was du getrunken hast, nachdem ich heimgegangen bin?«

Anna schüttelte den Kopf. »Ich kann mich an gar nichts mehr erinnern.«

»Puh! Das klingt nicht gut.«

Anna legte ihren Kopf in den Nacken. »Was mache ich denn jetzt?«

Es läutete.

»Mist, wir müssen wieder rein«, fluchte Lilli. »Lass uns später überlegen, was wir tun können. Am besten wäre es natürlich gewesen, wenn du direkt danach zu einem Arzt gegangen wärst.«

»Und dann?« Entsetzen ergriff Anna. »Was hätte ich denn zu meiner Mutter sagen sollen?« Sie schüttelte den Kopf. »Nein, sie darf nichts davon erfahren. Niemals.«

»Aber wenn diese Idioten dich wirklich vergewaltigt haben, müssen sie doch zur Rechenschaft gezogen werden. Verdammt, Anna! Das ist eine Straftat!«

»Ich weiß es doch gar nicht«, entgegnete Anna verzweifelt. »Und wie sollen wir die beiden überhaupt finden?«

»Wir? Das ist Sache der Polizei, Süße.«

»Polizei? Bist du verrückt? Ich kann doch nicht mit irgendeinem Polizisten über ... über diesen Abend reden.«

»Willst du, dass sie ungeschoren davonkommen?« Lillis Augen blitzten auf. »Diese Arschlöcher haben dich ...«

»Pst!« Anna legte einen Zeigefinger auf ihre Lippen. »Los, wir müssen gehen.« Sie steuerte auf den Eingang zu.

»Wir sind noch nicht fertig mit dem Thema«, erwiderte Lilli hinter ihr, während Anna die Tür aufzog.

Hätte sie ihr doch nur nichts erzählt! Allein der Gedanke daran, dass ihre Mutter von ihren Befürchtungen erfahren könnte, verursachte Anna Übelkeit. Nein, sie wollte mit niemandem über jenen Abend sprechen. Wieder einmal hatte Lilli es geschafft, dass Anna mehr preisgab, als sie vorgehabt hatte. Und doch wusste sie, dass es ihre Freundin nur gut mit ihr meinte. Wie hätte sie selbst sich verhalten, wenn Lilli ihr etwas Ähnliches offenbart hätte?

11

»Was können Sie uns zu Katinka Lungwitz sagen, Frau Weissmann?« Sina musterte die Klassenlehrerin der Vermissten. Die ältere Frau mit dem kinnlangen Bob trug ein blaues Leinenkleid mit einem weißen Kragen. »Gab es in letzter Zeit Probleme? Denken Sie, es wäre möglich, dass sie aus freien Stücken abgehauen ist?«

Frau Weissmann fasste sich an die Nasenwurzel und verharrte einen Moment regungslos. »Ich wusste nichts davon.« Sie begegnete Sinas Blick. »Seit wann ist sie verschwunden, sagten Sie?«

»Am Montagnachmittag hat ihre Mutter sie zum letzten Mal zu Hause gesehen«, wiederholte Marc an Sinas Stelle.

»Katinka war … ist ein nettes Mädchen«, begann die Lehrerin. »Sie kommt gut mit, beteiligt sich ab und zu.«

»Das klingt nach durchschnittlichen Leistungen«, folgerte Sina nachdenklich. »Was ist mit den Eltern? Der Vater ist in der Kardiologie in Heidelberg tätig.«

»Den Vater kenne ich gar nicht«, erwiderte Frau Weissmann nach kurzem Überlegen. »Nein, ich glaube, ihn habe ich noch nie gesehen. An die Mutter kann ich mich erinnern. Sie ist … Architektin, meine ich.«

Sina nickte. »Ihnen ist nichts aufgefallen, was auf ein gestörtes Verhältnis zwischen Eltern und Tochter hinweisen könnte?«

Die Lehrerin verzog ihre Mundwinkel. »Nein, eigentlich nicht. Katinka ist keine Leuchte. Wie Sie bereits festgestellt haben, liefert sie eher durchschnittliche Leistungen ab. Und ja, die Mutter hat das eine oder andere Mal entsprechende Bemerkungen gemacht …«

Marc lehnte sich vor. »Was meinen Sie damit?«

Die ältere Frau zuckte mit den Achseln. »Na, was soll ich sagen? Manche Eltern haben sehr hohe Erwartungen an ihre Sprösslinge. Frau Lungwitz ist Architektin, der Vater ist Professor an der Uniklinik ...« Sie fuhr mit dem Zeigefinger über ihren Nasenrücken. »Ich glaube, sie waren auch etwas ... enttäuscht, dass Katinka ihr Praktikum bei einem Maler absolvieren wollte.«

»Ein sehr ehrbarer Beruf«, merkte Sina an.

»Durchaus. Mir müssen Sie das nicht sagen«, pflichtete Frau Weissmann ihr bei. »Aber die Eltern haben beide studiert, und ich gehe davon aus, dass sie eben auch gewisse Zukunftspläne für ihr Kind hegen.«

»Denken Sie, Katinka fühlte sich unter Druck gesetzt?«, wollte Marc von der Beamtin wissen.

»Schwer zu sagen. Vielleicht sollten Sie mit ihrer besten Freundin sprechen. Chiara Lemke.«

»Das haben wir bereits«, erklärte Sina ihr lächelnd.

»Chiara ist näher an Katinka dran als ich.«

»Die anderen Klassenkameraden sind momentan alle auf ihren Praktikumsplätzen?«

»Ja.« Frau Weissmann zögerte. »Aber Sie könnten vielleicht noch mit Torben Rötter sprechen.«

»Wer ist das?« Sina notierte sich den Namen.

»Ich glaube, Katinka und er waren ... vor einiger Zeit befreundet.«

»Ist Torben im Unterricht?« Sina sah zur Uhr, die über der Tür des Lehrerzimmers hing.

Die Lehrerin folgte ihrem Blick und nickte. »Ja, aber in acht Minuten ist große Pause. Sie können gern solange hier warten.«

»Würden Sie Torben dann Bescheid geben, dass wir mit ihm sprechen möchten?«

»Ich bin Sina Engel, das ist mein Kollege Marc Fornack«, stellte Sina sich vor und reichte dem blonden schlaksigen Jugendlichen die Hand. »Hat dir Frau Weissmann gesagt, warum wir mit dir sprechen wollten?«

»Es geht um Katinka, dass sie vermisst wird«, nuschelte er, während er zu Boden starrte.

»Wusstest du, dass sie verschwunden ist?« Marc fixierte den Jungen.

Der schüttelte seinen Kopf. »Nee, woher auch?«

»Ihr wart befreundet«, versuchte es Sina erneut. »Katinka und du. Ist das richtig?«

»Wir waren zusammen, wenn Sie das meinen.«

Sie lächelte. »Genau das meine ich. Warst du ab und zu bei ihr zu Hause?«

Er zuckte mit den Achseln und schob die Hände in die Taschen seiner Jeans.

»Torben?« Sina zog ihre Brauen hoch.

»Glaub schon.«

»Du warst also schon mal im Haus von Katinkas Eltern?«, formulierte Marc die Antwort des Teenagers deutlicher. »Bist du dort auch ihren Eltern begegnet?«

Sina musste an den Wohnflügel des Mädchens denken.

»Nee. Katinka hat eine eigene Wohnung.«

So konnte man es auch ausdrücken. »Das heißt, ihre Eltern wussten nichts von euch?«

Wieder zuckte er mit den Schultern. »Keine Ahnung.«

»Darüber habt ihr nicht gesprochen?«, hakte Sina innerlich seufzend nach.

»Nee.«

»Wie war das Verhältnis zwischen Katinka und ihren Eltern?« Marc wollte noch nicht lockerlassen.

»Normal.«

»Normal?« Ihr Mitarbeiter schüttelte den Kopf. »Geht das auch etwas detaillierter?«

»Mann, was soll ich dazu sagen? Ihr Vater arbeitet total viel, und ihre Mutter …«

»Was ist mit ihrer Mutter?« Sina wechselte einen kurzen Blick mit Marc.

»Die sitzt meistens auch nur in ihrem Büro.«

»Hat sich Katinka darüber beschwert? Dass sich ihre Eltern nicht genug um sie kümmerten? Sich nicht für sie interessierten?« Sinas Gefühl schien sie nicht getrogen zu haben.

»Nee, beschwert hat sie sich nicht. Sie war ja froh, dass sie ihre Ruhe hatte.« Er grinste kurz.

»Denkst du, sie ist abgehauen?«, lenkte Marc das Gespräch in eine andere Richtung.

»In der letzten Zeit habe ich nicht mehr mit ihr gesprochen.« Der Junge fuhr sich durchs Haar. »Woher soll ich das wissen?«

»Ist Katinka abenteuerlustig?«, wollte Sina von ihm wissen.

»Sie stellen ja komische Fragen.« Torben schob seinen Unterkiefer vor.

»Und wie lautet deine Antwort auf meine komische Frage?«

Torben verdrehte die Augen. »Keine Ahnung. Abenteuerlustig. Was soll das sein?«

»Traust du ihr zu, dass sie aus freien Stücken abgehauen ist?«

Er zögerte. »Nee, eigentlich nicht.«

»Eigentlich?« Marc zog eine Grimasse.

»Ich weiß es nicht, okay?« Als er Sinas Mitarbeiter offen ins Gesicht blickte, erkannte Sina die Unsicherheit in seiner Miene. »Woher soll ich wissen, was Katinka durch den Kopf geht?«

»Wie lange wart ihr zusammen?« Er tat ihr leid.

»Vier Wochen oder so«, nuschelte er jetzt wieder.

Sina nickte. »Gut, das ist nicht allzu lang. Ich verstehe, dass du dich nicht dazu äußern kannst, wie es Katinka in der letzten

Zeit ging.« Ihr fiel etwas ein. »Aber … hattet ihr beiden vielleicht einen Platz, einen Ort, an den ihr euch zurückgezogen habt, wenn ihr allein sein wolltet? Den Katinka dir vielleicht sogar gezeigt hat?«

Torben starrte einige Sekunden stumm auf seine Hände. Dann schnaufte er. »Wir waren öfter auf dem Alten Friedhof.«

»An der Peterskirche?«

Er nickte. »Das fand ich schon ganz schön strange. Aber Katinka mochte die Ruhe dort. Meistens waren wir ganz allein, ab und zu haben wir mal jemanden mit seinem Hund getroffen.«

12

»Guten Morgen, Natascha.« Matthias reichte Sinas Schwester die Hand, bevor er auf Gerhard deutete. »Meinen Kollegen kennst du ja bereits.«

Natascha nickte und trat zur Seite. »Kommt doch rein.« Der Eingangsbereich war mit großflächigen weißen Fliesen gestaltet, bedeckt mit zwei hellgrauen Läufern. Auch die Wände erstrahlten in einem zarten Hellgrau. Die weißen Holzmöbel verliehen dem Flur den Hauch einer Mischung aus Eleganz und skandinavischer Gemütlichkeit.

»Setzen wir uns ins Wohnzimmer.« Natascha betrat den angrenzenden Raum und drehte sich zu den beiden Männern um. »Ausgerechnet heute hat der Kindergarten geschlossen.« Sie hob die Schultern. »Weiterbildung für die Erzieher.« Auf einem hochflorigen Teppich saßen ein Junge und ein etwas jüngeres Mädchen und bestückten mit hoch konzentriertem Gesichtsausdruck eine Holzkugelbahn mit bunten Glasmurmeln.

»Hallo«, grüßte Matthias die beiden Kinder.

»Jonas, Nele«, wandte sich Natascha an die zwei. »Ich müsste kurz mit den beiden Polizisten sprechen. Nehmt doch bitte die Kugelbahn und spielt eine halbe Stunde in einem eurer Zimmer.«

»Mann«, begann Jonas zu maulen. »Wir bauen doch gerade einen Superstau in der Bahn.«

Matthias musste schmunzeln.

»Jonas, bitte«, versuchte Sinas Schwester erneut, ihre Kinder zu einem Umzug zu bewegen. »Es dauert nicht lange. Wenn ihr möchtet, gehen wir danach zum Spielplatz.«

»Oja!« Die kleine Nele reckte ihre Arme in die Höhe. »Können wir gleich gehen?«

»Ich muss noch kurz mit den beiden Herren reden«, erklärte Natascha ein weiteres Mal. »Aber je schneller ihr in euer Zimmer geht, desto schneller sind wir fertig und können aufbrechen.«

Nele sprang auf und zupfte ihren Bruder an seinem T-Shirt. »Komm, Jonas. Schnell.«

Der zog eine Schnute. »Wir haben doch gerade alles so schön zusammengesteckt.«

»Ich nehme die Kugelbahn und du die Murmeln«, wies Nele ihn an. »Los, mach.«

Als die Kinder das Wohnzimmer verlassen hatten, seufzte Natascha kurz auf. »Tut mir leid.«

»Sie müssen sich nicht entschuldigen.« Gerhard lächelte. »Meine Kinder sind zwar schon älter, aber …« Er hob die Hände. »Ich habe bis heute größte Hochachtung vor jeder Mutter, die den Laden am Laufen hält.«

»Wenn das mal alle Männer so sehen würden …« Natascha deutete auf die Couch. »Bitte.«

»Sie wissen sicher, dass Sina von dem Fall abgezogen wurde, da sie …«

»… Jochens Schwägerin ist«, beendete Natascha Gerhards Satz. »Ja, ich weiß. Das hat sie mir gestern schon gesagt.« Sie legte die Hände auf ihre Oberschenkel.

Matthias bemerkte, wie ihre Finger immer wieder leicht zuckten. »Hat dein Mann in letzter Zeit den Namen Markovic erwähnt? Mirco Markovic?«

Natascha schien kurz zu überlegen, bevor sie den Kopf schüttelte. »Ich glaube nicht.«

»Spricht Ihr Mann mit Ihnen über seine aktuellen Fälle? Über Vorfälle, die mit seinem Beruf zu tun haben?«

»Ja, natürlich! Er nennt zwar keine Namen, aber er erzählt mir schon hin und wieder von seinen Mandanten, wenn er denkt, dass es mich interessiert.« Sie strich über eine imaginäre Falte ihrer Leinenhose. »Was ist mit diesem Markovic?«

»Wir wissen es noch nicht«, erklärte Matthias. »Der Name wurde uns von der Sekretärin deines Mannes genannt.«

Natascha nickte. »Jana weiß sicher besser über Jochens Angelegenheiten Bescheid als ich.«

Matthias horchte bei ihrem ironischen Unterton auf. »Sie ist seine Sekretärin.«

Natascha hob die Brauen und lachte. »Und bis über beide Ohren in ihn verknallt.«

»Frau Dörsam ist um einiges jünger als Ihr Mann«, merkte Gerhard überflüssigerweise an.

»Und Sie denken, das stört diese Frau?« Natascha schüttelte den Kopf.

»Du bist nicht begeistert, dass Frau Dörsam für deinen Mann arbeitet?«

Matthias musterte die Frau, die ihm gegenübersaß. Sie war das genaue Gegenteil von Sina. Ihr Körperbau wirkte gedrungener, ihr Haar war dunkler. In ihrem Gesicht konnte man die Sorgen und Ängste der letzten Tage erkennen. Sina dagegen wirkte trotz ihres anstrengenden Berufs meist frisch und energiegeladen. Auch sie hatte ihr Päckchen zu tragen als Alleinerziehende mit einem Vollzeitjob. Doch im Gegensatz zu Sina erschien ihre Schwester ... unglücklicher. Ja, das war es, was den Unterschied zwischen den beiden ausmachte. Natascha Völker machte den Eindruck einer höchst unzufriedenen, unglücklichen Frau.

»Das ist seine Sache«, erklärte Sinas Schwester in diesem Moment. »Wenn er mit ihrer Arbeit zufrieden ist ...« Sie wedelte mit den Händen.

Matthias lehnte sich vor. »Natascha, ich muss dich das fragen. Bitte versteh mich nicht falsch, aber denkst du, dein Mann hatte eine Affäre?«

Natascha schnaufte. »Mit Jana?«

»Mit irgendwem«, korrigierte er sie.

»Mit irgendwem«, murmelte sie undeutlich. »Und was sollte das mit der Prügelattacke zu tun haben?«

Matthias bemerkte ihr Ausweichen. »Das können wir noch nicht beurteilen. Aber wir müssen uns ein umfassendes Bild von Jochens Gewohnheiten und seinem Alltag machen. Im Moment können wir nicht ausschließen, dass der Täter aus seinem persönlichen Umfeld kommt.«

»Ich weiß es nicht.«

»Sie könnten sich vorstellen, dass Ihr Mann Sie betrügt?« Gerhards Blick wurde eindringlicher.

Sie zuckte mit den Schultern. »Ich habe nie etwas bemerkt, wenn Sie das meinen. Er ist nie über Nacht weggeblieben, hat nie verdächtige Anrufe bekommen … Zumindest ist mir nichts Derartiges aufgefallen. Aber wer kann das schon mit Sicherheit behaupten?«

»Würden Sie sagen, dass Ihre Ehe glücklich ist?« Gerhard wechselte einen kurzen Blick mit Matthias.

»Glücklich«, wiederholte Natascha leise und sah zu Matthias. »Wer bestimmt, was glücklich bedeutet?«

»Sind Sie glücklich, Frau Völker?«, konkretisierte Gerhard.

Natascha blickte schweigend auf die Tischplatte. Als sie wenige Sekunden später den Kopf hob, glänzten ihre Augen verdächtig. »Ich glaube nicht.«

»Aber Sie sorgen sich um Ihren Mann?«

»Natürlich«, erwiderte sie wie ferngesteuert. »Wir sind verheiratet, haben zwei Kinder zusammen.«

»Gibt es in Ihrer Ehe Gewalt?«

Matthias hielt den Atem an.

»Nein«, stellte Natascha mit fester Stimme richtig. »Jochen ist kein gewalttätiger Mensch. Er ist …« Sie atmete tief durch. »Er hat eben etwas andere Ansichten als ich.«

»Eine Trennung war bisher kein Thema zwischen euch?«

»So einfach ist das alles nicht«, presste sie hervor.

»Du denkst darüber nach?«, hakte Matthias nochmals nach, da er spürte, dass Natascha nicht die ganze Wahrheit sagte.

»Eigentlich nicht.«

Eigentlich, wiederholte Matthias in Gedanken. Wer steckte hinter der schweren Körperverletzung? »Wie ging es deinem Mann gestern?«, lenkte er das Gespräch in eine andere Richtung.

»Unverändert. Ich saß über zwei Stunden an seinem Bett, aber ...« Sie fuhr mit der rechten Hand über ihr Gesicht. »Er zeigt keinerlei Reaktion. Was ist, wenn er ...« Sie schluckte. »Wenn er gar nicht mehr aufwacht?«

Die beiden Männer schwiegen betroffen.

»Jochen weiß immer, was zu tun ist. Er hat zu allem eine Meinung, ist zu hundert Prozent von seinen Ansichten überzeugt. Er ist sehr klug.« Sie stockte. »Und jetzt? Er liegt da völlig hilflos, und ich weiß einfach nicht ...« Sie begann, leise zu weinen.

»Wir finden denjenigen, der dafür verantwortlich ist«, erwiderte Matthias, fasste über den Tisch und berührte Natascha leicht am Arm. »Ich verspreche dir, dass wir alles dafür tun werden.«

Sie gab keine Antwort, nickte nur stumm.

13

Während Sina die Handyverbindungen von Katinka Lungwitz überflog, klopfte es an ihrer Bürotür. »Ja?«

Matthias trat ein.

»Ach, du bist es.«

»Nette Begrüßung«, beschwerte er sich und näherte sich dem Schreibtisch.

Sie suchte seinen Blick und grinste. »Die netteste Begrüßung hattest du doch schon heute Morgen, oder nicht?« Sie klimperte mit ihren Wimpern.

Er lachte. »Wir sind zurück«, sagte er im nächsten Moment ernst. »Deine Schwester ...« Er trat ans Fenster, steckte die Hände in die Hosentaschen und starrte zum Bahnhof hinüber.

Sina erhob sich und stellte sich neben ihn. »Was ist mit Natascha?«

Eine junge Frau überquerte mit einem älteren Paar, wahrscheinlich ihren Eltern, den Vorplatz des Bahnhofs. Sie zog zwei Koffer hinter sich her und redete unaufhörlich auf die beiden betagten Leute ein.

Sina folgte Matthias' Blick. »Was ist mit Natascha?«

»Sie wirkt sehr ... traurig.«

»Ihr Mann liegt schwer verletzt im Krankenhaus«, erwiderte Sina leise. »Ich wüsste nicht, wer in ihrer Situation nicht traurig wäre.«

»Das meine ich nicht.« Matthias wandte den Kopf und sah Sina an. »Sie scheint eine sehr unglückliche Frau zu sein.«

Sina legte eine Hand auf ihr Schlüsselbein. »Sie ist unzufrieden«, stimmte sie ihm zögernd zu. »Ich glaube, Jochen versteht sie nicht. Er spürt nicht, welche Bedürfnisse sie hat. Dass sie nicht arbeiten darf ...«

»Wir leben nicht im 19. Jahrhundert«, unterbrach Matthias sie sanft. »Sie ist doch nicht seine Leibeigene.«

Sina nickte. »Das sollte man meinen, aber ...« Sie seufzte. »So einfach ist das nicht. Und ich verstehe es ja teilweise auch nicht. Jochen und ich ...« Sie winkte ab. »In diesem Leben werden wir wohl keine besten Freunde mehr.«

»Ich verstehe nicht, warum sie bei ihm bleibt, wenn er sie nicht glücklich macht.«

»Sie haben zwei Kinder«, brachte Sina an, bemerkte jedoch sofort die Schwäche ihres Arguments.

»Es ist ihre Sache, aber ich habe mich wirklich erschrocken, als ich sie gesehen habe. In meiner Erinnerung war sie ... lebendiger, draufgängerischer.«

»Du hast sie lange nicht gesehen«, gab Sina zu bedenken.

»Ja, vielleicht liegt es daran. Als sie letzten Sommer auf dem Friedhof ...«

»Matthias, bitte«, unterbrach Sina ihn sanft. »Nicht jetzt.«

Er nickte und strich ihr kurz über die Wange. »Du hast recht, nicht jetzt.« Langsam beugte er sich zu ihr. »Aber ich werde es niemals vergessen. Niemals, hörst du?«

Seine Worte jagten Sina einen Schauder durch den Körper. Sie begann zu schwanken, schloss kurz die Augen, bevor sie durchatmete, um Fassung rang und sich räusperte.

»Es ist so schon schwer genug«, bekannte sie im Flüsterton.

Er musterte sie einige Sekunden, bevor er nickte. »Wollen wir?« Mit dem Kinn deutete er Richtung Tür.

»Jepp.«

»Was haben wir?«, fragte Sina zwei Minuten später in die Runde, nachdem Matthias und sie sich zu Gerhard und Marc gesellt und alle ihre Notizen herausgeholt hatten.

»Fangen wir mit dem Angriff auf Jochen Völker an«, ergriff Matthias das Wort. »Sein Handy ist nach wie vor verschwunden, seine Brieftasche ebenfalls.« Er berichtete von dem Gespräch mit Jochens Sekretärin und deren Hinweis auf den entlassenen Straftäter Mirco Markovic. »Wir müssen dringend sein Alibi überprüfen«, erklärte Matthias und sah zu Gerhard.

»Wo wohnt er?«, hakte Sina ein.

»Vor seinem Gefängnisaufenthalt hat er in Mannheim gelebt. Dort ist seine Mutter noch gemeldet.« Gerhard sah auf eine Akte vor sich.

»Vielleicht ist er bei ihr untergekommen, bis er etwas anderes hat«, brachte Sina an.

»Wir überprüfen das«, nahm Matthias den Gedanken auf.

»Ihr geht davon aus, dass die Tat in Zusammenhang mit seinem Job steht«, folgerte Sina.

»Nein, noch deutet nichts darauf hin. Der Täter könnte auch aus seinem persönlichen Umfeld kommen oder …«, Matthias runzelte die Stirn, »… es könnte sich um einen Raubüberfall handeln.«

»Er könnte ein Zufallsopfer sein.« Gerhard nickte. »Seinen Wagen haben wir übrigens in der Wachenbergstraße gefunden. Er hatte ihn dort vor einem Wohnhaus abgestellt, die Eigentümer kannten ihn jedoch nicht.«

Sina seufzte. »Das heißt, wie haben nicht wirklich viel.«

»Zum jetzigen Zeitpunkt leider nicht«, bestätigte Matthias ernst.

»Katinka Lungwitz ist seit mehr als sechsunddreißig Stunden verschwunden. Weder ihre Freundin noch ihr Ex-Freund konnten uns viel zum Verhältnis zwischen Katinka und ihren Eltern sagen«, setzte Sina an. »Sie bestätigten lediglich, dass Katinka meist auf sich selbst gestellt war und die Eltern beruflich sehr eingespannt sind und daher wenig Zeit für ihre Tochter hatten.«

»Was per se kein Verbrechen ist«, ergänzte Gerhard.

»Nein, da hast du wohl recht.« Sina sah zu Marc. »Mein Gefühl sagt mir auch, dass die Eltern nichts mit Katinkas Verschwinden zu tun haben.« Sie schüttelte leicht den Kopf. »Nennt es weibliche Intuition.«

»Eine Entführung?« Matthias klopfte mit einem Kugelschreiber auf die Schreibtischplatte.

»Wenn es um Lösegeld ginge, sollte man davon ausgehen, dass längst eine Forderung eingegangen wäre«, sagte Marc.

»Spielen die Eltern mit offenen Karten?« Matthias blickte von ihm zu Sina. Es kam immer wieder vor, dass Angehörige von Vermissten den Kriminalbeamten wichtige Informationen vorenthielten. Dass sie von Entführern aufgefordert wurden, die Polizei außen vor zu lassen, und damit gedroht wurde, dass sie bei Nichtbefolgen der Anweisung das Opfer nie wiedersehen würden.

Sina zuckte mit den Achseln. »Schwer zu sagen. Frau Lungwitz machte einen recht gefassten Eindruck. Sie wirkte weder panisch noch verunsichert.«

»Der Vater auch«, pflichtete Gerhard bei, der Professor Karsten Lungwitz in der Uniklinik getroffen hatte.

»Merkwürdige Reaktion, wenn die einzige Tochter vermisst wird«, überlegte Matthias laut. »Ist es schon einmal vorgekommen, dass sie abgehauen ist?«

Sina schüttelte den Kopf. »Heute früh kam die Verbindungsauflistung ihres Handys.«

»Und?« Marc beugte sich vor.

»Ich habe es mir noch nicht im Detail angeschaut, aber auf den ersten Blick konnte ich nichts Auffälliges erkennen.«

»Wie gehen wir weiter vor?« Gerhard sah zu seiner Vorgesetzten.

»Gute Frage. Wir weisen die Beamten der Streife nochmals nachdrücklich an, nach Katinka Ausschau zu halten und eventuelle Verstecke in der Umgebung zu durchforsten.«

»Und wir müssen wegen Markovic recherchieren«, ergänzte Matthias, als sein Telefon klingelte. »Entschuldigt bitte.« Er erhob sich und entfernte sich.

»Wir sollten herausfinden, ob es ähnliche Fälle verschwundener Jugendlicher in der Vergangenheit gab. Da wir momentan nicht wissen, ob Katinka freiwillig von daheim abgehauen ist oder gegen ihren Willen irgendwo festgehalten wird … Außerdem sollten wir die bekannten Pappenheimer kontaktieren.«

»Sexualstraftäter, die wieder auf freiem Fuß sind? Aus der Haft Entlassene, die wegen Entführung saßen?«, zählte Marc grimmig auf.

Sina pflichtete ihm bei. Während sie ihre weitere Strategie erörterten, kehrte Matthias zurück. Sina erkannte Besorgnis in seiner Miene.

»Was ist?«

Er zögerte. »Das war Jana Dörsam, Jochen Völkers Sekretärin.« Er setzte sich wieder. »Ihr ist noch etwas eingefallen.« Er schloss kurz die Augen. »Letzten Freitag hat eine Frau in der Kanzlei angerufen und ausdrücklich nach Jochen verlangt.«

»Ja, und?« Sina verstand nicht, worauf er hinauswollte.

»Sie weigerte sich, Frau Dörsam ihren Namen zu nennen, noch wollte sie ihr mitteilen, warum sie ihren Chef sprechen wollte.«

»Hat sie sie an ihn weitergeleitet?«

Matthias nickte. »Ja. Mit ungutem Gefühl, aber sie wusste ja nicht, was dahintersteckte.«

»Hat Jochen sich im Anschluss dazu geäußert?« Sina knetete ihre Finger.

»Seine Sekretärin hat ihn auf die Anruferin angesprochen, weil sie …«, Matthias zog die Brauen hoch, »… neugierig war. Jochen Völker ist wohl nicht weiter darauf eingegangen, habe aber gemeint, dass es in Ordnung war, dass sie die Anruferin weitergeleitet hatte. Kein Kommentar zu ihrem Namen oder dem Grund des Anrufs.«

Sina ließ lautlos Luft aus ihren Wangen entweichen. »Klingt nach …« Sie schloss die Augen.

»… etwas Persönlichem«, schloss Gerhard. »Eine Affäre? Die heimliche Geliebte?«

14

»Was soll ich denn machen?«, herrschte Anna Lilli an, die vor dem Schreibtisch auf dem Boden saß. Verzweiflung stieg in ihr auf.

Es klopfte an der Tür. »Ist alles in Ordnung bei euch?«

Anna verdrehte ihre Augen. »Ja, Mama, alles okay.«

»Möchtet ihr etwas essen?«

»Nein, wir melden uns.« Und leiser: »Siehst du, nicht mal in meinem eigenen Zimmer bin ich sicher. Meine Mutter bekommt einfach alles mit.«

Lilli zog die Knie an ihren Körper und starrte auf den Boden. Wenige Sekunden später sprang sie auf. »Los.«

Anna musterte ihre Freundin. »Was hast du vor?«

»Sag ich dir, wenn wir draußen sind.«

Kopfschüttelnd fügte sich Anna der Ansage, froh darüber, dass sie nun eine Verbündete hatte, jemanden, der ihr beistehen konnte. Vor dem sie sich nicht verstellen musste.

»Mama?« Sie trat auf den Flur der kleinen Wohnung hinaus.

»Ja, ich bin in der Küche.«

»Lilli und ich gehen noch mal weg«, rief sie ihrer Mutter durch die offene Tür zu, ohne sich ihr zu nähern.

»Ist gut. Wann bist du wieder da?«

Anna wechselte einen Blick mit Lilli, die nur mit den Schultern zuckte.

»Weiß ich noch nicht. Nicht so spät.«

Sie hörte ihre Mutter seufzen. »Tschüss!«

Hastig öffnete sie die Wohnungstür und bedeutete Lilli, ihr zu folgen.

»Tschüss, Frau Fromm«, rief diese in den Flur zurück, bevor Anna die Tür zuknallte und die Treppen hinuntereilte.

Vor dem Wohnblock blieb Anna stehen und sah zurück. »Ich bekomme keine Luft mehr.«

Lilli trat neben sie und umarmte sie kurz. »Komm, gehen wir.«

»Wohin?«, wollte Anna wissen, während sie die Fußgängerampel am Händelknoten ansteuerten.

»Wo wir Ruhe haben und reden können.«

Während sie die Mannheimer Straße entlangliefen, dann in den Suezkanalweg einbogen und den Tunnel durchquerten, herrschte Schweigen zwischen ihnen. Da Anna erneut Kurzatmigkeit überkam, war sie froh darüber, dass sie ihre gesamte Energie darauf verwenden konnte, mit Lillis strammem Schritt mitzuhalten.

An der Bergstraße mussten sie warten, bis die Fußgängerampel auf Grün umsprang. Lilli scharrte ungeduldig mit dem rechten Fuß.

»Verrätst du mir endlich, wo wir hingehen?« Anna sah ihre Freundin von der Seite an. »Ich wollte keine Weltreise machen.«

Lilli musterte sie tadelnd. »Wir sind gleich da.«

Die Ampel sprang auf Grün, und die beiden Teenager überquerten die Straße.

»Den Berg hoch?« Anna hatte keine Lust mehr, noch länger durch die Gegend zu rennen. Sie fühlte sich schon wieder völlig erschöpft.

»Fünf Minuten noch, okay?« Lilli klang genervt. »Du willst doch nicht, dass uns jemand zuhört.«

Anna schüttelte den Kopf, folgte ihrer Freundin aber schweigend den Berg Richtung Stadtmitte hinauf.

Auf dem Tennisplatz in der Babostraße spielte gerade ein junges Pärchen. Die Frau lachte laut auf, während ihr Partner fluchend einen Ball holte.

»Hier sind wir.« Lilli deutete auf den Eingang zum Hermannshof.

Der Park im Herzen Weinheims existierte bereits seit mehr als zweihundert Jahren. Nachdem sich der Garten über viele Jahrzehnte im Besitz der Weinheimer Industriellenfamilie Freudenberg befunden hatte, war er in den achtziger Jahren des letzten Jahrhunderts zu einem weitläufigen und wunderschönen Schau- und Sichtungsgarten umfunktioniert und der Öffentlichkeit kostenlos zugänglich gemacht worden.

Die Mädchen betraten das Gelände und bestaunten einige Minuten lang die Farb- und Blühpracht der vielen Pflanzen. Nur wenige Besucher kamen ihnen entgegen.

Lilli fasste nach Annas Hand und zog sie mit sich. Sie bogen rechts ab und folgten dem Weg, der von romantisch anmutenden Glyzinien gesäumt wurde. Zu ihrer Rechten stand eine dunkle Holzbank.

»Setzen wir uns«, schlug Lilli vor und ließ sich unter dem blauen Blütenhimmel nieder.

Anna konnte sich kaum sattsehen an der Farbenpracht. »Das ist ... Wow.«

Lilli klopfte mit einer Hand neben sich auf die Bank.

Das Gesicht weiter nach oben gereckt, setzte Anna sich neben ihre Freundin.

»Also?«

Anna lehnte sich gegen das Holz und zog ein Bein hoch. »Was also?«

»Was machen wir?« Lilli veränderte ihre Position, um Anna ins Gesicht sehen zu können.

»Wir?«

»Du bist meine Freundin«, erklärte Lilli in bestimmtem Ton. »Denkst du, ich lasse dich jetzt hängen?« Sie stöhnte. »Außerdem bin ich ja irgendwie mit schuld an dem, was dir ...« Sie vollführte einen Luftkreis mit ihrer rechten Hand.

»Ich weiß doch gar nicht, was überhaupt passiert ist«, bekannte Anna mit erstickter Stimme.

»Dir geht es nicht gut«, erwiderte Lilli und fasste nach Annas Hand. »Sieh dich doch an. Diese Typen haben dir irgendwas ins Glas gemischt.«

Anna wandte ihren Kopf ab. »Das ist Wochen her. K.-o.-Tropfen bauen sich total schnell ab, oder nicht? Deshalb kann man sie doch oft gar nicht nachweisen.«

»Keine Ahnung. Aber vielleicht haben sie dir etwas anderes reingemischt. Gift!« Lillis Miene wurde besorgter.

»Gift?« Anna konnte es nicht glauben.

»Kein Gift, was dich sofort umbringt«, relativierte Lilli. »Aber ein schleichendes, etwas, das dich nach und nach zerstört.«

»Lilli!« Anna schüttelte den Kopf. »Ich glaube, du liest zu viele Thriller. Warum hätten sie das denn tun sollen?«

»Hast du nicht gesagt, dass du dich an nichts mehr erinnern kannst?« Lilli wurde lauter, doch die zwei Jugendlichen befanden sich ganz allein in dem Seitengang. Niemand kümmerte sich um sie. »Sie haben dir irgendwas gegeben, was dich ausgeknockt hat, um dich …« Sie senkte ihre Stimme. »Und das sind jetzt die Nachwirkungen.«

Anna starrte auf ihren Unterleib. »Denkst du, es ist möglich, dass sie mich … vergewaltigt haben und ich mich absolut nicht erinnern kann?«

Lilli streichelte ihre Wange. »Ich fürchte, ja.«

»Ich habe noch nie …« Anna brachte kaum noch einen Ton hervor.

»Ich weiß doch, Süße. Deshalb musst du endlich zur Polizei und zum Arzt.« Sie nickte nachdrücklich. »Der kann feststellen, ob du noch … Jungfrau bist oder nicht.«

Anna fasste sich an die Schläfe. »Das kann doch nicht sein.«

»Vielleicht irrst du dich ja auch«, fuhr Lilli fort. »Aber dann weißt du es wenigstens. Lass dich untersuchen! Entweder stellt sich alles als großer Irrtum heraus, was ich dir von Herzen wünsche, oder ...« Sie ließ den Satz unbeendet.

»Würdest du die beiden wiedererkennen?«

Lilli schwieg einen Moment. »Ich bin mir nicht sicher. Aber ich würde es auf jeden Fall versuchen.«

»Das kommt mir alles wie ein böser Traum vor. Als ob das gar nicht wirklich passiert wäre.« Anna schluchzte auf.

»Hätte ich dich bloß nicht mit diesen Typen allein gelassen«, zischte Lilli neben ihr.

»Du kannst nichts dafür«, widersprach Anna und lehnte ihren Kopf gegen die Schulter ihrer Freundin. »Ich bin ganz allein schuld. Ich hätte ...«

»Nein«, unterbrach Lilli sie scharf. »Wenn sie dir wirklich etwas getan haben, sind nur diese beiden Arschlöcher schuld. Du bist das Opfer. Hörst du?«

15

»Lukas, Paul, kommt ihr zum Essen?«

Lukas klappte sein Arbeitsheft zu und fuhr mit zitternden Fingern über den blauen Umschlag. Seine Gedanken wollten einfach nicht zur Ruhe kommen. Er wusste, dass er einen großen Fehler begangen hatte. Er, wiederholte Lukas stumm. Nicht er allein.

»Lukas?«

Genervt erhob er sich und verließ sein Zimmer.

»Musst du noch was für die Berufsschule tun?«, begrüßte ihn seine Mutter am Fuß der Treppe.

»Nee.« Ohne sie anzusehen, drückte er sich an ihr vorbei und betrat das Esszimmer, wo sein Vater und Paul bereits am Tisch saßen und ihm entgegenblickten.

»Guten Abend«, grüßte ihn sein Vater. »Alles klar bei dir?«

»Denke schon.«

»Lukas ist mies drauf«, blökte Paul grinsend.

»Stimmt gar nicht«, konterte Lukas und zog eine Grimasse.

»Wie läuft es auf der Arbeit?« Sein Vater lehnte sich auf seinem Stuhl zurück.

Lukas spürte seinen Blick unangenehm intensiv. »Alles wie immer.«

Arthur Martens lachte. »Wie immer gut oder wie immer schlecht?«

»Normal.«

»Es gibt heute Spaghetti Bolognese.« Sibylle Martens betrat mit einer dampfenden Keramikschüssel das Zimmer. »Dein Lieblingsessen, Lukas.« Sie nickte ihm aufmunternd zu.

»Wann gibt es mein Lieblingsessen?« Der siebenjährige Paul klopfte mit seiner Gabel auf den Tisch.

»Es gab doch gestern erst Kartoffelpuffer«, erinnerte ihn seine Mutter, nachdem sie die Nudeln auf den Tisch gestellt hatte.

»Wir haben heute ein Diktat geschrieben«, erklärte Paul mit wichtiger Miene.

Ihr Vater gab erst Lukas, dann Paul Nudeln auf die Teller.

»Und? Wie war es?«

»Ganz einfach.« Paul winkte ab. Die Geste hatte er sich vor einiger Zeit bei seiner Mutter abgeschaut.

Gegen seinen Willen musste Lukas schmunzeln.

»So.« Sibylle Martens stellte den Topf mit der Soße neben die Nudeln und verteilte grünen Salat in kleine Glasschälchen. »Lasst es euch schmecken.«

»Guten Appetit«, wünschte nun auch ihr Vater.

»Piep, piep, piep«, krähte Paul hinterher.

Ihre Mutter lachte.

Während Lukas die Nudeln stumm in sich hineinschaufelte, schweiften seine Gedanken erneut ab. Seit Tagen plagte ihn sein schlechtes Gewissen. Wie hatte er sich nur in diese Situation bringen können? Weil sie es konnten, hörte er seinen besten Kumpel lachend erwidern. Nein, Lukas musste dringend mit ihm reden. Er bekam nachts kein Auge mehr zu. Ständig musste er an die Szenen denken, die sich ihm immer wieder wie in einer Endlosschleife aufdrängten. Was hatte er getan? Er hob den Kopf und blickte verstohlen von seinem Vater zu seiner Mutter. Wenn seine Eltern wüssten …

»Hoffentlich finden sie sie bald«, sagte seine Mutter in diesem Moment.

»Wen?«, wollte Paul naseweis wissen.

»Das verschwundene Mädchen. Sie ist ein Jahr jünger als Lukas.«

»Warum ist sie weg?«

»Vielleicht hat sie sich mit ihren Eltern gestritten«, mutmaßte Arthur Martens. »Noch steht nicht fest, was genau geschehen ist.«

»Zumindest steht nichts in der Zeitung«, verbesserte ihn seine Frau. »Die Polizei weiß mit Sicherheit mehr, als in dem Artikel stand.«

»Haust du jetzt auch ab?«, wandte Paul sich an Lukas.

Er blickte seinen jüngeren Bruder genervt an.

»Du hast doch vorhin auch mit Mama gestritten«, plapperte der Kleine weiter.

Arthur Martens wechselte einen fragenden Blick mit seiner Frau.

»Eltern und Kinder sind eben manchmal unterschiedlicher Meinung«, wiegelte sie ab. »Deshalb rennt man aber nicht gleich weg.«

Lukas rutschte auf seinem Stuhl herum. »Wenn ich abhaue, dann nur wegen dir.«

»Lukas!«, mahnte ihn sein Vater mit gerunzelter Stirn.

»Ist doch wahr!«, beschwerte er sich. »Soll er sich doch um seinen Kram kümmern.«

»Paul ist sieben«, verteidigte Sibylle Martens ihren jüngeren Sohn. »Er versteht das doch noch nicht so.«

»Doch«, protestierte dieser jetzt. »Ich verstehe das sehr wohl. Lukas ist genervt von seiner Arbeit, und deshalb hat er vorhin mit dir rumgebrüllt.« Trotzig schob er sein kleines Kinn vor und nickte.

Lukas wollte etwas erwidern, beschloss dann aber, nicht weiter auf den Quälgeist einzugehen.

»Du bist doch auch manchmal von der Schule genervt, Paul«, sagte seine Mutter.

»Gar nicht«, widersprach der Kleine. »Frau Lammers ist immer total nett zu uns. Ich gehe gern in die Schule. Und ich freue mich, wenn ich Leon und Mert sehe.«

»Na, das ist doch prima«, meldete sich Arthur Martens

erneut zu Wort. »Nicht jeder ist eben immer gut drauf und zufrieden mit seiner Situation. Umso schöner, dass dir die Schule so viel Spaß macht.«

»Aber Lukas ist nie gut drauf«, stocherte Paul weiter. »Und er will nie mit mir spielen.«

Lukas stöhnte.

Seine Mutter legte ihm beschwichtigend eine Hand auf den linken Unterarm.

»Ich muss noch was für die Berufsschule machen, fällt mir gerade ein«, nuschelte er in seinen nicht vorhandenen Bart und befreite seinen Arm.

»Bleib doch noch ein wenig bei uns sitzen«, bat ihn sein Vater.

»Keine Zeit.« Lukas erhob sich und verließ fluchtartig das Esszimmer. Immer zwei Stufen auf einmal nehmend, hastete er die Treppe hinauf und knallte seine Zimmertür hinter sich zu. Wie ihm dieses Heile-Welt-Getue auf den Zeiger ging! Paul hier und Paul da. Lukas erinnerte sich noch genau an den Tag, als seine Eltern ihm verkündeten, dass sie nochmals Nachwuchs bekämen. Er hatte die vierte Klasse besucht, kurz vor seinem Wechsel auf die Realschule. Sibylle Martens war schon fast vierzig gewesen. Wie hatte er sich zu Beginn geschämt, wenn er mit seiner schwangeren Mutter irgendwo gesehen worden war.

Als seine Kumpels die Tatsache, dass es demnächst im Hause Martens noch mal einen kleinen Schreihals geben würde, gleichgültiger als befürchtet aufgenommen hatten, hatte sich auch Lukas wieder beruhigt. Und als er den kleinen Paul am Tag seiner Geburt zum ersten Mal gesehen hatte, hatte er fast etwas wie Freude darüber empfunden, nicht mehr ständig allein mit seinen Eltern zu sein. Doch Paul war zehn Jahre jünger als er. Während sein Bruder für Spielzeugautos und Lego-Baukästen brannte, musste sich Lukas um seine berufliche Zukunft kümmern. Seit fast einem Jahr absolvierte er nun schon seine Ausbildung bei einer kleinen Import-Export-Firma, die mit italienischen Lebensmitteln handelte.

Lukas ließ sich auf sein Bett sinken und angelte sich das Smartphone vom Nachttisch. Ohne hinzusehen, drückte er auf dem Display herum und wartete schließlich, während es am anderen Ende der Leitung tutete.

»Ja?«

»Wir müssen uns sehen!«, zischte Lukas ins Telefon.

»Hatten wir nicht besprochen, alles so zu belassen, wie es ist?«

Lukas ballte die linke Hand zur Faust und schlug sie auf die Bettdecke. »Wir sollten reden.«

»Mann, Lukas, jetzt krieg dich mal wieder ein. Was ist denn auf einmal los mit dir?«

Lukas' Herz pochte wild. Er ließ sich mit dem Oberkörper auf die Matratze fallen und starrte gegen die Decke. »Wir können nicht …«

»Hatten wir das nicht schon?«

Verflucht! Lukas wischte sich über die Augen. »Wir müssen uns treffen«, forderte er erneut. »Andernfalls …«

»Andernfalls?«

Lukas presste seine Lippen aufeinander. »Andernfalls werde ich mir sehr gut überlegen, was ich tue.«

»Ich habe eigentlich überhaupt keine Zeit. Aber gut, weil du es bist. In zwei Stunden im Schlosspark? An der großen Wiese?«

Lukas sah auf die Uhr. »Ja, das passt. Bis später.«

Ohne eine Erwiderung abzuwarten, beendete er das Gespräch. Diesmal würde er sich nicht mit irgendwelchen Floskeln abspeisen lassen. Es wurde Zeit, Verantwortung zu übernehmen.

16

Katinka blinzelte. Was war geschehen? Sie konnte ihre Arme nicht mehr spüren, ihre Beine. Ein Würgereiz bahnte sich seinen Weg ihre Kehle hinauf. Als sie schluckte, bemerkte sie den Fremdkörper in ihrem Mund. Die Übelkeit wuchs. Der Geschmack von Schweiß und etwas Undefinierbarem breitete sich auf ihrer Zunge aus. Verzweiflung stieg in ihr auf. Vorsichtig bewegte sie den Kopf und blickte an ihrem Körper hinab. Sie lag mit der linken Seite auf dem Boden. Ihre Hände waren auf den Rücken gebunden. An ihren Knöcheln entdeckte sie weiße Kabelbinder. Oh Gott! Sie traute ihren Augen kaum. Wie war sie hierhergekommen? Und wo befand sie sich überhaupt? Panik beschlich sie. Angestrengt versuchte sie, flach durch die Nase zu atmen. Das Gefühl, ersticken zu müssen, verstärkte sich.

Katinka schloss die Augen und konzentrierte sich auf ihren Herzschlag. Ruhig, Katinka, beschwor sie sich mantraartig, du lebst. Was auch immer passiert ist, du lebst. Und irgendwie wirst du einen Ausweg aus dieser völlig irrealen Lage finden.

Ein, aus, ein, aus. Sie lauschte ihrem eigenen leisen Schnaufen, versuchte, den Schmerz, der von ihrem Körper Besitz genommen hatte, zu ignorieren. Erst einmal musste sie Herrin über die Lage werden. Dann konnte sie darüber nachdenken, wie sie sich befreien sollte.

Sie ruckelte mit dem Oberkörper, um ihre Hüfte etwas zu entlasten. Wie lange lag sie schon hier? Sie öffnete wieder die Augen und drehte langsam den Kopf. Sie befand sich in einer Holzhütte. Zumindest bestanden die Wände aus mehr oder weniger gleichartigen Holzlatten, die waagrecht zum Boden verliefen. In ihrem Rücken und hinter ihrem Kopf befanden sich fast quadratische Auslassungen in den Balken. Sonnenlicht fiel in den kleinen Raum, den Katinka auf maximal sechs Quadratmeter schätzte. Es war hell, also musste es Tag sein. Aber seit wann befand sie sich hier? Woran erinnerte sie sich? Sie hatte kein Zeit- oder Ortsgefühl mehr, konnte aber auch ihre letzte Erinnerung nicht hervorrufen. Eins nach dem anderen, mahnte sie sich, als sie spürte, wie erneut Panik in ihr aufstieg. Sie fokussierte sich auf ihre Zunge und wollte zuerst den Fremdkörper aus ihrem Mund entfernen. Doch der Stoff, völlig mit Speichel durchtränkt, schien mit jeder Bewegung größer zu werden.

Ihre Augen begannen zu brennen. Nein, sie durfte jetzt nicht weinen. Wieder schluckte sie schwer. Ihr Hals fühlte sich wie Schmirgelpapier an, ausgetrocknet und rau. Schon nach wenigen Minuten lief ihr der Schweiß über die Stirn. Sie würde den Knebel nicht aus ihrem Mund entfernen können. Was bedeutete, dass sie nicht um Hilfe rufen konnte. Vorsichtig robbte sie über den Boden, bis ihre Füße eine der Holzwände berührten. Und jetzt? Was hatte ihr diese Anstrengung gebracht? Wütend bewegte sie ihre Hände, um sie auseinanderzureißen. Doch auch diese Fessel schien unüberwindbar zu sein. Die Haut an ihren Handgelenken brannte, wahrscheinlich war sie aufgerissen. Je mehr Katinka ihre Unterarme bewegte, umso unerträglicher wurden die Schmerzen. Es hatte keinen Sinn.

Sie gab auf, bewegte ihr Gesicht einige Zentimeter nach vorn und starrte auf ihre Füße. Niemals würde sie den Kabelbinder aus eigener Kraft zerreißen können. Sie wollte ihren Hals drehen, um die Lage auf ihrem Rücken zu inspizieren, doch sie schaffte es nicht, über ihre Schulter zu blicken. Erschöpft legte sie ihre Wange wieder auf dem staubigen Boden ab.

In der einen Ecke erblickte sie ein benutztes Taschentuch. Eine der Bodenlatten ragte schräg in die Luft. Ameisen hatten an der Wand entlang eine Straße gebildet. Wie gebannt verfolgte Katinka die kleinen Tierchen, die eins hinter dem anderen her wuselten. Einige trugen vertrocknete Tannennadeln. Katinka kniff ihre Augen zusammen. Eins, zwei, drei, vier, fünf, sechs ..., zählte sie, um ihre wirren Gedanken zu stoppen. Die kleinen Insekten hatten ein enormes Tempo drauf, Katinka schaffte es irgendwann nicht mehr, ihnen zu folgen. Wo kamen sie nur alle her? Und wo befand sich der Ameisenhaufen? Außerhalb der Hütte? Katinka hoffte es. Der Gedanke, dass unzählige Ameisen über ihren Körper flitzten, ließ sie erzittern. Und sie hätte keine Möglichkeit, sich zu wehren. War es möglich, dass eine ganze Armada von Ameisen einen Menschen ... fressen konnte? Katinka, reiß dich zusammen, tadelte sie sich sofort. Es war wenig hilfreich, sich in unterschiedlichen Horrorszenarien zu verlieren. Und wenn sie rational ihre Situation analysierte, konnte sie, wenn sie endlich Vernunft und Menschenverstand walten ließ, nur zu dem Schluss kommen, dass diese Ameisen momentan ihr geringstes Problem waren.

Wann hatte sie das letzte Mal etwas getrunken, gegessen? Fragen, die überlebenswichtig waren. Auf die Katinka jedoch keine Antwort wusste. Warum nur konnte sie sich nicht erinnern? Am liebsten hätte sie laut losgebrüllt, doch das war aus offensichtlichem Grund nicht möglich. Wütend trat sie gegen die Holzwand. Der Schlag fiel schwächer als erwartet aus, ihre Beine wollten ihr nicht richtig gehorchen.

Plötzlich hörte sie etwas. Sie hob ihren Kopf an, um beide Ohren frei zu haben. War da jemand? Hilfe!, pochte es unüberhörbar in ihrem Kopf. Doch aus ihrem Mund kam nur ein leises »Ah«. Sie konzentrierte sich auf die Umgebungsgeräusche. Ja, ganz sicher. Da redete jemand. Aber die Stimme schien weit weg zu sein. Katinka konnte nicht einmal erkennen, ob es sich um einen Mann oder eine Frau handelte. Wo war sie? War sie entführt worden? Sollten ihre Eltern Lösegeld zahlen? Absurd, sie verwarf die Überlegung sofort wieder, während sie erneut auf die Außengeräusche lauschte. Vielleicht hatte sie sich getäuscht. Außer dem Rauschen des Windes in den Blättern der Bäume vernahm Katinka nun nichts mehr.

Welcher Tag war heute? Vermissten ihre Eltern sie schon? Oder hatten sie noch gar nicht bemerkt, dass ihre Tochter sich nicht in ihren Räumen aufhielt? Da ihr Vater als Arzt Schicht arbeitete und ihre Mutter ebenfalls oft früh aus dem Haus ging, war es gut möglich, dass sie noch gar nichts von Katinkas Verschwinden bemerkt hatten. Ab wann würde die Polizei nach ihr suchen? Musste man nicht mindestens ein oder zwei Tage nicht auffindbar sein? Womit Katinka wieder bei der Frage landete, seit wann sie sich in diesem Holzverschlag befand. Ihrem Durst zufolge seit Wochen. Was gäbe sie für ein Glas Wasser! Ach was, eine ganze Flasche könnte sie auf der Stelle leeren. Katinka stellte sich vor, wie das kalte Nass durch ihre Kehle rann. Wie ihre Mundhöhle sich mit Flüssigkeit füllte, die ihre Zunge benetzte, ihre Zähne umspülte …

Stopp, bremste sie sich sofort. Diese Überlegungen führten zu nichts. Ihr Durst würde nur noch schlimmer, noch drängender ihr Bewusstsein dominieren. Sie musste an etwas anderes denken. Sie musste sich dringend überlegen, wie sie sich befreien konnte. Sie streckte ihre Wirbelsäule durch. Jeder Zentimeter ihres Oberkörpers fühlte sich steif und ungelenk an. Selbst das Atmen bereitete ihr Schmerzen, was wahrscheinlich von der unbequemen Liegeposition herrührte, die sie aus eigener Kraft jedoch kaum verändern konnte. Sie versuchte, sich etwas mehr auf den Rücken zu rollen, doch ihre gefesselten Hände verhinderten auch diese Lage. Sie würde sich selbst das Blut abschnüren. Langsam drehte sie ihren Körper nach rechts, um die Schmerzen etwas zu lindern. Das harte Holz an ihren Knochen ließ sie aufstöhnen. Wie lange brauchte es, bis ein Mensch verdurstet war? Und würde ihr Peiniger zurückkehren? Was hatte er mit ihr vor? Warum hatte er sie überhaupt in diesen Verschlag gebracht? Wenn sie sich doch nur erinnern könnte!

Katinka schloss die Augen. Vielleicht konnte sie ein wenig schlafen, um die Schmerzen und ihre Angst zu vergessen. Doch wie sollte das funktionieren? Jede Faser in ihr schrie nach Erleichterung, nach Besserung, nach Hilfe. Tief in ihrem Inneren spürte sie jedoch, dass sie niemand retten würde. Dass sie auf sich allein gestellt war. Das niemand kommen und sie finden würde.

Während Tränen der Verzweiflung über ihre Wangen rannen, ließ der Schleier der Erschöpfung sie wegdämmern und einschlafen.

17

Matthias hatte recht. Natascha sah nicht gut aus. Durch die Glasscheibe betrachtete Sina ihre Schwester, die am Bett ihres Mannes saß, seine Hand in ihrer hielt und fortwährend mit ihm redete. Nataschas Wangen waren eingefallen, ihre Augen wirkten verquollen. Das sonst lockige Haar hing strähnig über ihre gebeugten Schultern. Sina wandte sich ab und blickte den Flur entlang. Am Schwesternzimmer standen zwei Pfleger, die sich leise unterhielten. Eine Ärztin eilte an ihr vorbei, ohne sie eines Blickes zu würdigen. Sina musste daran denken, wie es ihr vorletzten Februar gegangen war. Im Gegensatz zu Carlo lebte Jochen, doch niemand konnte sagen, ob er je wieder der Alte werden würde. Freud und Leid lagen so unglaublich nah beieinander. Im einen Moment saß man mit seinem Liebsten zusammen und schmiedete Zukunftspläne, und schon im nächsten Augenblick konnte alles vorbei sein. Nichts, was vorher von Belang gewesen war, erschien noch relevant. Sina hatte Carlo für immer verloren, Natascha bangte um das Leben ihres Mannes, des Vaters ihrer Kinder. Warum konnte das Schicksal nicht gnädiger sein? Wohlgesonnener?

Sina schnaufte. Allein durch ihren Job wusste sie doch, dass Jochens Zustand rein gar nichts mit Schicksal zu tun hatte. Woher kam ihre Sentimentalität?

»Sina! Was machst du denn hier?«

Sina hatte gar nicht bemerkt, dass Natascha das Krankenzimmer verlassen hatte. Sie trat auf ihre Schwester zu und umarmte sie.

»Mama und Papa haben mir verraten, wo ich dich finde. Und deine Kinder.« Sie lächelte.

Natascha verzog das Gesicht. »Ich weiß nicht, ob ich sie mit hierher nehmen soll.«

»Solange Jochen auf der Intensivstation liegt, würde ich dir davon abraten«, erwiderte Sina, während sie zu ihrem Schwager sah. »Die Schläuche, die Geräte …« Sie runzelte die Stirn. »Das würde Jonas und Nele doch ziemlich verstören, glaube ich. Er ist ihr Papa.«

»Du hast recht.« Natascha folgte Sinas Blick. »Ich habe ihm von den Kindern erzählt, von …« Sie begann zu weinen. »Aber ich glaube, er hört mich nicht. Er reagiert nicht, liegt nur da«, schluchzte sie und schlug eine Hand vor den Mund. »Ich … ich kann einfach nicht mehr.«

Sina legte einen Arm um die Schulter ihrer Schwester. »Wollen wir unten einen Kaffee trinken gehen?«

Natascha kramte ein Taschentuch hervor und nickte.

»Was sagen denn die Ärzte?«, wollte Sina wissen, nachdem sie sich einen kleinen Tisch im Außenbereich der Cafeteria gesucht und sich gesetzt hatten.

Natascha betupfte ihre Augen. »Dass ein Mensch so viel weinen kann.«

»Sei nicht so streng mit dir.«

Natascha blickte Sina an. »Sie wissen nichts, können auch keine Prognose abgeben. Es sei noch zu früh, man müsse abwarten.«

»Was sagst du als Ärztin dazu?« Sina lächelte.

»Als Ärztin pflichte ich ihnen bei, als Frau jedoch …« Natascha schluckte. Sina griff über den Tisch und umfasste die rechte Hand ihrer Schwester. »Er ist fit, hat keinerlei Einschränkungen. Jochen war doch schon immer ein Macher. Und jetzt ist er ein Kämpfer.«

Natascha erwiderte nichts, starrte Richtung Parkplatz und blinzelte.

»Was ist mit dir?« Sina spürte, dass ihre Schwester noch mehr belastete.

»Was soll sein?«, brauste Natascha auf. »Mein Mann liegt schwer verletzt hier und …« Sie schnaufte. »Tut mir leid. Mein Nervenkostüm ist momentan nicht das Beste.«

»Du musst dich nicht entschuldigen.« Sina musterte Nataschas blasses Gesicht.

»Wie geht es meiner kleinen Nichte?«, wechselte ihre Schwester unvermittelt das Thema.

Sina lächelte. »Gut. Es ist so schön zu sehen, wie sie jeden Tag Neues hinzulernt. Sie krabbelt schon in einem Tempo durchs Wohnzimmer, bei dem man ganz schön ins Schwitzen kommen kann. Glücklicherweise sind Mama und Papa noch fit genug, um mit ihr mitzuhalten.«

»Ja, Kinder sind unsere größte Freude«, sinnierte Natascha. »Und wie läuft es mit Matthias?«

Sina verdrehte die Augen. »Ich hätte nicht gedacht, dass mir so etwas noch mal passiert.« Ihre Stimme klang belegt, sie räusperte sich.

»Du bist noch jung. Warum denn nicht?«

Die Bedienung brachte die bestellten Kaffees.

»Nach Carlo …« Sina schüttelte den Kopf. »Und du weißt, was ich anfangs von Matthias gehalten habe.«

Natascha grinste. »Der erste Eindruck ist eben nicht immer der entscheidende.« Sie musterte Sina. »Du bist glücklich, Sina. Du siehst glücklich aus.«

Sina nickte. »Ja, ich denke, ich bin glücklich. Wenn ich sehe, wie Matthias mit Clara umgeht … Er wickelt sie, spielt mit ihr.« Sie fuhr sich über das Gesicht. »Auch jetzt ist er bei ihr und kümmert sich um sie.«

Natascha runzelte die Stirn. »Und du sitzt hier und hörst dir das Gejammer deiner großen Schwester an? Ihr habt doch sowieso nicht allzu viel Zeit miteinander.«

»Na ja«, relativierte Sina. »Momentan sehen wir uns ja auch auf dem Revier.« Sie drückte Nataschas Hand. »Und es war mir wichtig, nach dir zu schauen.« Sie zögerte. »Du weißt, dass ich immer für dich da bin? Dass du mit mir über alles reden kannst?«

Ihre Schwester erwiderte nichts.

»Natascha?«

»Lass es, Sina.« Nataschas Stimme war kaum mehr als ein Flüstern.

»Was ist los?« So schnell wollte Sina nicht aufgeben.

Natascha schüttelte den Kopf und presste ihre Lippen zusammen.

»Ich sehe doch, dass dich noch etwas anderes beschäftigt«, merkte Sina mit ruhiger Stimme an. »Ist es … Gibt es in eurer Ehe Probleme?« Sie musste an den Anruf der unbekannten Frau in Jochens Kanzlei denken. »Hat Jochen …?«

Nataschas Blick wurde wachsamer. »Was meinst du?«

Sina überlegte. »Was hat Jochen am Wachenberg gemacht?«

Natascha verzog ihre Mundwinkel. »Ich weiß es nicht. Vielleicht hatte er einen Mandantentermin.«

Sina nickte. Jochens Sekretärin hatte angegeben, dass er an jenem Abend ihres Wissens nach keinen Auswärtstermin mehr gehabt hatte.

»Bei euch war alles in Ordnung?«

Natascha blickte in den Himmel. »Was heißt schon in Ordnung?«

»Du weißt, was ich meine, Schwesterherz.« Sina nahm einen Schluck ihres Kaffees.

Ihre Schwester stützte die Ellbogen auf den Tisch und legte den Kopf in ihre Hände. »Bei uns ist schon lange nichts mehr in Ordnung.« Der Schmerz in Nataschas Stimme war unüberhörbar.

»Ach, Süße …« Sina umfasste ein Handgelenk ihrer Schwester. Sie wusste nicht, was sie sagen sollte.

»Ich würde so gern arbeiten, Sina.« Natascha sah wieder auf. Ihre Miene nahm einen grimmigen Ausdruck an. »Ich …

ich kann nicht nur daheim sein. Ich ...« Erneut begann sie zu weinen.

Wut kochte in Sina hoch. Obwohl sich ihr Schwager in einer tragischen Lage befand, konnte sie ihren Ärger über dessen mehr als konservative Ansichten nicht mehr herunterschlucken. »Du bist nicht seine Sklavin«, presste sie hervor.

»Das weiß ich doch.« Natascha schluchzte. »Denkst du, das weiß ich nicht? Ich ...« Sie rang um Fassung. »Ich habe mir ernsthaft überlegt, ihn zu verlassen.«

Sina fiel fast die Kinnlade herunter. »Ist das dein Ernst?«

Bisher hatten ihre Ratschläge bei Natascha kaum Gehör gefunden. Sie hatte ihr zwar nie deutlich zu verstehen gegeben, dass sie ihr ein komplett anderes Leben wünschte, aber unterschwellig hatte ihre Schwester durchaus verstanden, was Sina von der Einstellung ihres Schwagers hielt.

»Ich kann nicht mehr.« Natascha sah Sina offen in die Augen. »Unsere Ehe ist nur noch eine Farce. Ich habe das Gefühl, es interessiert Jochen null, wie ich mich fühle. Die Kinder sind den halben Tag im Kindergarten. Was spricht dagegen, dass ich in meinen Beruf zurückkehre?«

Sina riss ihre Augen auf. »Nichts, Natascha. Überhaupt nichts spricht dagegen. Meine Ansicht dazu kennst du zur Genüge.«

»Ich war so blind.« Natascha schüttelte den Kopf. »Jochen wird seine Meinung niemals ändern. Aber ich kann doch nicht die nächsten Jahrzehnte daheimsitzen und ...« Sie stöhnte.

»Nein, das kannst du nicht«, bestärkte Sina sie. »Und das sollst du auch nicht. Du bist eine intelligente Frau, eine hervorragende Ärztin und tolle Mutter. Und du bist todunglücklich.«

Natascha nickte.

»Was hindert dich daran, endlich wieder an dich selbst zu denken?«

»Nichts, dachte ich.« Natascha stockte. »Aber als ich ihn

gestern so hilflos daliegen sah …« Sie atmete tief aus. »Ich liebe ihn noch immer. Das ist mir klar geworden.«

»Dann solltest du mit ihm reden, Natascha. Sobald er ansprechbar ist. Du hast auch ein Recht auf Glück und Zufriedenheit. Und du hast dich viel zu lange von ihm unterbuttern lassen.«

18

»Danke, Valerie.« Sina strich sich eine Strähne hinters Ohr, während sie verfolgte, wie Matthias auf den Balkon trat. »Ich weiß gar nicht, was ich davon halten soll. Aber ich freue mich sehr.«

»Das ist nicht allzu unüblich, meine Liebe«, erwiderte die Galeristin und lachte. »Damit wirst du in Zukunft leben müssen.«

»Ich weiß nicht ...« Sina blieb skeptisch. »Es ist ein Hobby. Nicht mehr und nicht weniger.«

»Wie auch immer«, erwiderte Valerie Westendorff in gutmütigem Ton. »Ich wollte dir nur kurz Bescheid geben.«

Sina bedankte sich erneut und beendete das Gespräch, bevor sie ins Freie trat.

»Einen Weißwein für die Künstlerin?« Matthias hielt ihr grinsend das Glas hin.

Sina verdrehte die Augen. »Du wirst es nicht glauben.«

»Was? Hat das MOMA New York angefragt, ob es deine Skulpturen ausstellen darf?« Er streckte eine Hand aus und strich ihr über die Wange.

Für einen Moment schloss Sina die Augen und genoss die Wärme seiner Finger auf ihrer Haut. »Das tut gut«, seufzte sie.

»Ich könnte mir durchaus eine Steigerung von ›Das tut gut‹ vorstellen.« Er lachte.

»Ich denke, darauf komme ich später am Abend zurück.« Sie öffnete ihre Augen wieder und zwinkerte ihm zu.

»Jederzeit.«

»Valerie hat mir mitgeteilt, dass es einen Käufer für eine meiner Skulpturen gibt.«

Sie stellten sich an die Brüstung und genossen den Weitblick aus dem obersten Stock des Hochhauses, in dem sich Sinas Wohnung befand. Unter ihnen auf dem Bordstein lief eine Familie mit drei Kindern entlang.

»Das freut mich für dich.« Matthias nippte an seinem Wein. »Ich habe dir gleich gesagt, dass du sehr talentiert bist.«

Sina erwiderte nichts.

»Hallo, Kommissarin Engel? Jemand zu Hause?« Er bewegte seine Hand dicht vor ihrem Gesicht.

Sie musste lachen. »Der Käufer möchte anonym bleiben.«

Matthias' Miene nahm einen überraschten Ausdruck an.

»Ja, so habe ich wahrscheinlich auch ausgesehen, als Valerie mir das gesagt hat.«

»Na ja, ich denke, das ist nicht allzu ungewöhnlich in diesen Kreisen«, frotzelte Matthias. »Der Käufer möchte sich schützen und nicht gleich in den Fokus diverser Kunstdiebe geraten.«

Sina strafte ihn mit einem missbilligenden Blick. »Quatschkopf! Ich heiße doch nicht Monet oder Gauguin.«

»Aber Engel«, gab er trocken zurück.

»Du findest es nicht verdächtig?«

»Verdächtig? Sina, wir sprechen hier von einer Person, die eine der Skulpturen kaufen möchte, weil sie ihr gefällt. Was sollte daran verdächtig sein?«

»Na ja, vielleicht …« Sie überlegte. »Es könnte jemand sein, der sich an mir rächen möchte.«

Matthias trat dichter zu ihr, nahm ihr das Glas aus der Hand und stellte es auf dem Balkontisch ab. Dann legte er seine Arme um ihre Taille und zog sie an sich. »Schalte mal dein hübsches Köpfchen aus, Schatz. Es scheint mir, dass dein Ermittlerhirn ein wenig Erholung benötigt.«

»Vielleicht hast du recht«, erwiderte Sina leise und schlang ihre Arme um seinen Nacken. »Ich sollte mich einfach freuen.«

»Sehr gute Einstellung«, stimmte er ihr zu.

Sie räusperte sich. »Wie war es mit Clara?«

»Gut, keine besonderen Vorkommnisse.« Er lächelte. »Du weißt, dass wir zwei gut miteinander auskommen.«

»Ja, das weiß ich.« Sina musterte ihn. Die dunklen Augen, der Mund mit diesen unglaublich weichen Lippen. Sie liebte jedes Detail seines Gesichts. »Ich bin froh, dass du da bist«, raunte sie ihm ins Ohr.

Sein Griff wurde fester. »Was denkst du, wie es mir erst geht?«

Sie musste schmunzeln. »Vielleicht könnten wir deine Ankündigung von vorhin doch schon etwas vorziehen?« Sie legte ihren Kopf schief.

»Sehr …« In dem Moment begann Matthias' Handy im Wohnzimmer zu klingeln.

Notgedrungen lösten sie sich voneinander.

Sina verfolgte, wie er die Wohnung betrat und nach seinem Telefon griff.

»Sommer!«

Sie stellte sich erneut an die Brüstung und genoss den leichten Abendwind. Da die letzten Tage sehr warm gewesen waren, stellte die Brise eine willkommene Abkühlung dar.

»Nathalie, was soll das?« Matthias' Stimme klang gereizt.

Sina stöhnte genervt auf. Matthias' Ex-Verlobte. Als sie und Matthias sich Anfang des Jahres nähergekommen waren, hatte er ihr alles von seiner Beziehung mit der Anwältin erzählt. Und von Nathalies mehr als schäbigem Betrug und dem tragischen Autounfall. Doch diese Ereignisse lagen Jahre zurück. Warum konnte die Frau die Vergangenheit nicht endlich ruhen lassen?

»Nein, das habe ich dir schon mehr als einmal gesagt. Und ganz ehrlich, ich habe dir ebenfalls mitgeteilt, dass ich nicht möchte, dass du mich anrufst. Was ist daran so schwer zu verstehen?«

Sina massierte ihre Schläfen.

»Nein! Und ich möchte mich jetzt auch nicht weiter mit dir unterhalten. Blue ruf mich nicht mehr an.«

Wie oft hatte er Nathalie mit diesem Satz schon abgefertigt? Sina hörte ihn fluchen.

Nur Sekunden später trat er wieder zu ihr und legte eine Hand auf ihre Schulter.

»Du hast es ja mitbekommen.«

Sie nickte, sah ihn jedoch nicht an.

»Es tut mir leid, Sina. Sie hat wieder einmal eine andere Nummer benutzt. Wenn ich vorher wüsste ...«

»Ist schon gut«, unterbrach sie ihn, obwohl sie noch immer von Nathalies Unterbrechung genervt war.

»Nein, ist es nicht.« Er drehte Sina zu sich und nahm ihr Gesicht in seine Hände. »Du musst dir keine Sorgen machen. Du und Clara ...« Er stockte. »So etwas hatte ich noch nie.«

Sina schnaufte. »Das glaube ich dir gern. Eine alleinerziehende Mutter mit Baby ...«

Er schüttelte den Kopf. »So ist es nicht, Sina. Hörst du?« Seine Wangenmuskeln arbeiteten. »So fühlt es sich nicht an. Es ist ... Du bist mir sehr wichtig.« Vorsichtig fuhr er ihr übers Haar. »Ihr seid mir wichtig.«

»Ich weiß.« Sie nickte.

»Keine Ahnung, was ich noch dazu sagen soll. Du hast gehört, worum ich Nathalie gebeten habe.«

»Sie wird es nur nicht umsetzen«, erwiderte Sina und ärgerte sich sogleich über die Bitterkeit in ihrer Stimme. »Bitte lass uns das Thema wechseln.«

»Nichts lieber als das.« Er lachte, doch die Unbeschwertheit von eben war verflogen. Sie griffen wieder nach ihren Gläsern und schwiegen eine Weile.

»Ich mache mir Sorgen um Natascha«, durchbrach Sina die Stille.

»Wie geht es ihr?« Matthias schien sich ebenfalls um Unverfänglichkeit zu bemühen.

»Nicht gut«, sagte Sina leise. »Gar nicht gut. Ich glaube, sie ist sehr unglücklich mit ihrer Situation.«

»Unabhängig von Jochens Verletzungen?«

Sina nickte.

»Den Eindruck hatte ich bei unserem Gespräch auch.« Matthias trat näher. »Ich möchte dich nicht verlieren, Sina.«

Als sie ihn ansah, musste sie blinzeln, da ihre Augen zu brennen begannen. »Vielleicht bin ich etwas zartbesaitet.« Sie fühlte sich schwach und schutzlos.

Schweigend deutete er mit dem Kinn auf ihr Glas. Sina stellte es weg. Matthias zog sie erneut an sich und hauchte ihr einen Kuss aufs Haar. »Du bist nicht zartbesaitet. Du bist eine toughe Frau. Vielleicht die tougheste, die mir je begegnet ist.«

»So fühle ich mich gerade gar nicht.« Sie legte ihren Kopf an seine Schulter.

»Auch starke Frauen benötigen mal eine Auszeit.«

»Und starke Männer?« Sie blickte ihm wieder in die Augen. Als sie die Wärme darin erkannte, die Fürsorge und Geborgenheit, schmiegte sie sich dichter an ihn und ließ ihre Hände über sein T-Shirt wandern. »Wie war das noch mit der Steigerung von ›Das tut gut‹?« Sie klimperte kokett mit den Wimpern.

»Ein sehr guter Zeitpunkt, um es dir etwas näher zu erläutern.«

19

Donnerstag, 8. Juni

Nachdem Sina und Matthias ihre weißen Overalls übergezogen hatten, betraten sie vom Parkplatz an der Roten Turmstraße aus den Schlosspark.

Marc unterhielt sich mit einem Streifenbeamten neben der Steinmauer, die den Park umgab, Gerhard stand vor dem Fundort und blickte ihnen sorgenvoll entgegen.

»Guten Morgen, ihr zwei.«

»Guten Morgen«, erwiderte Sina. »Matthias hat mich netterweise abgeholt.«

Gerhard blickte von seiner Chefin zu Matthias und nickte nur.

Sina räusperte sich. »Was haben wir?«

»Das Opfer heißt Lukas Martens. Ein junger Mann, siebzehn Jahre alt. Wohnt mit Eltern und jüngerem Bruder in der Weststadt.«

»Oje«, entfuhr es Sina.

»Zur Todesursache haben wir noch keine Informationen. Der Rechtsmediziner ist noch bei ihm.«

Sina drehte sich um die eigene Achse. Das Opfer lag innerhalb eines Nadelstrauchgewächses. Sina kannte das merkwürdige Gebilde, das sich im Laufe der Jahre zu einer Art Höhle verwachsen hatte.

»Ist der Fundort auch der Tatort?«

Gerhard zuckte mit den Achseln. »Gute Frage. Die versteckte Lage könnte darauf hindeuten. Sicher wissen wir es aber noch nicht.«

»Wer hat ihn gefunden?«, wandte sich Matthias an den älteren Polizeiobermeister.

»Eine junge Frau, die mit ihrer kleinen Tochter zufällig dort vorbeigekommen ist. Das Kind wollte in die Höhle …« Er verzog sein Gesicht. »Na ja, den Rest könnt ihr euch vorstellen.«

»Wo sind die beiden?« Sina sah sich um.

»Marc hat schon mit ihr gesprochen und ihre Aussage aufgenommen. Das Kind war verständlicherweise völlig durch den Wind. Die Zeugin wohnt in der Altstadt. Marc hat die beiden nach Hause bringen lassen.«

»Gut.« Sina stemmte eine Hand in die Hüfte. »Gibt es Spuren?«

»Es hat seit Wochen nicht geregnet«, gab Gerhard zurück. »Der Boden ist staubtrocken. Die Spurensicherung tut ihr Bestes, aber …«

»Mist!« Matthias seufzte.

Dr. Reinmann kam auf sie zu. »Guten Morgen, die Herrschaften.«

Sina kannte den Heidelberger Rechtsmediziner seit Jahren. Sie schätzte seine sachliche Art sehr. »Guten Morgen, Doktor. Können Sie uns schon ein paar Informationen geben?«

Er lächelte, während er seine Handschuhe abstreifte. »Wieso wusste ich nur wieder, dass Sie mich genau das fragen werden?«

»Der Mensch ist ein Gewohnheitstier.« Sie grinste.

»Spaß beiseite.« Der Mediziner wurde ernst und zeigte hinter sich. »Der junge Mann wurde erschlagen.« Er deutete auf seinen Kopf. »Schweres Schädel-Hirn-Trauma mit Schädelbruch.«

Sina fröstelte. »Er war sofort tot?«

Dr. Reinmann nickte. »Da er von hinten überfallen wurde, hat ihn der Tod buchstäblich überrascht. Er hat nichts mitbekommen.«

»Das wird für die Eltern kein Trost sein«, murmelte Sina betreten. Warum hatte ein junger Mensch hier sterben müssen?

»Nein, mit Sicherheit nicht«, pflichtete der Arzt ihr bei.

»Können Sie schon etwas zum Todeszeitpunkt sagen?«, hakte Matthias nach, während er zu dem Leichnam des jungen Mannes blickte.

»Ich schätze, zwischen einundzwanzig und zweiundzwanzig Uhr dreißig«, erklärte Reinmann mit ernster Stimme. »Genaueres nach der Obduktion.«

»Hat man ein Handy bei ihm gefunden?«

Gerhard nickte. »Ja, wurde bereits gesichert. Außerdem hatte er eine entwertete Busfahrkarte in der Hosentasche sowie etwas Bargeld.«

Sina ließ ihren Blick über die Wiese wandern. Zu ihrer Linken befand sich das Schloss mit der weitläufigen Terrasse des Schlosspark-Restaurants. Um diese Uhrzeit war die exklusive Gaststätte noch geschlossen. »Es ist momentan lange hell. Sicher waren gestern Abend doch noch andere Leute hier im Park.«

Marc trat zu ihnen und nickte zur Begrüßung.

Gerhard zeigte zu der großen Wiese, die sich den Hang hinaufzog. »Die meisten Gruppenansammlungen konzentrieren sich auf der Fläche dort drüben. Ich denke, wenn das Opfer hier hinter diesen Bäumen auf seinen Mörder traf, ist es gut möglich, dass von der Wiese aus niemand etwas mitbekommen hat.«

Sina schätzte die Entfernung ab. »Du könntest recht haben. Leider.«

»Wir sollten trotzdem versuchen, Zeugen ausfindig zu machen«, wandte Matthias ein. »Vielleicht hat jemand den jungen Mann gesehen und kann uns sagen, ob er in Begleitung war.«

Sina überlegte. »Um einen Raub geht es wohl eher nicht.«

»Nein«, stimmte Marc zu. »So wie es aussieht, wurde nichts gestohlen.«

»Ich verabschiede mich«, brachte sich Dr. Reinmann in Erinnerung. »Sobald ich meinen Bericht fertig habe, bekommen Sie ihn, Frau Engel.«

Sina bedankte sich bei dem Arzt und wandte sich wieder an ihre Mitarbeiter. »Vielleicht findet die Spurensicherung doch noch Hinweise, die uns weiterhelfen können. Gerhard und ich werden mit den Eltern des Jungen sprechen. Vielleicht könntet ihr euch derweil in der Firma umhören, wo Katinka Lungwitz ihr Praktikum absolviert hat?« Sie sah von Marc zu Matthias, die beide nickten.

»Klar, machen wir.«

»Marc, du weißt ja in dem Fall Bescheid und kannst Matthias entsprechend einweisen?«

»Wird erledigt, Chef.« Marc salutierte.

Sina schüttelte den Kopf. »Schauen wir uns das Opfer an, bevor es nach Heidelberg gebracht wird.«

Sie wandte sich um und näherte sich den Büschen, in deren Mitte sich der Leichnam befand. Lukas Martens lag auf dem Bauch, sein Kopf zeigte nach rechts. An seinem Hinterkopf klaffte eine unübersehbare blutverkrustete Platzwunde. Sina blieb dicht vor dem Jungen stehen, beugte sich hinab und betrachtete das unglaublich junge Gesicht des Opfers.

»Schrecklich«, merkte Matthias an, als er sich neben sie stellte.

»Das sieht nicht nach Zufall aus«, überlegte Sina laut. »Warum sollte jemand aus heiterem Himmel einen jungen Mann erschlagen?«

»Ich denke, der Täter könnte im Umfeld von Lukas Martens zu finden sein«, stimmte Matthias ihr zu. »Vielleicht hat er sich mit jemandem gestritten, und die Tat geschah im Affekt«, mutmaßte er weiter.

»Möglich«, erwiderte Sina abwesend, während sie das Gesicht des Toten musterte. »Ein gut aussehender junger Mann. Der sein Leben noch vor sich hatte.«

Die Augen des Opfers standen offen, der Blick war ins Leere gerichtet. Blonde Haarsträhnen hingen über die Stirn. Auf der rechten Wange befand sich eine schmale daumenlange Narbe.

»Er war im gleichen Alter wie Katinka Lungwitz.«

Matthias sah sie von der Seite an. »Sina, das heißt aber nicht, dass Katinka ebenfalls etwas zugestoßen ist.«

»Nein, das weiß ich ja«, gab sie zu. »Aber …« Sie schüttelte den Kopf.

»Wir finden denjenigen, der für den Tod des Jungen verantwortlich ist.« Matthias berührte sie kurz am Oberarm.

Hastig wandte sie sich um.

»Sie können uns nicht sehen«, beschwichtigte er sie.

»Tut mir leid.«

»Muss es nicht. Wir haben doch darüber gesprochen.«

»Ich denke einfach, es wäre nicht gut, wenn sie wüssten …«

»Sina«, unterbrach er sie in eindringlichem Ton. »Bitte mach dir keine Gedanken deswegen. Es ist alles okay. Wirklich!«

Wieder nickte sie. »Dann fahre ich jetzt mal zu den Eltern.«

Während Gerhard den Wagen vom Schlosspark-Parkplatz lenkte, blickte Sina aus dem Fenster. Sie musste an gestern Abend denken, an Nathalies Anruf. Was wollte diese Frau nach all den Jahren von Matthias? Die beiden waren verlobt gewesen, hatten mehrere Jahre zusammen verbracht. Und Matthias hatte sie heiraten wollen. Sina dagegen … Clara war Carlos Tochter. Warum reagierte sie nur so verunsichert? Spürte sie nicht, was Matthias für sie empfand? Traute sie ihren eigenen Gefühlen nicht? Sie seufzte.

»Alles okay?« Gerhard blickte sie von der Seite an.

»Ich war …« Sie schüttelte den Kopf. »Entschuldige. Es ist im Moment etwas viel.«

»Deine Schwester?« Die Stimme ihres Mitarbeiters klang mitfühlend.

»Auch.« Sie stützte ihren rechten Ellbogen an der Tür ab und legte ihren Kopf in die Hand.

»Matthias kümmert sich darum. Und wir helfen ihm dabei. Wir finden das Schwein, das deinen Schwager verprügelt hat.«

Sina lächelte. »Danke, Gerhard. Darum mache ich mir keine Sorgen. Ich weiß doch, was ich an euch habe.« Wieder wandte sie ihren Kopf und ließ ihren Blick über die Einfamilienhäuser in der Prankelstraße schweifen.

»Geht es Clara gut?«

Dankbar für den Themenwechsel, nickte sie. »Ja, sie entwickelt sich prächtig. Ich hätte mir niemals vorstellen können, dass ich zu einer solchen bedingungslosen Liebe fähig wäre.«

»Kinder bringen die besten Seiten in uns zum Vorschein.«

»Du hast recht«, stimmte Sina ihm zu. »Und ich sehe die Welt und mein Umfeld noch mal ganz anders. Meine Eltern, die sich so rührend um Clara kümmern. Und wenn ich abends nach Hause komme, freue ich mich so unbändig auf dieses Lächeln …« Sie schluckte. »Dieses wunderschöne Lächeln, das Schönste, das es für mich gibt.« Sie atmete tief aus. »Tut mir leid. Ich …«

»Ich freue mich, dass es dir gut geht. Dass du und Clara, dass ihr glücklich seid.«

»Carlo fehlt«, erwiderte Sina ernst. »Clara hat ein Recht darauf, ihren Papa kennenzulernen. Aber dieses Recht kann ich ihr nicht verschaffen.«

»Sie hat dich und … deine Familie. Du kannst doch nichts dafür.«

»Das weiß ich ja, aber … Es gibt Momente, da ist es schwieriger.«

»Du schaffst das. Da bin ich mir ganz sicher.«

Er blinkte und bog in die Leberstraße ein, wo die Familie Martens lebte.

»Und es werden sich andere Konstellationen ergeben, du wirst sehen. Clara kann stolz auf ihre starke Mama sein.«

»Mal sehen, ob sie das in ein paar Jahren auch so sieht. Und stark … Na ja.«

Gerhard stellte den Wagen an den Straßenrand, und sie stiegen aus.

Sinas Handy klingelte. »Engel.«

»Niemeyer hier. Frau Engel, Herr Fornack hat uns gerade von dem toten Jungen erzählt«, meldete sich Franz Niemeyer, einer der Weinheimer Streifenbeamten.

»Ja, wir stehen gerade vor dem Haus der Eltern.« Sina wechselte einen kurzen Blick mit Gerhard.

»Frau Martens hat ihren Sohn vor einer guten Dreiviertelstunde als vermisst gemeldet.«

Sina schluckte. »Okay, danke für die Info, Herr Niemeyer. Das heißt, sie geht davon aus, dass wir aufgrund ihrer Anzeige kommen.« Was die vor ihnen liegende Aufgabe nicht einfacher machen würde. Sina beendete das Gespräch und deutete auf das Haus, in dem Lukas mit seiner Familie gewohnt hatte.

Nachdem sie geklingelt hatten, dauerte es nicht lange, bis die Haustür geöffnet wurde und eine schlanke schwarzhaarige Frau erschien, die Sina auf Mitte vierzig schätzte.

»Guten Morgen, Frau Martens.« Sina stellte Gerhard und sich vor.

Lukas' Mutter runzelte die Stirn. »Ich hatte Ihren Kollegen eigentlich so verstanden, dass ich aufs Revier kommen muss. Dass Sie mich daheim aufsuchen …« Die Verwirrung stand der Frau ins Gesicht geschrieben.

Obwohl Sina nicht zum ersten Mal einer Familie den Boden unter den Füßen wegreißen musste, kostete es sie jedes Mal aufs Neue Überwindung. Nach ihrer Nachricht würde für diese Frau nie wieder etwas so sein wie davor.

»Frau Martens, dürfen wir bitte kurz hereinkommen?«

»Ja, ja, natürlich, entschuldigen Sie bitte«, entgegnete Sibylle Martens zerstreut. »Ich bin … Ich mache mir sehr große Sorgen um Lukas.«

Im Wohnzimmer deutete sie auf das Sofa. »Möchten Sie sich setzen?«

Sina schüttelte den Kopf. »Frau Martens, wir müssen Ihnen leider eine schlechte Nachricht überbringen.«

Lukas' Mutter blickte von Sina zu Gerhard, der bedauernd sein Gesicht verzog.

»Ihr Sohn Lukas wurde heute Morgen tot aufgefunden«, fuhr Sina fort, während sie die Reaktion der Frau aufmerksam beobachtete.

Frau Martens fasste sich an den Hals. »Was?«

Sina nickte. »Es tut uns sehr leid, aber Lukas lebt nicht mehr.« Sie blickte sich um. »Sind Sie allein zu Hause?«

»Ja, natürlich«, murmelte Sibylle Martens abwesend. »Aber es muss sich um ein Missverständnis handeln. Ich habe meinen Sohn heute früh vermisst gemeldet. Bestimmt ist …«

»Frau Martens, wir haben bei Ihrem Sohn einen Ausweis gefunden. Lukas wurde ermordet.«

Die Frau verengte ihre Augen. »Ermordet?« Sie schüttelte den Kopf. »Nein, nein, das kann nicht sein! Lukas wollte doch gestern Abend nur noch mal kurz weg.« Sie blickte zu Boden, rang sichtlich um Fassung.

»Es tut mir leid, dass wir Sie das fragen müssen, aber wann hat Ihr Sohn gestern das Haus verlassen?«

»Ich muss Arthur anrufen …« Sibylle Martens blinzelte hektisch. »Und Paul …« Sie atmete heftiger.

»Frau Martens, können wir jemanden für Sie kontaktieren?« Sina musterte die Frau sorgenvoll.

Erst jetzt blickte Lukas' Mutter auf. Ihre Augen schimmerten. »Lukas ist …« Sie deutete zur Treppe. Ihre Hand zitterte. »Er wollte …« Sie begann zu schluchzen.

»Ruf den Psychologen an«, raunte Sina in Gerhards Richtung. »Und jemand soll sich mit ihrem Mann in Verbindung setzen.«

Gerhard nickte und verließ das Wohnzimmer.

»Frau Martens?« Sina umfasste den Ellbogen der Frau und lenkte sie sanft zur Küche. »Kommen Sie. Ich bleibe bei Ihnen, bis wir Ihren Mann erreicht haben. Und gleich wird sich ein Arzt um Sie kümmern.«

Tränen strömten über Frau Martens' Wangen. Sie reagierte nicht auf Sinas Ansprache, schnappte immer wieder nach Luft. Sina schob sie auf einen Stuhl neben der Spüle und riss die einzelnen Schranktüren auf, bis sie in einem der Regale Gläser fand. Eilig füllte sie Wasser in das Gefäß und reichte es Sibylle Martens. »Bitte trinken Sie.«

Die Frau nahm das Glas, starrte jedoch nur hinein und weinte leise vor sich hin. »Lukas … Er wollte heute Abend mit Arthur zum Baumarkt. Sie planten doch das Insektenhotel. Und Paul …«

Sina ging vor der Frau in die Hocke. »Frau Martens, wann hat Ihr Sohn gestern Abend das Haus verlassen?«

Die Pupillen von Sibylle Martens waren geweitet, ihr rechtes Augenlid zuckte unentwegt. »Gestern?«

Sina nickte. »Sie sagten, dass Lukas noch wegwollte.«

Sibylle Martens nickte. »Ja, er ist gegangen.« Wieder begann sie zu weinen. »Aber ich wusste doch nicht, dass er nicht mehr zurückkommt. Ich hätte ihn doch niemals gehen lassen.«

Der Schmerz der Frau berührte Sina zutiefst. Sie musste an den toten Jungen denken, der erschlagen in der Hecke gelegen hatte. Der Junge, der noch gestern mit seiner Mutter geredet hatte. Die zu diesem Zeitpunkt nicht ahnte, dass sie ihn nie mehr wiedersehen würde. Nie mehr in ihren Armen halten würde.

Sie nahm die Hände der Frau in ihre und drückte sie. Sibylle Martens' Finger fühlten sich eiskalt an.

»Lukas ist ein guter Junge«, flüsterte sie mit erstickter Stimme. »Er ist …«

»Ich habe jemanden zu ihrem Mann geschickt«, meldete sich Gerhard hinter ihr. »Und ein Arzt ist ebenfalls unterwegs.«

Sina nickte. »Danke.«

20

»Auf der Kleidung von Jochen Völker konnte Fremd-DNA sichergestellt werden«, verkündete Matthias, nachdem sich Sina, Gerhard, Marc und er versammelt hatten.

»Und?«, hakte Gerhard nach.

»Leider kein Treffer.«

»Das heißt aber, wenn ihr einen Verdächtigen habt, könntet ihr ihn anhand der Spuren überführen«, sagte Sina.

»Ja, wenn wir einen Verdächtigen haben …« Matthias wiegte seinen Kopf. »Wissen wir schon etwas von Markovic?«

Gerhard verneinte. »Aber ich bin dran.«

»Gut. Was gibt es im Fall Lungwitz Neues?« Er sah zu Sina.

»Weiterhin keine Spur von dem Mädchen. Das Handy ist nach wie vor ausgeschaltet und kann nicht geortet werden. Ich habe vorhin mit ihrer Mutter telefoniert. Bis jetzt hat sich niemand wegen Lösegeld gemeldet.«

»Von ihren Klassenkameraden weiß auch keiner etwas«, merkte Marc neben ihr an. »Ich habe fast alle telefonisch erreicht.«

»Das gibt es nicht.« Gerhard raufte sich die Haare. »Ist sie vielleicht doch abgehauen?«

Sina erwiderte nichts. Sie kannten schließlich alle die Statistiken. Jeder Tag, der ins Land ging, ohne dass sie eine Spur von Katinka fanden, verschlechterte die Chancen, den Teenager wohlbehalten aufzufinden.

»Für mich sieht es nach einem Verbrechen aus.« Matthias stützte die Ellbogen auf die Oberschenkel und starrte auf den Boden.

»Die Befürchtung habe ich leider auch«, stimmte Sina zu. »Wenn sie abgehauen wäre … Irgendwer hätte sie doch irgendwo gesehen. Wir haben keinerlei Rückmeldungen aus der Bevölkerung. Laut ihren Eltern hat Katinka kaum Geld bei sich. Ihr Ausweis liegt zu Hause.« Sie schüttelte den Kopf. »Nein, ich glaube nicht, dass sie freiwillig abgehauen ist. Die Frage lautet: Hat sie sich am Montagabend mit jemandem getroffen? Und wenn ja, mit wem?«

»Ihre Freundin wusste nichts von einer Verabredung, allerdings hatte Katinka bei ihr angefragt, ob sie mit ihr wegginge.«

»Was ist mit den Telefonverbindungen?« Marc zog einen Notizblock hervor.

»Nichts. Nach dem Anruf bei Chiara Lemke hat sie nicht mehr telefoniert.« Sina blätterte eine Seite in der vor ihr liegenden Akte um.

»Was ist mit Lukas Martens?«, wechselte Matthias zu dem neuesten Fall.

Sina sah seufzend zu Gerhard. »Seine Mutter hat einen Schock erlitten. Ihr Mann ist jetzt bei ihr, und der Arzt hat ihr entsprechende Medikamente verabreicht.«

»Kein Wunder«, sagte Matthias nur.

»Nein, kein Wunder. Auch hier tappen wir noch völlig im Dunkeln. Das Handy des Jungen wird untersucht und ausgewertet, vielleicht bringt uns das auf die Spur seines Mörders. Seinen Laptop haben wir bereits nach Heidelberg geschickt.«

»Ein verschwundenes Mädchen, ein erschlagener Jugendlicher und ein verprügelter Anwalt …« Matthias zog die Brauen hoch.

»Viel Arbeit«, erwiderte Sina und blickte ihre Mitarbeiter an. »Packen wir es an.« Ihr Handy klingelte. Auf dem Display erschien das Foto ihrer Schwester. Sina erhob sich. »Da muss ich drangehen.« Sie steuerte ihr Büro an, trat ein und schloss die Tür hinter sich. »Guten Morgen, Natascha.«

»Sina, wir müssen reden«, platzte es ohne weitere Begrüßung aus ihrer Schwester heraus. Ihre Stimme klang aufgewühlt.

»Ist etwas passiert?« Sina stellte sich ans Fenster und sah zum Bahnhof hinüber.

»Nein ... Ja, doch.«

»Natascha, ich bin von Jochens Fall abgezogen. Vielleicht redest du besser mit Matthias«, schlug Sina vor.

»Nein, ich muss mit dir reden.«

»Aber ...«

»Es geht nicht um Jochen«, unterbrach Natascha sie ungehalten. »Oder doch, irgendwie schon.« Sie schnaufte.

»Was ist denn los?« Sina konnte sich keinen Reim auf das merkwürdige Verhalten ihrer Schwester machen.

»Also, können wir uns treffen? Ich muss dir dringend etwas sagen.«

Sina sah auf die Uhr. Ihr Schreibtisch quoll über vor Berichten und Zeugenaussagen, die sie durcharbeiten musste. »Gut«, willigte sie schließlich ein. »Treffen wir uns in dem Café am Bahnhof, okay? Ich habe aber nicht viel Zeit.«

»Ich bin schon auf dem Weg«, erklärte Natascha hastig und legte auch im nächsten Moment auf.

Sina ließ sich auf ihren Stuhl fallen. Sollte sie Matthias bitten, sie zu begleiten? Was wollte Natascha ihr mitteilen? Sina war nicht mehr für den Fall zuständig. Was sollte sie tun? Während sie noch grübelte, klopfte es.

»Ja!«

Matthias erschien in der Tür. »Ich wollte dir nur sagen, dass Marc sich in der Malerfirma umsehen möchte, in der Katinka Lungwitz ihr Praktikum absolviert hat. Ich begleite ihn, wenn das für dich in Ordnung ist.«

Sina blickte hinter ihn und winkte ihn dann ins Zimmer.

»Was ist?« Sein Gesicht nahm einen beunruhigten Ausdruck an.

»Nichts«, beschwichtigte sie ihn sofort. »Aber Natascha hat angerufen.«

»Und?«

»Ich treffe sie gleich drüben im Café.« Sina deutete mit dem Daumen Richtung Fenster.

Matthias betrachtete sie, sagte jedoch nichts.

»Ich weiß nicht, was sie will«, fuhr Sina gereizt fort. »Ich habe ihr gesagt, dass ich nicht mehr an dem Fall arbeite, aber sie wollte trotzdem unbedingt mit mir sprechen anstatt …«

»Anstatt mit mir«, vollendete er ihren Satz.

Sina nickte.

»Dann rede mit ihr.«

»Sie war ziemlich aufgelöst.«

»Hör dir an, was sie zu sagen hat«, riet er ihr leise, da die Tür noch immer offen stand. »Und wenn sie Informationen hat, die für den Fall relevant sind, musst du sie dazu bringen, dass sie es mir ebenfalls erzählt. Oder du berichtest mir davon.«

»Wenn Gans …«, setzte Sina an.

»Der Kriminalrat sitzt in Heidelberg«, erwiderte Matthias ruhig. »Sie ist deine Schwester und will mit dir reden. Vielleicht braucht sie einfach jemanden, der ihr zuhört.«

»Während meiner Arbeitszeit«, murrte Sina unwillig.

»Warten wir es ab. Marc und ich sind dann mal weg.« Bevor er den Raum verließ, drehte er sich noch mal um und warf ihr eine Kusshand zu.

Gegen ihren Willen musste Sina schmunzeln.

Als Matthias gegangen war, holte sie eine Karte von Weinheim aus ihrem Schreibtisch und schlug sie auf. Mit dem Zeigefinger folgte sie dem Rundweg, der durch den Schlosspark verlief. War Lukas Martens ein Zufallsopfer? Die Eltern hatten auf sie den Eindruck einer gewöhnlichen Durchschnittsfamilie im besten Sinne gemacht. Sie lehnte sich auf ihrem Stuhl zurück und presste die Hände gegen die Schläfen. Der Siebzehnjährige hatte noch sein ganzes Leben vor sich gehabt. Und jetzt? Ein viel zu kurzes Leben war ausgelöscht worden. Wer steckte hinter diesem grausamen Verbrechen?

Ihr Blick fiel auf das Foto ihrer Tochter, das seit einigen Monaten auf ihrem Schreibtisch stand. Clara, die in ihrem Hochstühlchen saß und einen Löffelbiskuit in der Hand hielt. Das strahlende Lächeln ihrer Tochter wärmte Sinas Herz. Clara war das Wertvollste, das sie hatte. Carlos Geschenk. Sein Vermächtnis. Wieder versank sie in Grübeln. Was war nur mit ihr los? Sie war doch glücklich mit Matthias. Warum hinterfragte sie momentan ständig, was um sie herum geschah?

21

»Sind Sie Herr Wümmer?«, wollte Matthias von dem älteren Mann wissen, der gerade aus dem Haus kam, als sie den Hof der Malerfirma betraten.

Der Ältere sah von Matthias zu Marc. »Ja, der bin ich«, erklärte er gedehnt, während er seine Zigarette aus dem Mundwinkel nahm. »Und Sie sind?«

Matthias stellte Marc und sich vor. »Es geht um Ihre Praktikantin Katinka Lungwitz.«

Der Handwerker verzog das Gesicht und nickte. »Schlimme Sache.«

»Können wir uns kurz unterhalten?«

Wümmer zog erneut an seiner Kippe, bevor er mit dem Kinn hinter sich deutete. »Gehen wir ins Büro.«

In dem kleinen Raum stand die Luft, Rauch waberte über dem Schreibtisch. Der Maler drückte die Zigarette aus und wies auf zwei Holzklappstühle. »Bitte.«

»Wann hat Katinka Lungwitz ihr Praktikum bei Ihnen angetreten?«

Der Ältere kratzte sich am Kinn. »Montag vor einer Woche. Sie hat vor …« Er überlegte. »Ich meine, es war im Februar. Da hat sie bei mir angerufen und nachgefragt, ob sie ein Praktikum hier machen könne.« Er nickte. »Von der Schule aus sollte sie sich um einen Platz kümmern.«

»Und Sie haben gleich zugestimmt?«, wollte Marc von ihm wissen. »Eine Praktikantin macht sicher einiges an Arbeit. Sie können sie ja nicht einfach als weitere Kraft einsetzen.«

Wümmer zuckte mit den Schultern. »Wir haben Probleme, neue Auszubildende zu finden. Und ein Mädchen? Ich war erst etwas verwundert.« Er lächelte. »Aber dann dachte ich, warum nicht?«

»Wie ging es weiter?«

»Sie kam hier vorbei, da ich mir vorab ein persönliches Bild von ihr machen wollte. Ein anständiges Mädchen. Was soll ich sagen? Der Vater Arzt, die Mutter ...« Er blickte zur Decke. »Die Mutter war auch ... selbstständig. Sie hat mir den Beruf genannt, ich kann mich jetzt nicht mehr erinnern. Aber ich hatte keine Bedenken.«

»Wie hat sie mitgearbeitet?«

Der Malermeister lachte. »Das müssen Sie meinen Mitarbeiter fragen. Dirk Janitz. Er hatte Katinka letzte Woche zu einem größeren Auftrag in Hirschberg mitgenommen. Der kann Ihnen da sicher mehr sagen. Aber es kamen keine Klagen, deshalb gehe ich davon aus, dass sie sich nicht ganz so dumm angestellt hat.«

»Ist Herr Janitz hier?«

Wümmer nickte. »Er packt gerade mit Florian das Material zusammen.«

»Welchen Eindruck machte Katinka auf Sie?«

Der Malermeister fummelte an der Tasche seines Kittels herum und holte eine Zigarettenschachtel heraus. Doch statt sie zu öffnen, klopfte er mit ihr auf die Tischplatte. »Ich habe sie nur morgens kurz gesehen, bevor sie eben nach Hirschberg gefahren sind. Da ist mir nichts aufgefallen. Es ist eben ein junges Mädchen.«

»Hat ihr die Arbeit Spaß gemacht?« Matthias notierte sich den Namen des Mitarbeiters.

Wieder zuckte Wümmer mit den Achseln. »Ich denke schon. Gesagt hat sie nichts. Auch das fragen Sie besser Dirk.«

Matthias erhob sich. »Das machen wir. Bis wann hat Katinka am Montag gearbeitet?«

»Ich meine, sie wäre gegen vier Uhr gegangen. Das sind unsere üblichen Zeiten.«

»Danke.« Matthias verabschiedete sich und ging zur Tür.

»Ich hoffe, Sie finden sie bald«, brummte der Malermeister hinter ihm. »Die Eltern machen sich sicherlich große Sorgen.« Er folgte ihnen ins Freie. »Da drüben ist die Halle. Da finden Sie Dirk.«

Die beiden Polizisten näherten sich dem Materiallager. Gelächter drang aus dem Inneren. Als sie durch das offene Schiebetor traten, erblickten sie einen etwa fünfzigjährigen Mann, der mehrere Farbeimer auf eine Palette hob. Ein jüngerer Angestellter in weißen verfleckten Hosen sortierte eine Unmenge an Farbrollen.

»Herr Janitz?«, machte sich Matthias bemerkbar.

Die beiden Männer hielten inne und schauten den Beamten entgegen.

»Wer sind Sie?« Dirk Janitz richtete sich auf. Seine Miene wirkte argwöhnisch.

Matthias stellte Marc und sich ein weiteres Mal vor. »Ihr Chef hat uns an Sie verwiesen. Es geht um Ihre Praktikantin Katinka Lungwitz.«

Janitz entspannte sich. »Ja, wir haben schon gehört, dass sie vermisst wird.«

»Herr Wümmer meinte, Katinka sei letzte Woche in Ihrem Team gewesen.«

»Katinka war mit Florian …«, Janitz zeigte auf den jüngeren Mann, der ihnen schweigend zunickte, »… und mir bei den Vogel-Häusern.«

»Vogel-Häuser?«, wiederholte Marc irritiert.

»Die Baufirma Vogel«, erklärte der junge Mann grinsend. »Die haben fünf Reihenhäuser gebaut, bei denen wir die Innenarbeiten und den Verputz ausführen.«

»Sie sind …?« Matthias musterte den Jüngeren.

»Florian Jacoby«, erwiderte dieser.

»Florian ist im zweiten Lehrjahr«, ergänzte Janitz. »Ich bin sein Ausbilder. Sozusagen.«

»Das heißt, Sie waren zu dritt in Hirschberg und haben diese Reihenhäuser gestrichen?«, vergewisserte sich Marc erneut.

»Genau. Am Montag sind wir fertig geworden, und am Dienstag kam Katinka dann ja nicht.«

»Wie hat sie sich verhalten? Hat ihr die Arbeit Spaß gemacht?«

Janitz verzog die Lippen. »Sie war fleißig. Natürlich kann man sie nicht mit einer vollwertigen Arbeitskraft gleichsetzen. Aber sie war sehr geschickt.«

»Und es hat ihr Spaß gemacht«, erklärte Florian Jacoby. »Ehrlich gesagt hatte ich den Eindruck, sie wollte mit dem Praktikum ein wenig gegen ihre Eltern rebellieren.« Er grinste. »Der Vater Professor, die Mutter Architektin ...«

»Hat sie sich in diese Richtung geäußert?« Matthias blickte sich genauer in der Halle um. In der Ecke standen haufenweise Regale mit angebrochenen Abtönfarben, daneben stapelten sich weiße Farbeimer.

»Nicht direkt«, erwiderte der Auszubildende zögernd. »Aber man hat es trotzdem gemerkt. Oder?« Er sah zu Dirk Janitz.

Der nickte. »Ja, den Eindruck hatte ich auch. Aber die Arbeit hat zu ihr gepasst.«

»Sie meinte sogar, sie könne sich vorstellen, später mal eine eigene Malerfirma zu gründen«, ergänzte Florian Jacoby eifrig. »Das Kapital dazu hätte sie ja.«

»Na ja«, wiegelte Janitz ab. »Das hat sie vielleicht nicht ganz so ernst gemeint.« Er starrte zu der Palette. »Wobei ...«

»Wie ging es ihr am Montag?«

»Normal, würde ich behaupten«, erwiderte der Ausbilder. »Sie freute sich, dass wir die Arbeiten beenden konnten. War neugierig, was als Nächstes anstand.«

»Keinerlei Anzeichen, dass sie am nächsten Tag nicht mehr kommen würde?«, hakte Matthias noch mal nach. »Überlegen

Sie bitte! Manchmal fallen ja Bemerkungen, die man in dem jeweiligen Moment nicht deuten kann, die erst im Nachhinein einen Sinn ergeben.«

Janitz und Jacoby schüttelten synchron die Köpfe.

»Katinka war wie immer. Sie hat mit uns gescherzt, war gut drauf. In der Mittagspause saßen wir zusammen am Transporter und haben gegessen. Sie hatte Erdbeertörtchen zum Nachtisch dabei und hat uns beiden eins abgegeben.« Janitz scharrte mit dem Fuß. »Alles ganz normal.«

»Hat sie über Freunde, Bekannte gesprochen? Darüber, dass sie mit jemandem Streit hatte? Dass es Ärger gab?«

Janitz blickte schulterzuckend zu Florian Jacoby. »Nee, mir hat sie nichts gesagt. Dir?«

Der Auszubildende schüttelte den Kopf. »Ich meine, sie hätte mal eine Freundin erwähnt, die ebenfalls gerade ein Praktikum macht.« Er runzelte die Stirn. »In einem Kindergarten? Ich bin mir nicht ganz sicher.«

Matthias nickte. Hier kamen sie nicht weiter. Die Situation machte immer mehr den Anschein, dass die Vermisste nicht freiwillig abgehauen war. Seine Besorgnis stieg. Sie bedankten sich bei den beiden Handwerkern und verließen die Halle.

22

Als Sina den Bahnhofsvorplatz überquerte, entdeckte sie ihre Schwester schon von Weitem an einem Tisch im Außenbereich des Cafés. Natascha winkte.

Sina eilte zu ihr, beugte sich zu ihr hinab und umarmte sie kurz. »Hallo, Schwesterherz.« Dann zog sie den zweiten Stuhl unter dem Tisch hervor und setzte sich. »Jetzt bin ich aber gespannt.« Abwartend ließ sie ihren Blick auf Natascha ruhen.

Diese wirkte nervös und hibbelig. »Wollen wir erst etwas bestellen?«

Sina lachte kurz auf. »Du machst es ja spannend.«

Nataschas Gesichtsausdruck blieb ernst.

Nachdem sie bei der Bedienung zwei Kaffees bestellt hatten, setzte Sina sich aufrecht hin, stützte ihre Ellbogen auf dem Tisch ab und legte die Hände aneinander.

»Und?«

Natascha fuhr mit dem Finger über den Zuckerstreuer.

»Ich muss wieder zurück«, mahnte Sina vorsichtig. »So schlimm wird es schon nicht sein, oder?«

»Ich habe dir doch gestern erzählt, wie es zwischen Jochen und mir steht«, begann Natascha endlich. Sie schnaufte.

Als sie ihren Blick hob, erkannte Sina die Verzweiflung ihrer Schwester. Sie verschränkte ihre Finger und wartete.

»Es läuft ja schon länger nicht mehr gut«, fuhr Natascha fort. »Es sind so viele Dinge zusammengekommen.« Sie legte kurz die Hände auf ihre Augen. »Ich bin unglücklich, Sina.«

»Das weiß ich«, erwiderte Sina ernst. Ihre Schwester tat ihr unendlich leid.

»Und vor einigen Monaten …« Natascha brach kopfschüttelnd ab.

»Was ist vor einigen Monaten passiert?« Sina fasste über den Tisch und streichelte eine Hand ihrer Schwester.

»Ich habe jemanden kennengelernt.«

Sina schluckte. Sie hatte mit vielem gerechnet, aber nicht damit, dass ihre Schwester fremdging. Ihre Schwester Natascha. Sie konnte es nicht glauben. Natascha, die treue Seele. Die sich regelmäßig über ihren erzkonservativen Ehemann aufregte, die jedoch nie auch nur den Hauch einer Andeutung gemacht hatte, sich von ihm trennen zu wollen. Die stets zu allen erdenklichen Anlässen mit Jochen heile Familie vorspielte.

»Hat es dir die Sprache verschlagen?« Natascha sah sie eindringlich an.

Sina räusperte sich. »Nein. Äh, ja. Ich weiß nicht.« Sie zog ihre Hand zurück und fasste sich an die Stirn. »Keine Ahnung, was ich dazu sagen soll.«

»Eine Affäre passt nicht zu mir«, sprach Natascha Sinas Gedanken aus.

»Puh. Ich weiß es nicht.« Sina lehnte sich zurück. »Und dieses Kennenlernen … Ich meine, das ging wie …«

»Ich habe Jochen betrogen«, unterbrach Natascha sie leise.

»Okay.«

»Ehrlich gesagt hatte ich eine andere Reaktion von dir erwartet.«

Sina blinzelte. »Was meinst du? Was soll ich denn sagen?«

»Du weißt doch sonst auch immer einen Rat, wenn ich mich bei dir über Jochen auskotze.« Natascha klang fast enttäuscht.

»Was erwartest du?« Sina hob ihre Hände. »Du bist unglücklich und hast mit einem anderen geschlafen. Gut, schön. Du weißt, was ich von Jochen halte. Soll ich sagen, es geschieht ihm recht? Oder soll ich ihn bemitleiden? Soll ich dir Vorwürfe machen? Soll ich dich daran erinnern, dass du zwei kleine Kinder hast? Was soll ich tun, Natascha? Sag es mir.«

»Du bist sauer.«

Sina sah sie ungläubig an. »Natascha, du hast nicht mich betrogen. Warum sollte ich sauer auf dich sein?« Sie zögerte. »Gut, du hast mir nichts davon erzählt. Sonst reden wir über alles. Aber ich gehe davon aus, dass du deine Gründe hast für das, was du getan hast.«

»Für das, was ich getan habe«, wiederholte Natascha verärgert. »Du redest, als hätte ich ein Verbrechen begangen.«

»Nein, Natascha. So rede ich nicht.« Sina sah ihre Schwester prüfend an. »Versuch nicht, dein schlechtes Gewissen auf mich zu projizieren. Nur du allein bist für dein Handeln verantwortlich. Ich verurteile dich mit Sicherheit nicht. Das ist ganz allein deine Entscheidung gewesen.«

»Es tut mir leid«, flüsterte Natascha und sah zur Seite.

»Das muss es nicht.«

»Ich habe mich so einsam gefühlt. Und mit Heiko …« Sie stockte. »Er hat mir zugehört. Wir konnten uns stundenlang unterhalten.«

Sina meinte ihren Ohren nicht zu trauen. Sie hatte tatsächlich den Eindruck, dass besagter Heiko ihrer Schwester mehr bedeutete. »Wie lange geht das schon mit euch?« Sie versuchte, nicht wie eine Polizistin zu klingen.

»Ein paar Monate.«

»Ein paar Monate? Wow!« Sina hatte ihre Schwester eindeutig unterschätzt. Nie im Leben hätte sie sich vorstellen können, dass Natascha ein Doppelleben führte. »Das kommt … überraschend.«

»Er tut mir gut.« Natascha blickte Sina fest in die Augen.

»Du liebst ihn?«

Ihre Schwester antwortete nicht.

»Was willst du jetzt tun?«

»Ich weiß es nicht.«

»Wo hast du ihn kennengelernt?«

Natascha zögerte. »Im Kindergarten.«

»Was? Hat er auch ein Kind dort?«

Sie schüttelte den Kopf. »Er ist Jonas' Erzieher.«

»Natascha!«

»Es hat sich so ergeben.«

»Aha. Und wie soll es jetzt mit euch weitergehen? Ich meine, was ist mit Jochen?«

»Keine Ahnung. Bevor er … Vor diesem Vorfall habe ich mehrmals darüber nachgedacht, ihn zu verlassen.« Sie nickte nachdrücklich. »Ganz ernsthaft.«

»Es tut mir so leid.« Sina erkannte, wie ihre Schwester litt. Natascha war kein männermordender Vamp. Wenn sie einen Mann in ihr Herz ließ, dann war sie treu und loyal. Hatte Sina zumindest gedacht. Anscheinend hatte sie sich getäuscht. Dass ihre Schwester keine glückliche Ehe führte, war für Sina nichts Neues. Jeder Mensch hatte eine persönliche Leidensgrenze, bis zu der er gehen konnte. Wenn der Schmerz jedoch zu stark wurde, konnte die Fassade wohl irgendwann nicht mehr aufrechterhalten werden. Natascha hatte ein Ventil für ihre unglückliche Situation benötigt. Und dieser Heiko hatte diese Aufgabe offensichtlich ausfüllen können.

»Liebst du Heiko?«, wiederholte Sina ihre Frage.

Natascha presste ihre Lippen aufeinander. »Ich weiß es nicht.«

»Das ist kein Nein«, konstatierte Sina.

»Nein, das ist es nicht«, stimmte ihre Schwester ihr zu. »Als ich Jochen in diesem Bett liegen sah … mit all den Geräten …«

»Du liebst ihn noch.«

Natascha zuckte mit den Achseln. »Er ist der Vater meiner Kinder.«

»Warum erzählst du mir das gerade jetzt?« Sina nahm einen Schluck von ihrem Kaffee.

»Weil ich befürchte …« Natascha seufzte. »Habt ihr schon eine Spur, wer Jochen das angetan hat?«

»Du weißt, dass ich von dem Fall abgezogen bin«, erinnerte Sina sie. »Aber soweit ich mitbekommen habe, wollen Matthias und Gerhard einige Mandanten von Jochen überprüfen. Vielleicht Rache als Motiv?«

Natascha schwieg.

»Was befürchtest du?«

»Als ich Heiko das letzte Mal getroffen habe, war er ziemlich wütend, nachdem ich ihm erzählt hatte, wie Jochen mich behandelt.«

Sina kniff ihre Augen zusammen. »Du denkst, er könnte Jochen verprügelt haben?«

Natascha zuckte mit den Achseln.

»Traust du ihm das zu?«

»Was soll ich dazu sagen, Sina? Er meinte eben, ich solle mich nicht so unterdrücken lassen. Ich sei eine intelligente und charmante Frau und müsse mich nicht hinter einem Mann verstecken, der die Zeichen der Zeit nicht erkenne. Dass ich viel zu schade für Jochen sei und dass er ihm gern mal seine Meinung sagen würde.«

»Seine Meinung zu sagen ist aber doch etwas anderes, als jemanden krankenhausreif zu schlagen«, sagte Sina. »Oder neigt besagter Heiko zu Gewaltausbrüchen?«

»Nein. Nein, auf keinen Fall. Aber … er war schon ziemlich sauer.«

»Du weißt, dass ich diese Informationen weitergeben muss«, setzte Sina behutsam an. »Eine Affäre kann in der Tat durchaus ein Motiv für diesen Angriff sein.«

»Heiko ist verheiratet«, presste Natascha zwischen ihren Zähnen hervor.

»Was?« Fassungslos sah Sina ihre Schwester an.

»Seine Frau ist Stewardess. Sie ist oft … unterwegs.«

»Ich glaube es einfach nicht, Natascha.«

»Jochen darf nichts davon erfahren«, bat Natascha, ohne auf Sinas Bemerkung einzugehen. »Nicht, solange ich nicht weiß, was ich tun soll.«

Sina verdrehte die Augen. »Ich spreche mit Matthias. Aber du musst mir Heikos Kontaktdaten geben. Dir ist klar, dass wir sein Alibi überprüfen müssen.«

Natascha schien auf ihrem Stuhl immer kleiner zu werden. »Was habe ich nur getan?«

23

Tief in Gedanken versunken, kehrte Sina aufs Revier zurück. Die überraschende Offenbarung ihrer Schwester hatte sie völlig überrumpelt.

Als sie den oberen Treppenabsatz erreichte, erblickte sie auf den Klappstühlen vor ihrem Büro zwei wartende Jugendliche.

Verunsichert sah sie zu Matthias und Marc, die sich leise unterhielten. Als Matthias sie sah, winkte er sie näher.

»Die beiden Mädchen haben nach einer weiblichen Polizistin gefragt«, raunte er ihr zu, als sie sich zu ihm und Marc hinabbeugte.

»Haben sie gesagt, worum es geht?«

Er verneinte.

»Gut«, erwiderte sie und überlegte.

»Wie war es mit deiner Schwester?« Matthias' Blick wurde prüfend.

Sina seufzte. »Nicht jetzt.« Sie richtete sich wieder auf und steuerte auf die beiden Teenager zu. »Hallo, ich bin Sina Engel. Mein Kollege teilte mir mit, dass Sie mit mir sprechen möchten?«

Eines der Mädchen war rothaarig mit sommersprossigen Pausbacken, während ihre Freundin dunkles Haar hatte und schlanker war.

Die Rothaarige erhob sich nickend und zwinkerte ihrer Begleiterin aufmunternd zu. »Komm, Anna.«

Die stand zögernd auf, während sie Sinas Blick auswich.

»Bitte.« Sina zeigte in ihr Büro und nahm einen der Klappstühle mit, um ihn neben den Besucherplatz zu stellen. »Setzen Sie sich doch.«

Die Dunkelhaarige nestelte angespannt an ihrem Zopf herum, während ihre Freundin sich aufmerksam in Sinas Büro umsah.

»Um was geht es?«, begann Sina, nachdem sie sich ebenfalls gesetzt hatte.

»Es geht um Anna«, begann die Rothaarige in forschem Ton. Aufgeregt schnappte sie nach Luft, bevor sie ihre Freundin leicht anstupste. »Na los.«

Sina musterte das blasse Mädchen, das sich sichtlich unwohl zu fühlen schien.

»Ich …« Sie atmete tief aus. »Ich glaube, es war ein Fehler, hierher…«

Sina spürte, dass das Mädchen nicht ohne Grund hier saß. Die Unsicherheit war dem Teenager ins Gesicht geschrieben. »Wie wäre es, wenn wir von ganz vorne anfangen?« Sie schaute zwischen den beiden hin und her. »Verraten Sie mir Ihre Namen?«

»Anna … Anna Fromm«, nuschelte die Dunkelhaarige leise.

»Lilli Messner«, ergänzte ihre Freundin.

»Prima.« Sina verharrte einen Moment. »Ich bin bereits seit einigen Jahren Polizistin. Das heißt, dass ich schon mit ziemlich vielen Verbrechen konfrontiert worden bin. Alles, was wir hier in diesem Raum besprechen, bleibt erst mal unter uns. Wir können dann gemeinsam entscheiden, wie wir weiter vorgehen. Wie alt sind Sie?«

»Sechzehn«, entgegnete Lilli hastig.

Sina nickte. »Das heißt, ihr seid minderjährig. Wissen eure Eltern, dass ihr hier seid?«

Verschüchtert schüttelte Anna Fromm den Kopf.

»Was ist passiert?« Sina bemühte sich um eine ruhige Stimme.

»Wir haben … Anna hat …« Lilli schluckte. »Meine Freundin hat Angst, dass sie womöglich vergewaltigt wurde.«

Anna blickte zur Seite.

»Womöglich?« Sina musterte das blasse Gesicht der Dunkelhaarigen. »Das heißt, du … Sie sind sich nicht sicher?«

»Sie können uns gern duzen«, erwiderte Lilli anstelle ihrer Freundin. »Oder, Anna?«

Die nickte.

»Okay, ihr beiden. Anna, wenn du fürchtest, dass dir Gewalt angetan wurde, bräuchte ich etwas mehr Informationen«, tastete sich Sina behutsam an das mutmaßliche Opfer heran. »Wann war das? Und was genau ist passiert?«

»Das weiß ich ja eben nicht.« Anna knetete ihre Finger. »Das Datum war der 3. Mai.«

»Das ist fünf Wochen her.« Sina versuchte, ihre Verwunderung zu verbergen.

»Ich wusste nicht …«

Das Mädchen tat Sina leid.

»Ich dachte, ich hätte einen Hirntumor.«

Sina runzelte die Stirn. Sie wurde aus den Aussagen des Mädchens nicht schlau.

Lilli schüttelte den Kopf. »Sie denkt, dass ihr diese Typen K-.o.-Tropfen ins Getränk geschüttet haben. Deshalb weiß sie auch nicht, was danach wirklich geschehen ist.«

»Welche Typen?«

Da Anna wieder nicht antwortete, begann Lilli zu erzählen: »Wir waren am 3. Mai auf dem Marktplatz und haben etwas getrunken. Uns unterhalten, das Übliche eben.« Sie nannte Sina den Namen des Cafés. »Dann kamen diese beiden Typen rein. Sie haben ganz nett ausgesehen, saßen erst am Nebentisch, aber dann hat es sich irgendwie ergeben, dass wir uns mit denen unterhalten haben, und irgendwann haben sie sich zu uns gesetzt.«

»Und wie ging es weiter?« Sina schlug ihr Notizbuch auf und schrieb sich die Eckdaten auf. »Habt ihr Namen?«

Die beiden Mädchen sahen sich an, bevor sie schuldbewusst die Köpfe senkten.

»Das war irgendwie ganz komisch. Dadurch, dass wir vorher schon mit denen rumgeblödelt hatten, hat später keiner mehr nach den Namen gefragt. Auch die Jungs uns nicht.«

»Okay«, erwiderte Sina, obwohl sie sich über diesen merkwürdigen Umstand wunderte. »Ihr habt also mit zwei euch fremden Jungs geredet und den Abend mit ihnen verbracht?«

»Jein«, erwiderte Lilli zögernd. »Ich musste irgendwann nach Hause. Meine Eltern sind etwas strenger als Annas Mutter.« Sie verzog ihre Mundwinkel. »Anna wollte noch bleiben, also bin ich eben allein gegangen.«

Ein ungutes Gefühl beschlich Sina. »Was geschah dann?«, wandte sie sich direkt an die dunkelhaarige Anna.

»Ich weiß es nicht«, erwiderte diese kaum hörbar.

Sina überlegte. »Was ist das Nächste, an das du dich erinnern kannst?«

»Als ich am nächsten Morgen aufgewacht bin, ging es mir richtig schlecht. Mir war schwindlig und übel. Meine Kehle fühlte sich ganz seltsam an und …«

»Und?« Sina beugte sich vor und nickte ihr aufmunternd zu.

»Ich habe mich wund gefühlt.« Anna begann zu weinen. »Unten …«

Sina bemühte sich um Ruhe. »Warst du bei einem Arzt?« Anna verneinte.

»Das solltest du unbedingt nachholen«, beschwor Sina sie.

»Denken Sie, man kann nach so langer Zeit noch feststellen, ob …« Lilli brach ab.

»Sie sollte sich untersuchen lassen«, wiederholte Sina, ohne auf die Frage der Freundin einzugehen. »Danach wissen wir mehr.« Sie wandte sich wieder an Anna. »Du kannst dich nicht erinnern, wie du nach Hause gekommen bist?«

Das Mädchen zögerte. »Meine Mutter war ziemlich sauer, weil sie meinte, ich wäre betrunken gewesen.«

»Anna trinkt gar keinen Alkohol«, warf Lilli ein.

»Du kannst dich nicht erinnern, was du getrunken hast?«

Anna schüttelte den Kopf. »Aber mir schmeckt kein Alkohol. Ich glaube nicht, dass ich etwas getrunken habe. Und schon gar nicht so viel, dass ich einen Filmriss hatte.«

K.-o.-Tropfen setzten Menschen komplett außer Gefecht. Annas Erzählung klang tatsächlich danach, dass die beiden Jungs ihr etwas ins Glas geschüttet haben könnten, nachdem sich ihre Freundin verabschiedet hatte. Sina unterdrückte ihre Wut. »Gut. Ich schlage vor, ihr gebt mir eure Kontaktdaten. Adresse, Telefonnummer, E-Mail.« Sie machte sich einen Vermerk, bevor sie wieder zu Anna blickte. »Und du versuchst, so schnell wie möglich einen Termin bei deinem Frauenarzt zu bekommen. Hast du schon einen Arzt?«

Anna schluckte. »Eine Ärztin, ja.«

»Das ist gut. Geh zu ihr und erkläre ihr, warum du da bist.« Sie überlegte. »Ansonsten kann auch ich noch mal mit ihr reden.«

Anna presste die Lippen aufeinander. »Ich schaffe das.«

Sina lächelte. »Davon gehe ich aus. Vielleicht nimmst du deine Freundin zur Unterstützung mit.«

Die Rothaarige fasste nach Annas Hand und drückte sie. »Wissen deine Eltern davon?«

Anna schluckte. »Meine Eltern sind geschieden. Meine Mutter …« Sie schlug die freie Hand vor den Mund. »Sie darf das nicht wissen.«

»Anna, eine Vergewaltigung ist eine schwere Straftat. Du bist sechzehn. Deine Mutter wird in jedem Fall davon erfahren.«

»Sie flippt total aus.« Erneut begann sie zu schluchzen.

»Sie ist deine Mutter«, versuchte Sina, das Mädchen zu beruhigen. »Sie ist ganz sicher für dich da. Am besten redest du schnellstmöglich mit ihr. Du brauchst jetzt ihre Unterstützung! Und ich bin überzeugt, dass du diese auch von ihr bekommen wirst.«

»Sie kennen meine Mutter nicht«, flüsterte Anna heiser.

»Nein, ich kenne sie nicht. Aber ich weiß, wie Mütter ticken. Du bist das Opfer, Anna, sollte sich dein Verdacht bestätigen. Du kannst nichts dafür.«

24

»Markovic hat ein Alibi für den Zeitpunkt des Angriffs«, erklärte Gerhard gerade, als Sina zu ihm, Matthias und Marc stieß.

»Habe ich mich Anfang der Woche tatsächlich beschwert, dass uns ruhige Tage mit viel Schreibkram bevorstehen?«, stöhnte Sina, während sie sich auf den freien Schreibtischstuhl neben Marc fallen ließ. Müde fuhr sie sich durchs Haar.

»So schlimm?«, wollte Matthias wissen.

Sie verdrehte die Augen. »Ich erzähle es euch gleich, aber ich wollte euch nicht unterbrechen.«

»Kein Problem, die Nachricht kam eben gerade per Mail«, erklärte Gerhard. »Somit ist der erste Verdächtige raus.«

»Der erste und auch einzige«, brummte Matthias ungehalten.

Sina seufzte.

»Was?« Gerhard sah sie skeptisch an.

Sie zögerte. »Ich habe mich vorhin mit meiner Schwester getroffen.« Noch immer konnte sie es nicht glauben. Das Gespräch mit den beiden Mädchen hatte ihr keine Zeit gelassen, eingehender über die neuen Erkenntnisse nachzudenken.

»Und?«

Sie erwiderte Matthias' Blick, bevor sie zu erzählen begann.

»Du denkst, ihr Liebhaber könnte ihren Mann angegriffen haben?« Marc nickte. »Wäre nicht das erste Mal, dass das Motiv Liebe und Eifersucht ist.«

Sina schüttelte den Kopf. »Versteht mich nicht falsch, aber ... « Sie hob die Hände. »Ich bin immer noch völlig fassungslos. Meine eigene Schwester ...«

»Dass sie ihren Mann betrogen hat, ist kein Verbrechen«, merkte Gerhard vorsichtig an.

Sina verzog das Gesicht. »Im kriminalistischen Sinn vielleicht nicht, aber moralisch …« Sie fuhr mit dem Daumen über ihr Kinn. »Vielleicht bin ich einfach zu konservativ …«

»Mit konservativ hat das nichts zu tun«, widersprach Matthias.

»Aber ich habe ihr nichts angemerkt«, begann Sina erneut. »Absolut nichts.«

Marc grinste. »Oje, daran wird unsere Chefin noch ein wenig zu knabbern haben.«

Sina stieß ihn mit dem Ellbogen an. »Quatschkopf. Ich muss mich eben erst an den Gedanken gewöhnen …«

»Und ich hatte immer den Eindruck, dass du gar nicht so große Stücke auf deinen Schwager hältst«, sagte Gerhard.

»Jochen ist … speziell. Aber trotzdem …« Sie winkte ab. »Lassen wir das. Ihr solltet auf jeden Fall mit Heiko Schuch sprechen.«

»Das werden wir«, bestätigte Matthias. »Und wir werden sehr diskret vorgehen.«

»Danke, ich gebe es an Natascha weiter.« Dann erzählte sie ihnen von dem Besuch der beiden Mädchen und von Annas Befürchtung.

»Nicht gut«, sagte Gerhard, nachdem Sina mit ihrem Bericht geendet hatte.

»Nein, überhaupt nicht.«

»Momentan scheint es ausschließlich die junge Generation zu treffen«, stellte Marc fest. »Katinka Lungwitz, Lukas Martens, jetzt diese Anna Fromm.« Er schüttelte den Kopf. »Merkwürdig, findet ihr nicht?«

»Was willst du damit andeuten? Dass ein Fluch auf ihnen liegt?« Sina sah ihn abwartend an.

»Denkst du, das ist ein Zufall?«

»Anna Fromm besucht die Dietrich-Bonhoeffer-Realschule, Katinka Lungwitz das Werner-Heisenberg-Gymnasium, und der tote Jugendliche befand sich in einer Ausbildung. Was sie verbindet, ist ihr Alter.« Sie überlegte. »Oder denkt ihr etwa, es gibt einen Zusammenhang?«

»Dein Schwager passt auf jeden Fall eindeutig nicht ins Schema«, pflichtete Matthias ihr bei. »Es klingt zwar etwas merkwürdig, aber ich denke auch, dass das Zufall sein kann.« Er schlug eine Akte auf.

»Apropos: Jochen Völker geht es unverändert den Umständen entsprechend«, sagte Marc. »Ich habe vorhin mit dem Krankenhaus telefoniert. Die Ärzte sind vorsichtig optimistisch, dass er bald aufwachen könnte.«

»Das hat Natascha mir auch mitgeteilt. Die Frage ist nur, was ›bald‹ bedeutet. Morgen oder in drei Tagen?«

»Das kann momentan wohl niemand abschätzen.« Matthias blätterte in den Unterlagen vor sich. »Jochen hat sich seit kurz nach achtzehn Uhr in der Nähe des Fundortes aufgehalten. Das kann man anhand der Handydaten erkennen. Und er hat seitdem, also seit er die Kanzlei verlassen hat, mit niemandem mehr telefoniert. Wir haben auch keinerlei Anhaltspunkte für eine Affäre seinerseits gefunden.«

»Nee, die hat ja meine Schwester, wie wir mittlerweile wissen«, merkte Sina bissig an.

»Sie kommt einfach nicht darüber hinweg«, witzelte Marc. Sina erwiderte nichts.

»Es steht also nach wie vor die Frage im Raum, was das Opfer am Wachenberg am Alten Burgweg wollte. Hatte er einen Mandantentermin, hat er jemanden privat besucht?«

»Frau Olundson, kommen Sie doch bitte.« Sina zeigte auf ihre Bürotür und wartete, bis die Reporterin der Weinheimer Nachrichten, der ansässigen Tageszeitung, eingetreten war. Sina kannte die gebürtige Schwedin schon viele Jahre und schätzte die professionelle und sachliche Art der Journalistin.

»Eine ereignisreiche Woche.« Lena Olundson nahm Platz.

»Das können Sie laut sagen.« Sina setzte sich ebenfalls.

»Vielen Dank, dass Sie so schnell Zeit für mich hatten.«

»Wenn ich es einrichten kann, helfe ich doch gern.«

Sina nickte. »Ich weiß. Und ich schätze Ihr Engagement wirklich sehr.«

»Es geht um das vermisste Mädchen?« Die Reporterin zog ein Aufnahmegerät hervor. »Ich darf doch?«

»Ja, natürlich«, erklärte Sina. »Und richtig, es geht um Katinka Lungwitz. Ich habe gerade mit den Eltern gesprochen. Sie haben zugestimmt, dass wir eine Suchmeldung schalten.«

»Mit Bild?« Lena Olundson schlug die Beine übereinander.

»Nein, erst mal nicht.« Sie schob der Journalistin einen Zettel zu. »Das ist die Beschreibung der Jugendlichen. Ihre Spur verliert sich am letzten Montagnachmittag. Sie wollte abends mit einer Freundin weggehen, doch diese hatte keine Lust beziehungsweise war krank. Was Katinka danach vorhatte, wissen wir nicht. Es sieht so aus, als habe sie die Nacht von Montag auf Dienstag schon nicht mehr zu Hause verbracht.«

»Heute ist Donnerstag«, merkte die Schwedin mit ernster Stimme an, während sie Sinas Zettel überflog. »Sie ist sechzehn?«

»Schülerin des Werner-Heisenberg-Gymnasiums.«

»Hoffentlich finden Sie sie bald. Haben Sie schon eine Vermutung?«

Sina schüttelte den Kopf und deutete auf das Aufnahmegerät. Die Reporterin verstand und schaltete es aus.

»Unter uns gesagt gehen wir davon aus, dass Katinka nicht aus freien Stücken verschwand. Ihre Eltern sind wohlhabend, aber bisher gab es keine Lösegeldforderung.«

»Sie ist seit drei Tagen verschwunden.«

»Ja, und wir machen uns die allergrößten Sorgen. Niemand aus ihrem Umfeld scheint etwas zu wissen. Das Problem ist, dass wir nicht einmal rekonstruieren können, wo sie sich am Montagabend aufgehalten hat.«

»Was ist mit Handyortung?«

»Katinkas Handy war in der Innenstadt unterwegs. Daher kam zumindest das letzte Signal. Seitdem ist das Gerät aus.«

»Oje. Das klingt nicht gut«, erklärte die Mitarbeiterin der Weinheimer Nachrichten.

»Sie sagen es.«

»Sie deuteten einen zweiten Fall an.« Sie schaltete das Aufnahmegerät wieder ein.

»Am Montagabend wurde am Wachenberg am Alten Burgweg ein Weinheimer Anwalt angegriffen und in der Folge sehr schwer verletzt. Er liegt seitdem auf der Intensivstation.«

»Sie suchen Zeugen?«

Sina nickte. »Vielleicht hat jemand etwas gesehen oder gehört. Er wurde an einem Abschnitt gefunden, wo die Bebauung nicht allzu dicht ist.« Sie seufzte. »Aber wir hoffen trotzdem, dass uns jemand aus der Bevölkerung weiterhelfen kann.«

»Sie bearbeiten beide Fälle?«

»Nur den der vermissten Jugendlichen.« Sina zögerte. »Der verletzte Anwalt ist der Mann meiner Schwester.«

Die Augen der Journalistin weiteten sich. »Das Opfer ist Ihr Schwager?«

Sina nickte. »Wir haben Unterstützung aus Heidelberg. Kommissar Sommer ermittelt in diesem Fall.«

»Der Beamte, der auch letzten Sommer bereits ausgeholfen hat?«, hakte Lena Olundson nach.

»Genau, und im Winter bei dem Mord an dem Flüchtling ebenfalls«, ergänzte Sina, um einen neutralen Tonfall bemüht.

»Ich erinnere mich«, murmelte die Journalistin abwesend, während sie ein kleines Notizbuch hervorzog. »Ich werde in dem Artikel beide Fälle erwähnen.« Sie räusperte sich. »Was ist mit dem Mord im Schlosspark?«

Sina unterdrückte ein Schmunzeln. Lena Olundson wäre keine hervorragende Journalistin, wenn sie nicht die Chance zu nutzen wüsste. Natürlich musste sie versuchen, Informationen aus erster Hand zu erlangen, um der schreibenden Konkurrenz in Sachen Aktualität eine Handbreit voraus zu sein.

»Wir stehen noch ganz am Anfang unserer Ermittlungen.« Sie gab der Reporterin die Eckdaten zum Opfer, nannte ihr allerdings weder Namen, noch gab sie andere Erkenntnisse preis, die auf die Identität des Opfers hinweisen konnten.

»Eine Tat im Affekt?«

»Wir wissen es nicht«, erklärte Sina. »Der Obduktionsbericht steht noch aus. Sobald uns dieser vorliegt, kann ich Ihnen neue Informationen zukommen lassen.«

»Das wäre schön«, erwiderte die Journalistin.

»Es tut mir leid, dass ich Ihnen momentan nicht mehr geben kann.«

Lena Olundson winkte ab. »Ich kenne doch die Abläufe, Frau Engel. Sie müssen sich nicht entschuldigen.« Sie schaltete das Gerät wieder ab. »Ich drücke Ihnen die Daumen, dass Sie die Fälle sehr bald aufklären können.«

»Danke, das hoffe ich auch.« Sina lehnte sich zurück.

»Sonst geht es Ihnen gut?« Lena Olundson wusste natürlich von Clara, hatte Sina während ihrer Schwangerschaft mehrmals getroffen, wenn die Polizei wieder einmal die Hilfe der Presse benötigt hatte.

»Mir wird nicht langweilig.« Sina lächelte. »Meine Tochter hält mich auf Trab. Und der Job ...« Sie ließ den Satz unbeendet.

»Ich weiß noch genau, als wir uns letztes Jahr vor der Kerwe getroffen haben«, erwiderte die Journalistin, während sie Sina musterte. »Es ging Ihnen nicht gut. Nicht nur körperlich ... Ich meine, Sie machten damals einen sehr niedergeschlagenen Eindruck.«

Sina nickte. Matthias erschien vor ihrem geistigen Auge. »Ja, das letzte Jahr war sehr schwierig für mich. Die Sorge um meine Tochter, dann die Kerwemorde …« Sie faltete ihre Hände. »Aber wie heißt es so schön? Das Leben geht weiter.« Sie zuckte mit den Achseln. »Es muss ja. Und meiner Tochter geht es gut. Ich habe die Hilfe meiner Eltern.«

»So hat sich doch vieles zum Guten gewandt.« Lena Olundson erhob sich. »Das freut mich sehr für Sie, Frau Engel. Sie sind noch so jung. Und der Mord an Ihrem Lebensgefährten … Das war einfach furchtbar. Es ist schön zu sehen, dass Sie es geschafft haben, mit der Trauer umzugehen.«

Sina stand ebenfalls auf. »Danke. Das ist sehr nett.« Sie blickte kurz zum Fenster. »Scheint, als seien wir stärker, als uns oft selbst bewusst ist.«

»Das wundert mich bei Ihnen nicht.« Die Reporterin lachte. »Sie sind eine gute Polizistin. Wären Sie nicht stark, würden Sie nicht da stehen, wo Sie jetzt sind.«

25

»Bitte, setzen Sie sich doch.« Der Erzieher schloss hinter Matthias und Gerhard die Tür und deutete auf den runden Tisch, um den sechs Stühle drapiert standen. »Das ist unser Besprechungsraum.«

Nachdem sie sich gesetzt hatten, betrachtete Matthias Heiko Schuch eingehend. Er war kräftiger gebaut als Jochen Völker, hatte brünettes Haar, wohingegen Nataschas Ehemann blond war. Rein optisch unterschieden sich die beiden Männer völlig. Doch aus eigener Erfahrung wusste er natürlich, dass sich die Anziehungskraft zwischen zwei Menschen aus anderen Faktoren zusammensetzte. Hastig verdrängte er den Gedanken an Sina. »Herr Schuch, wir haben Ihren Namen von Natascha Völker.« Aufmerksam wartete er auf eine Reaktion seines Gegenübers. Schuchs rechtes Auge zuckte leicht, während er durch die gläserne Wand blickte, die das Büro vom Aufenthaltsbereich seiner Kindergartengruppe abtrennte. Matthias folgte seinem Blick. Eine Erzieherin spielte »memory« mit drei Kleinkindern, die Matthias auf drei oder vier Jahre schätzte.

»Natascha«, wiederholte der Erzieher nickend.

»Wir wissen von Ihrer Beziehung«, sagte Gerhard, um ihn zum Reden zu bringen. »Es geht um Nataschas Mann, Jochen.«

»Sie hat mir erzählt, was ihm zugestoßen ist.«

»Kennen Sie ihn?« Matthias streckte seine Beine von sich. »Ich meine, persönlich?«

Heiko Schuch nickte. »Ja, natürlich. Also, ich habe mich zumindest schon das eine oder andere Mal mit ihm unterhalten, Jonas und Nele sind ja bei uns in der Einrichtung. Und bei Sommerfesten, Elternterminen oder auch beim Abholen ergibt sich immer wieder mal das eine oder andere kurze Gespräch.«

»Herr Schuch, wir müssen wissen, wo Sie am Montagabend waren.« Matthias wollte nicht um den heißen Brei herumreden.

Der Erzieher lachte. »Ist er an dem Abend …?« Er schnaubte. »Sie nehmen also an, ich hätte ihn angegriffen.«

»Wir nehmen grundsätzlich nichts an«, korrigierte Matthias ihn. »Aber wir müssen die Alibis all derer überprüfen, die ein mögliches Motiv für den Angriff hatten.«

»Harter Tobak.« Heiko Schuch starrte auf die Tischplatte. »Aber was hätte ich für einen Grund, Nataschas Mann zu verprügeln?«

»Verschmähte Liebe, Eifersucht auf den Konkurrenten, Wut auf Völker, weil er seine Frau in Ihren Augen ungerecht behandelt«, zählte Gerhard ungerührt auf.

Der Erzieher erwiderte nichts.

»Wo waren Sie am Montagabend, Herr Schuch?«, wiederholte Matthias seine Frage.

»Zu Hause«, kam es nach kurzem Zögern. »Bei meiner Frau.«

»Ist es richtig, dass Sie Natascha Völker gegenüber erklärt haben, ihr Mann verdiene eine Frau wie sie nicht?«

Schuchs Schultern sackten ab. »Ja, ihr Mann ist sehr … einnehmend.«

»Einnehmend?« Matthias rutschte auf seinem Stuhl vor. »Wie meinen Sie das?«

»Er möchte nicht, dass Natascha arbeitet. Meint, ihr Platz sei daheim am Herd, bei den Kindern.« Der Erzieher tippte sich an die Stirn. »In welchem Jahrhundert leben wir denn?«

»Sie reagierten wütend, wenn Natascha Ihnen von ihrer Ehe erzählte«, stellte Gerhard fest.

»Natascha ist Ärztin«, brauste ihr Liebhaber auf. »Sie ist intelligent, charmant, liebenswürdig, herzlich …« Er brach ab. »Ach, vergessen Sie es.«

»Ich gehe davon aus, dass Ihre Frau nichts von Ihrer Affäre mit Natascha Völker weiß«, sagte Matthias.

Der Erzieher schüttelte den Kopf. »Nein.« Er schloss die Augen. »Ich bin kein …«

»Sind Sie glücklich verheiratet?« Gerhard wechselte einen kurzen Blick mit Matthias.

»Ja, im Grunde schon.«

»Und trotzdem treffen Sie sich mit einer anderen Frau«, merkte Gerhard an.

»Es hat sich so ergeben.« Heiko Schuch begann zu erzählen, während er es vermied, die Polizisten anzusehen. »Wenn Natascha die Kinder abholte, haben wir immer mal wieder miteinander gesprochen. Irgendwann wurden die Gespräche länger und intensiver. Und …« Er hielt inne. »Ich kann Ihnen gar nicht mehr sagen, wie es dazu kam. Aber eines Tages haben wir uns auf einen Kaffee getroffen, um uns in Ruhe unterhalten zu können.«

»Und aus dem einen Kaffee wurden zwei und schließlich …«, fuhr Gerhard ungerührt fort.

»So ungefähr.« Der Erzieher rieb sich mit den Händen über das Gesicht. »Der Begriff ›Affäre‹ klingt so schmutzig. Das zwischen Natascha und mir war alles andere als …«

»Haben Sie in den letzten Wochen darüber nachgedacht, Ihre Frau zu verlassen?« Matthias konnte die Zerrissenheit im Blick seines Gegenübers erkennen.

»Nein … Wobei …« Schuch presste seine Kiefer aufeinander. »Natascha und ich … Ich glaube schon, dass ich sie liebe. Obwohl uns eigentlich klar war, dass wir keine gemeinsame Zukunft haben können, haben wir unser Zusammensein sehr genossen. Ich kann Ihnen nicht sagen, wie sich das weiter… weiterentwickelt hätte …«

»Und doch haben Sie sich wochenlang getroffen«, sagte Gerhard.

»Keine Ahnung, wo das hinführen soll«, murmelte Schuch leise.

»Sie sagten, Sie seien Montagabend zu Hause gewesen. Kann Ihre Frau das bestätigen?«, fragte Matthias.

Entsetzen zeigte sich in Schuchs Miene. »Sie wollen meine Frau befragen? Aber ...« Er stöhnte.

»War Ihre Frau ebenfalls daheim?«

»Ja, natürlich.«

»Wir versuchen, so diskret wie möglich vorzugehen, Herr Schuch«, erklärte Matthias ernst.

»Ich verstehe Sie ja.« Der Erzieher schüttelte den Kopf. »Ich habe meine Frau noch nie zuvor betrogen.« Er schluckte. »Das mit Natascha, das ist ... Das war ...« Den Rest ließ er ungesagt.

»Gut.« Matthias erhob sich. »Wir werden Ihre Aussage überprüfen. Fürs Erste haben wir keine weiteren Fragen an Sie. Sollte Ihnen noch etwas einfallen, was uns bei unseren Ermittlungen helfen könnte, melden Sie sich bitte jederzeit.«

»So gut kenne ich Nataschas Mann nicht«, entgegnete Heiko Schuch. »Natascha meinte, eventuell stecke ein ehemaliger Mandant von Jochen hinter dem Angriff.« Er sah von Gerhard zu Matthias.

»Vielen Dank, Herr Schuch.« Die beiden Beamten verabschiedeten sich, ohne auf die Frage des Erziehers zu reagieren.

»Was denkst du?«, wollte Gerhard von Matthias wissen, als sie kurz darauf wieder im Wagen saßen.

Matthias zuckte mit den Achseln. »Ich denke, er sagt die Wahrheit.«

»Also wieder eine Sackgasse.« Gerhard seufzte.

»Sieht ganz danach aus. Hoffentlich haben Sina und Marc bei ihren Ermittlungen mehr Erfolg.«

Als Matthias das Fahrzeug starten wollte, spürte er den Blick des Polizeiobermeisters auf sich. Er wandte den Kopf. »Was ist?«

Gerhard schwieg einen Moment. »Es geht mich eigentlich überhaupt nichts an ...«

»Was genau meinst du?« Matthias verdrängte den aufkeimenden Verdacht.

»Wegen Sina und dir ...« Gerhard fühlte sich sichtlich unwohl. »Ich wollte nur sagen, dass ich mich freue. Für sie, für euch.«

Matthias rang um Fassung. »Ist das so offensichtlich?«

Gerhard lächelte. »Ja.«

Matthias konnte es nicht glauben. »Sie wird ausflippen. Sie wollte auf keinen Fall ...«

»Von mir erfährt niemand etwas. Ich glaube auch nicht, dass Marc es bemerkt hat.« Gerhard zögerte. »Sina war nach Carlos Tod am Boden zerstört. Ich habe mir ernsthaft Sorgen um sie gemacht. Und dann noch die Schwangerschaft. Ich möchte ehrlich sein, Matthias. Mehr als einmal dachte ich, dass sie es nicht schafft. Polizisten sind schon an weniger gravierenden Schicksalsschlägen zugrunde gegangen.«

»Ich weiß«, erwiderte Matthias langsam. »Sie hatte eine verdammt schwere Zeit.«

»Umso mehr freue ich mich, dass sie endlich wieder glücklich ist.«

Matthias lächelte. »Es war nicht einfach. Anfangs hegte sie eine enorme Abneigung gegen mich.«

»Ich weiß. Auch das war nicht zu übersehen.« Der Ältere lachte.

»Sie möchte nicht, dass ihr wisst, dass wir ...«, begann Matthias unbeholfen.

»Schon gut«, beschwichtigte Gerhard ihn. »Wie gesagt, von mir erfährt niemand etwas. Das ist ganz allein eure Privatsache. Ich wollte dir nur sagen ...« Er hielt inne. »Ich schätze dich wirklich sehr, Matthias. Bitte pass gut auf sie auf. Sie hat genug Scheiße erleben müssen.«

»Das mache ich«, erwiderte Matthias. »Ich finde es toll, dass dir so viel an Sina liegt.«

»Ich kenne sie schon so lange Jahre. Man bekommt ja doch viel voneinander mit. Und als du aufs Revier kamst und sie den Verband an deinem Arm sah ...« Gerhard grinste. »Ich hatte es schon länger vermutet, aber in dem Moment war mir klar, was los ist.«

»Sie hat Angst«, bestätigte Matthias.

»Ist ihr nicht zu verdenken, oder?«

»Nein. Trotzdem weiß sie, dass ich Polizist bin.« Er zog die Brauen hoch. »Wie sie selbst ja auch.«

»Du bist ihr wichtig.«

»Das ist sie mir auch«, erwiderte Matthias, während er an die blonde Frau mit den blauen Augen denken musste. »Sehr sogar.«

26

»Hallo, Mama.« Sina umarmte ihre Mutter und hauchte ihr einen Kuss auf die Wange.

»Du siehst müde aus.«

Sina schüttelte den Kopf. »Es geht schon.«

»Die Kinder sind mit Papa im Garten.«

»Hallo«, begrüßte sie die vier, als sie auf die Terrasse trat. Clara saß bei Sinas Vater auf dem Schoß und lachte, während Hans Engel unentwegt Grimassen schnitt. Jonas und Nele standen neben ihm und betrachteten voller Faszination ihre Cousine.

»Ihr habt Spaß«, stellte Sina fest und ließ sich auf einen Gartenstuhl fallen.

»Die Kinder haben Spaß, während ich mich zum Affen mache.«

»Ja, Opa, mach mal einen Affen nach«, rief Nele begeistert aus und reckte ihre Arme in die Höhe. »Opa, der Affe!«

»Oje«, seufzte Sina und lehnte sich zurück.

»Natascha ist im Krankenhaus«, erklärte Marion Engel, als sie mit einem Tablett ins Freie kam. Sie räumte mehrere Gläser und eine Flasche Wasser auf den Tisch.

»Ich war gestern Abend auch dort«, sagte Sina, während sie die Flasche öffnete und die Gläser füllte.

»Wir haben ihn heute Morgen besucht«, erwiderte ihre Mutter und zog sich den Stuhl neben Sina heran. »Wie Jochen da liegt …« Sie schüttelte den Kopf. »Eine furchtbare Sache.«

»Natascha ist sehr … unglücklich«, brachte Sina vorsichtig vor. Sie konnte sich eigentlich kaum vorstellen, dass ihre

Eltern von Nataschas Affäre wussten. Nataschas Affäre, fast hätte sie aufgelacht.

»Was ist?«

Hatte Sina ihr Gesicht verzogen? »Nichts, warum?«

»Ich dachte ...« Ihre Mutter musterte sie. »Was meinst du mit deiner Aussage? Jochen ist schwer verletzt. Wundert es dich da wirklich, dass Natascha unglücklich ist?«

Sina verfolgte amüsiert, wie ihr Vater auf dem Rasen einen Affen imitierte. Clara hatte er auf den Boden gesetzt, während Nele und Jonas grölend hinter ihm herrannten. Sie schmunzelte.

»Nein, natürlich wundert es mich nicht«, beeilte sie sich dann zu sagen. Ihre Mutter wusste also nichts. Dann war ihr Vater ebenso ahnungslos. »Ich gehe gleich mit Clara schwimmen«, wechselte sie das Thema.

»Das wird ihr Spaß machen.«

»Das Wetter ist schön, und ich brauche ein wenig Entspannung.«

»Es wird ziemlich voll sein. Ob du dich da entspannen kannst mit der Kleinen?«

Fast war sie versucht, ihrer Mutter von Matthias zu erzählen, doch im letzten Moment entschied sie sich dagegen. »Es ist schon Entspannung, wenn ich eine schöne Zeit mit ihr verbringen kann«, erwiderte sie daher nur.

»Ich wünschte, Carlo könnte bei euch sein«, seufzte ihre Mutter.

»Carlo ist tot.«

»Clara bräuchte einen Vater.«

»Ach, Mama.« Was sollte sie darauf erwidern?

»Natascha hat Jochen und die Kinder ...« Ihre Mutter stockte. »Du hast kaum Zeit für dich. Niemanden, der dich unterstützt.«

»Ihr unterstützt mich«, erklärte Sina lächelnd.

»Ja, aber wir sind deine Eltern«, sagte Marion Engel. »Es

ist etwas völlig anderes, wenn ein zweiter Elternteil da ist, damit man sich auch mal abwechseln kann.«

»Mama«, erwiderte Sina leicht genervt. »Ich kann die Situation nicht ändern.«

»Ich weiß doch, es tut mir leid.«

»Das muss es nicht. Außerdem geht es mir gut.«

»Habt ihr viel zu tun?«

Sina erzählte kurz von dem erschlagenen Jugendlichen aus dem Schlosspark.

»Die armen Eltern«, sagte ihre Mutter bedauernd. »An Arbeit mangelt es euch ja nicht.«

»Das kannst du laut sagen.« Sina erhob sich und steuerte auf ihre Tochter zu, die jauchzend zusah, wie ihr Opa auf allen vieren durchs Gras kroch, Jonas und Nele auf dem Rücken.

»Setz Clara zwischen uns«, forderte ihr Neffe Sina auf und zeigte hinter sich.

Sie lachte, während Hans Engel laut schnaufte. »Nein, zwei sind genug. Wenn ihr absteigt, darf Clara auch noch eine Runde drehen.«

Eifrig kletterten die beiden Kinder vom Rücken ihres Opas und rannten auf Clara zu.

»Komm, Clara.« Nele packte die kleine Hand ihrer Cousine. Sina hob ihre Tochter hoch und trug sie zu ihrem Vater, der mit rotem Kopf im Gras saß.

»Du Armer«, bemitleidete sie ihn und ging neben ihm in die Hocke.

»Eine letzte Runde«, sagte er. »Dann ist Schluss. Dann braucht der Opa mal eine Pause.«

Seine Frau lachte auf der Terrasse.

Clara hüpfte begeistert auf und ab, als Hans Engel sich erneut auf den Knien durchs Gras quälte und Sina ihre Tochter an den Armen festhielt.

»So, das war es jetzt«, erklärte er drei Minuten später. Sina nahm Clara auf den Arm, während ihr Vater sich umständlich erhob.

»Können wir das morgen wieder machen?« Jonas zupfte an der Hose seines Opas. »Das war so toll.«

Sina sah zu ihrer Mutter und zwinkerte.

»Mal schauen, Jonas«, wehrte Hans Engel ab. »Vielleicht fällt uns auch etwas anderes ein, was nicht so anstrengend für meine Knie ist.«

»Was hast du mit den Knien?«, wollte Nele wissen, stellte sich neben Sina und ergriff Claras Hand.

»Opa ist nicht mehr der Jüngste«, erwiderte Marion Engel lächelnd.

»Musst du sterben?«, wollte Jonas mit ernster Miene wissen.

Sinas Vater brummte. »Na, so weit ist es hoffentlich noch nicht.«

»Wann kommt Mama?«, quakte Nele neben Sina. »Ich will nach Hause.«

Marion Engel erhob sich. »Mama kommt bestimmt bald. Wollt ihr noch eine Runde ›Mensch, ärgere dich nicht‹ spielen?«

»Oja«, jubelte Nele und rannte ihrer Oma entgegen, während Jonas nölte: »Och nee. Das ist ja für Babys.«

»Du könntest mir helfen, den Rasen zu sprengen«, schlug Sinas Vater vor. »Wie wär's?«

Die Augen seines Enkels leuchteten augenblicklich auf.

»Gut, dann verabschiede ich mich mal«, sagte Sina und strich ihrer Tochter über den Kopf. »Ich wünsche euch noch einen schönen Abend.«

Ihre Mutter trat zu ihr und drückte erst ihrer Enkelin, dann ihrer Tochter einen Kuss auf die Wange. »Viel Spaß, ihr beiden.«

27

Clara quietschte vergnügt auf, als sie mit ihren Händen auf die Wasseroberfläche patschte und die Tropfen ins Gesicht bekam. Lachend sah sie zu Sina, die sich in diesem Moment neben Matthias setzte.

»Und, wie findest du es?«

»Das Schwimmbad ist sehr schön angelegt. Man hat genug Luft zum nächsten Nachbarn.«

Sina grinste. »Es ist fast halb sieben. Heute Mittag um drei sah es wahrscheinlich etwas anders aus. Aber du hast schon recht. Die Liegewiese ist sehr großzügig.«

Sie ließ ihren Blick über das Planschbecken und die angrenzende Rasenfläche schweifen. Obwohl der Waidsee näher an ihrer Wohnung lag, hatten sie sich entschieden, die ersten Wassererfahrungen mit Clara im Waldschwimmbad zu sammeln. Im Kinderbecken konnte sie problemlos sitzen, das Wasser war niedrig genug.

Sina ließ einen Fuß durch das kühle Nass gleiten. »Fühlt sich fast ein wenig wie Urlaub an, oder?«

Matthias sah sie von der Seite an.

»Was?« Irritiert erwiderte sie seinen Blick.

»Mir fällt gerade auf, dass ich dich noch nie im Bikini gesehen habe.«

Sie zog eine Grimasse. »Und? Habe ich den Test bestanden?«

Er hauchte ihr einen Kuss auf die Wange. »Ohne gefällst du mir noch einen Tick besser«, raunte er ihr ins Ohr.

Sie schüttelte den Kopf. »War ja klar.«

Er lachte.

»Was macht dein Arm?« Sie deutete auf den Verband.

»Alles im grünen Bereich.« Er hob seine Hand und bewegte sie, als ob er ein Lasso schwinge. »Siehst du?«

»Das hätte auch anders ausgehen können.«

Matthias berührte sie an der Schulter und zog sie an sich. »Mir passiert nichts, Sina.«

Sie verdrehte ihre Augen.

»Ah!« Clara strampelte mit ihren Füßchen und jauchzte auf.

Matthias spritzte sie vorsichtig nass. »Was du kannst, kann ich auch, meine Liebe.«

Sinas Herz zog sich zusammen, während sie verfolgte, wie Clara auf Matthias' Feixen reagierte.

»Apropos Urlaub«, setzte er nach kurzem Schweigen an. »Was hältst du davon, wenn wir im Sommer zusammen verreisen?«

Seine Frage überraschte Sina. Bisher hatte sie sich noch keine Gedanken gemacht, wie sie ihren Urlaub einteilen wollte. Aber er hatte recht. Die Sommermonate standen bevor.

»An was hattest du gedacht?«

Während er Claras kleine gelbe Gießkanne mit Wasser füllte und dieses im Anschluss über den Rücken des kleinen Mädchens goss, erwiderte er, ohne zu zögern: »Ich würde gern mit euch nach Frankreich fahren. Zu meiner Familie.«

»Zu deiner Familie?«, wiederholte Sina verdattert. »Ich dachte, deine Eltern leben in Frankfurt.«

»Tun sie auch. Mein Vater kommt ja daher. Aber meine Mutter kommt aus Südfrankreich. Ihre Schwester lebt dort unten mit Mann und Kindern. Und meine Oma.«

»Du hast noch eine Oma?«

»Sie ist fünfundneunzig.«

»Was ist mit Clara?«

Matthias sah Sina mit gerunzelter Stirn an. »Was soll mit ihr sein? Sie kommt natürlich mit. Ich verstehe die Frage nicht ganz.«

»Mit einem so kleinen Kind ins Ausland …«

Er strich über ihre Wange. »Sina, ich möchte mit euch nach Frankreich, nicht auf den Mond.«

»Zu deiner Familie.« Seine Idee verursachte in ihr ein mulmiges Gefühl.

»Hast du ein Problem damit?« Sein Blick wurde eindringlicher.

»Nein, nein«, wehrte sie hastig ab, obwohl ihr der Gedanke, offiziell Matthias' Familie vorgestellt zu werden, aus unerfindlichem Grund Unbehagen verursachte.

»Was ist los, Süße?« Er umfasste Claras Oberarme und zog sie näher an den Beckenrand. Dann schüttete er Wasser in die Mühle, die Sina vor einem Monat für ihre Tochter gekauft hatte. »Du hast doch nicht etwa Angst?«

»War sie …« Sie räusperte sich. »War Nathalie auch schon mal mit dir dort?«

Matthias hielt einen Moment in seiner Bewegung inne. »Sina, wir waren verlobt. Das weißt du doch.«

Sie nickte. »Ja, tut mir leid.«

Entschlossen erhob er sich, setzte Clara neben Sina an den Beckenrand und stellte die Mühle neben sie. Während er dem Kind weiter zeigte, wie das Mühlrad sich durch das Wasser drehte, ging er vor Sina in die Hocke. »Ich möchte dir die Heimat meiner Mutter zeigen. Seit ich denken kann, bin ich mit meinen Eltern nach Südfrankreich gefahren. Das hat absolut gar nichts mit Nathalie oder sonst irgendwem zu tun.« Er umfasste ihre Oberschenkel mit seinen nassen Händen. »Ich möchte mit dir dorthin. Mit dir und mit Clara.«

»Wow!« Sina fuhr sich durch ihr Haar. »Ich glaube, ich bin gedanklich noch nicht so weit.« Sie deutete mit ihrer rechten Hand einen Kreis neben ihrer Schläfe an.

»Du weißt, dass ihr mir wichtig seid?« Er senkte seine Stimme.

»Ich habe keine Ahnung, was mit mir los ist.« Sina küsste

ihn. »Und ja, ich weiß, dass wir dir wichtig sind. Meine Mutter hat vorhin auch …« Sie brach ab.

»Was hat deine Mutter?«

»Sie fing von Carlo an. Ich glaube, sie macht sich Sorgen, weil sie denkt, ich sei allein.«

»Es läuft doch gut«, entgegnete Matthias, während er sich wieder neben Clara setzte, die sich nun zwischen ihnen befand. »Mit uns, meine ich.«

Sina musterte ihn stumm.

»Hat es dir die Sprache verschlagen?«, frotzelte er.

Sie musste schmunzeln. »Nein. Und ja, ich finde auch, dass es gut mit uns läuft. Ich musste nur gerade daran denken, als wir letztes Jahr durch Weinheim marschiert sind. Als ich dir …«

»Da kanntest du meinen umwerfenden Charme noch nicht«, unterbrach er sie grinsend.

Sie schüttelte den Kopf. »Nein, den kannte ich noch nicht. Du erinnerst dich vielleicht daran, was ich damals von dir gehalten habe.«

»Oja, nur zu gut.« Er hob seine Brauen.

»Verrückt, wenn ich daran denke, was in dieser Zeit alles geschehen ist.« Sina beobachtete, wie Clara ein Förmchen ins Wasser tauchte und den Rest, den sie beim Hochheben nicht verschüttete, in die Mühle tröpfeln ließ. Natürlich bewegte sich das Rad nicht. Beim Anblick des ernsten Gesichts ihrer Tochter hätte sie fast losgelacht. »Schau mal, mit der Gießkanne geht es besser.« Sina ließ das Rad sich drehen. »Jetzt funktioniert es wieder.«

Trotz Sinas Erklärung tauchte Clara das Förmchen erneut ins Wasser und schüttete es ein weiteres Mal über die Mühle.

»Du hast ein Kind bekommen«, nahm Matthias ihre letzte Bemerkung auf. »Und du bist meinem Charme erlegen.«

»Quatschkopf!«

»Überlegst du es dir mit dem Urlaub?«

Sie spürte seinen Blick auf sich und nickte. »Ja, ich denke darüber nach.«

»Stell dir einfach vor, wir drei am menschenleeren weitläufigen Sandstrand. Nur die Wellen, das Meer und wir.«

»Und die Wassermühle«, ergänzte Sina trocken.

»Und die Wassermühle«, wiederholte Matthias und streichelte Clara über das feine blonde Haar. »Die dürfen wir auf keinen Fall vergessen. Übrigens können wir dort ganz tolle Sandburgen bauen.«

»Wir?« Sina lachte. »Da kommt wohl das Kind im Mann zum Vorschein.«

Entrüstet wandte sich Matthias an das Mädchen. »Ich glaube, wir schicken deine Mama mal ein paar Runden schwimmen. In der Zwischenzeit können wir beide in Ruhe besprechen, welches Zubehör wir für unseren Burgenbau benötigen.«

Sina musste lachen, als sie sah, wie Clara Matthias mit großen Augen ansah und seinen Worten lauschte. »Oha, die Baumeister unter sich.« Sie erhob sich. »Aber wenn du ein paar Minuten auf sie aufpasst, würde ich wirklich mal eine Runde schwimmen gehen. Die Bewegung fehlt mir.«

Er nickte, bevor er mit dem Zeigefinger auf seinen Mund deutete.

Sina beugte sich hinab und küsste ihn.

»Schmeckt nach mehr«, erklärte er ernst, nahm kurz ihre Hand in seine und drückte sie. »Lass dir Zeit. Wir warten auf dich.«

»Danke«, flüsterte sie gerührt, erhob sich und warf ihm eine Kusshand zu, bevor sie das Schwimmerbecken ansteuerte.

28

Freitag, 9. Juni

Als Sina den oberen Treppenabsatz erreichte, erblickte sie Anna Fromm vor ihrer Bürotür. Der Teenager lehnte an der Wand und weinte. Aus verquollenen Augen sah das Mädchen Sina entgegen.

»Frau Engel«, presste sie mit tränenerstickter Stimme hervor.

»Anna.« Sina hob ihre Hand und grüßte Marc und Gerhard hastig im Vorbeigehen. Gerhard zuckte mit den Schultern. Matthias war nirgends zu sehen. »Komm.« Sie umfasste den Oberarm der Jugendlichen, schloss ihre Bürotür auf und schob das Mädchen sanft in den Raum. »Setz dich.« Sie ging zum Fenster und drehte die Jalousien auf. »Möchtest du etwas trinken? Einen Kaffee oder ein Wasser?«

Anna Fromm schüttelte den Kopf.

Sina legte ihre Tasche in eine der Schubladen und schaltete den Computer an. Dann setzte sie sich hinter ihren Schreibtisch und musterte das schluchzende Mädchen. Mitgefühl stieg in ihr auf.

»Was ist passiert?«

»Ich war beim Arzt und …« Sie konnte nicht weitersprechen. Fahrig drückte sie sich ein bereits durchweichtes Taschentuch vor den Mund.

Sina kramte in ihrer Tasche, holte ein neues Päckchen Taschentücher hervor und stand auf. Sie umrundete ihren Tisch und ging neben dem Mädchen in die Hocke. »Bitte.« Während Sina ihr die Packung hinhielt, verstärkte sich das Schluchzen weiter. Sina richtete sich wieder auf und strich Anna über den Rücken. »Beruhige dich erst mal.« Geduldig wartete sie, bis das Weinen schwächer wurde. »Was ist denn geschehen?«

»Ich bin ... schwanger.«

Sina schloss die Augen. Das durfte doch nicht wahr sein! Nach Annas gestrigen Schilderungen hatte sie sofort den Verdacht gehegt, dass die mutmaßliche Vergewaltigung auch körperlich nicht folgenlos geblieben sein könnte. Vor allem aufgrund dieser Befürchtung hatte sie das Mädchen schnellstmöglich zum Arzt geschickt. Dass sich ihr Verdacht nun bestätigt hatte, versetzte ihr trotzdem einen kleinen Schock.

»Was soll ich denn jetzt tun?« Die Verzweiflung in Annas Stimme war unüberhörbar.

Sina kehrte zu ihrem Stuhl zurück und setzte sich. »Wie weit bist du?«

»Sechste Woche.«

»Du hattest keinen anderen Geschlechtsverkehr.«

»Ich habe Ihnen doch gestern schon gesagt, dass ich ...« Wieder begann Anna leise zu weinen.

»Du warst noch Jungfrau?«

Anna nickte.

Sina zog die Akte heran, die ihre Mitarbeiter auf ihre Bitte hin angelegt hatten. »Das heißt, es steht fest, dass du vergewaltigt worden bist. Du kannst dich aber an nichts erinnern.«

Anna schüttelte den Kopf.

»Konnte die Ärztin sonst noch etwas feststellen? Hast du ihr gesagt, warum ich dich zu ihr geschickt hatte?«

»Ich habe ihr das Gleiche wie Ihnen gesagt. Aber sie hat gesagt, da die Verg... da der Vorfall so lange zurückliegt, kann man nicht mehr erkennen, dass Gewalt angewendet worden ist.« Ihre Stimme wurde leiser. »Sie hat bestätigt, dass ich Geschlechtsverkehr hatte.«

»Es tut mir sehr leid, Anna«, sagte Sina voller Mitgefühl. »Und ich verspreche dir, dass wir alles tun werden, um denjenigen zu finden, der dir das angetan hat. Hier handelt es sich um eine schwere Straftat, der Täter wird nicht davonkommen.«

»Ich kann mich kaum noch an diese Typen erinnern«, bemerkte Anna mit gesenktem Kopf. »Ich weiß nicht, was passiert ist. Wenn ich mir nur vorstelle, dass ich vor einem Gericht …« Ihre Stimme versagte.

»Du bist das Opfer, Anna. Bis es vor Gericht geht, dauert es noch eine ganze Weile. Zuerst einmal müssen wir den oder die Täter finden. Deine Freundin kann uns sicher weiterhelfen.« Sina schlug die Akte auf und suchte den Namen. »Wir sprechen noch mal mit Lilli. Da ich tatsächlich davon ausgehe, dass dir die beiden Jungs etwas ins Getränk geschüttet haben, ist es nicht verwunderlich, dass du keinerlei Erinnerung an den Abend hast. Das hören wir leider immer wieder, wenn wir es mit ähnlichen Fällen zu tun haben.«

»Meine Mutter wird ausflippen.«

Sina musste an Clara denken. Wie würde sie reagieren, wenn ihrer Tochter etwas Ähnliches …? Hastig verdrängte sie den Gedanken. »Soll ich mit ihr sprechen?«

Das Mädchen hob den Kopf. »Das würden Sie tun?«

»Anna, wir müssen deine Mutter sowieso darüber informieren. Du bist minderjährig. Deine Mutter ist die Erziehungsberechtigte.« Sie zögerte. »Was ist mit deinem Vater?«

Anna verzog das Gesicht. »Meine Mutter hat das alleinige Sorgerecht.«

Sina hakte nicht weiter nach. »Gut. Hast du jetzt keine Schule?«

Das Mädchen wandte seinen Kopf ab. »Was soll ich denn da?«

Sina seufzte stumm. »Hör zu. Ich kann mir vorstellen, dass die Situation momentan nicht leicht für dich ist. Aber ich bitte dich trotzdem, dass du von hier aus zur Schule gehst. Einer meiner Kollegen kann dich hinfahren, dann geht es schneller.

Wir sprechen später mit deiner Mutter.« Sie hielt inne. »Und wegen der Schwangerschaft ... Wir finden eine Lösung. Aber auch das sollten wir gemeinsam mit deiner Mama klären. Was hältst du davon?«

Anna erwiderte nichts, Sina deutete die kaum erkennbare Bewegung ihres Kopfes jedoch als Zustimmung. Sie erhob sich und legte dem Mädchen eine Hand auf die Schulter. »Ich helfe dir, okay?«

Anna stand ebenfalls auf. Sie schluckte. »Was, wenn die behaupten, dass ich ... freiwillig ...«

»Du bist nicht allein. Wir ermitteln und werden den oder die Täter befragen, sobald wir sie haben. Und wir werden alles tun, um sie der Tat zu überführen, die sie begangen haben. Vertrau mir.«

Sina öffnete die Tür und winkte Marc zu sich. Nachdem sie ihn gebeten hatte, Anna zur Schule zu fahren, setzte sie sich zu Gerhard und berichtete ihm von dem Gespräch.

»Scheiße!«

Sina nickte. »Das kannst du laut sagen. Solche Typen ...« Sie schüttelte den Kopf. »Ich lasse den Zeichner morgen herkommen. Vielleicht kann die Freundin dabei helfen, Phantombilder zu erstellen.«

»Gute Idee.«

»Gibt es etwas Neues?«

»Matthias ist gerade in der Firma, in der Lukas Martens seine Ausbildung absolviert hat. Er will sich unter den Arbeitskollegen umhören, ob die etwas Brauchbares wissen.«

»Das ist gut, aber ich glaube nicht, dass da etwas herauskommt. Der Fall sieht mir sehr stark nach Totschlag im Affekt aus. Vielleicht ist es zu Streit gekommen, und dem anderen sind die Sicherungen durchgebrannt.«

»Möglich.«

»Was Neues zu Katinka Lungwitz?«

Gerhard zog eine Grimasse.

»Was?«

»Ein Mann hat angerufen und ist der Meinung, er habe das Mädchen auf Mallorca gesichtet.«

Sina starrte Gerhard ungläubig an. »Auf Mallorca?«

Ihr Mitarbeiter schüttelte den Kopf. »Der Anrufer ist gestern aus seinem Urlaub zurückgekehrt.«

»Aber wir haben doch gar kein Foto veröffentlicht.«

»Eben«, pflichtete er ihr bei. »Der Typ meinte, als er unseren Aufruf heute früh gesehen habe, hätte er sich aufgrund der äußeren Beschreibung daran erinnert, eben jenes Mädchen gestern am Flughafen von Palma gesehen zu haben.«

»So ein Quatsch!« Sina schüttelte den Kopf.

»Meine Rede. Ein weiterer Anrufer behauptet, er habe Katinka am Montagabend in der Grundelbachstraße gesehen. Die Kleidung und die Beschreibung würden passen.«

»Das wäre möglich«, merkte Sina an. »Ihre Handydaten hatten doch ergeben, dass sie in der Innenstadt war.«

»Genau«, bestätigte Gerhard.

»Was hat er noch gesagt? War sie allein? Oder in Begleitung?«

»Laut ihm war sie allein unterwegs.«

»Was uns nicht wirklich weiterbringt.« Sina seufzte.

»Die Sekretärin deines Schwagers wird uns im Laufe des Tages die Namen seiner aktuellen Mandanten mitteilen. Dann können wir im Hintergrund überprüfen, ob einer von denen infrage kommt.«

»Ihr denkt nicht, dass dieser … Erzieher etwas damit zu tun hat?«

»Ganz ehrlich? Nee, warum sollte er auch? Wenn deine Schwester und er der Meinung wären, dass sie zusammenbleiben wollen, könnten sie sich ja von ihren Partnern trennen. Dieser Schuch ist ebenfalls verheiratet. Warum sollte er also deinen Schwager verprügeln?« Gerhard kratzte sich am Kinn.

»Ich habe vorhin im Krankenhaus angerufen. Der Zustand

von Jochen hat sich etwas stabilisiert. Die Ärzte gehen davon aus, dass er die nächsten Tage das Bewusstsein wiedererlangt.«

»Das ist eine gute Nachricht«, erwiderte Sina erleichtert. »Sicher ruft Natascha mich sofort an, wenn sie mehr weiß.«

»Ja, immerhin etwas. Und alles andere läuft.«

29

Einfallende Sonnenstrahlen blendeten Katinka, als sie erwachte. Wo war sie? Der eklige Geschmack in ihrem Mund, ihre ausgedörrte Kehle, die unbequeme Liegeposition ... Innerhalb des Bruchteils einer Sekunde war sie wieder in der Realität angekommen. Und wusste doch nicht, warum sie sich hier befand. Am liebsten hätte sie sofort erneut ihren Tränen freien Lauf gelassen. Doch dazu hatte sie keine Kraft mehr.

Wie lange konnte ein Mensch überleben, bevor er verdurstete? Würde sie irgendwann das Bewusstsein verlieren? Es gab keine Stelle an ihrem Körper, die nicht schmerzte. Wie lange würde sie es noch aushalten, Füße und Hände kaum bewegen zu können? Ihre Gliedmaßen fühlten sich steif und taub an. War es möglich, dass aufgrund der Fesseln ein Fuß oder eine Hand absterben konnte?

Panik ergriff Katinka. Vorsichtig senkte sie ihren Kopf und blickte an ihrem Körper hinab. Mit größter Anstrengung hob sie ihre Beine wenige Millimeter an und versuchte, sie vor- und zurückzubewegen. Schon nach wenigen Sekunden spürte sie den Schweiß auf ihrer Stirn. Auch die Haut unter der Nase wurde feucht. Katinka schloss die Augen und bemühte sich, den Schmerz auszublenden. Sie durfte nicht zulassen, dass die Blutzirkulation zum Erliegen kam.

Mit zusammengepressten Kiefern führte sie immer wieder den gleichen Bewegungsablauf durch. Vor, zurück, vor, zurück. Nicht aufhören, Katinka, du schaffst das. Tatsächlich spürte sie nach einer gefühlten Ewigkeit ein leichtes Kribbeln in ihrer Wade. Erleichtert öffnete sie die Augen und sah erneut zu ihren Füßen. Noch nicht, mahnte sie sich, sie war noch nicht fertig. Sie musste weitermachen. So lange sie konnte.

Katinka hatte keine Ahnung, wie lange sie ihre Übungen ausführte. Als sie kaum noch Luft bekam, legte sie ihre Beine ab und ließ sich von der Seite ein Stück auf den Rücken rollen, fieberhaft darauf bedacht, nicht ihre tauben Hände mit ihrem Körper zu belasten. Doch ihre Hüfte schmerzte, und sie konnte die ursprüngliche Position nicht mehr aushalten. Während sie darauf wartete, dass ihr Atem sich wieder normalisierte, der Schweiß auf ihrer Haut trocknete und das Brennen in der Taille nachließ, starrte sie gegen die Holzdecke. Noch immer konnte sie sich keinen Reim auf ihre Lage machen. Wenn sie entführt worden war, warum sah niemand nach ihr? Wenn ihre Familie erpresst wurde, benötigte der Entführer doch ein Lebenszeichen von ihr, das er ihren Eltern übermitteln könnte.

Unentwegt zwitscherten außerhalb der Hütte Vögel. Auch jetzt konnte sie dem vielstimmigen Konzert der gefiederten Tiere lauschen. Sie vernahm, wie der Wind durch die Blätter rauschte, mal schwächer, mal etwas stärker. Und irgendwo, sie konnte nicht erkennen, woher das Brummen kam, hörte sie auch Motorenlärm. Leise, gedämpft. Das bedeutete, dass sie sich nicht völlig außerhalb der Zivilisation befand.

Katinka versuchte, ihren Rücken zu dehnen. Sie zog ihre Schultern nach vorn und ihre Arme leicht nach hinten. Ihre Finger konnte sie kaum bewegen, hatte das Gefühl, dass sie auf das Doppelte angeschwollen waren. Überprüfen konnte sie ihre Vermutung nicht. Immer wieder streckte sie die Arme von sich, beugte ihre Ellbogen und hoffte auf eine Meldung ihrer Hände.

Während sie sich erneut verrenkte, hörte sie plötzlich ein leises Schnaufen. Angst überkam sie. Was war das? Irgendein Waldbewohner? Ein Fuchs? Oder ein Marder? Womöglich ein Wildschwein? Verdammt! Sie lag hier völlig wehrlos. Zwar hatte sie noch nie davon gehört, dass diese scheuen Säugetiere sich Menschen freiwillig näherten, aber wie oft kam es schon vor, dass bei einer solchen Begegnung der vermeintlich Stärkere sich in einer derart hilflosen Situation befand? Katinka konnte sich in ihrer Lage nicht auf die Gesetzmäßigkeiten der Natur verlassen.

Sie hob den Kopf und lauschte. Hatte sich das Tier wieder entfernt? Nein, das Atmen war unverkennbar. Es musste sich genau vor der Hütte befinden. Keinen Meter von ihr entfernt. Würde es ihren Geruch durch die Holzwand wittern? Mit Sicherheit. Angsterfüllt veränderte sie ihre Liegeposition, bis sich die Türöffnung genau in ihrem Blickfeld befand. Das Atmen wurde lauter, es klang nach …

Katinka schoss ein Gedanke durch den Kopf, als sie einen hellbraunen Hundekopf erblickte. Erleichtert schloss sie kurz die Augen, um bereits im nächsten Moment einen neuen Plan zu verfolgen. Der Hund war mit Sicherheit nicht allein im Wald unterwegs. Sein Herrchen oder Frauchen musste sich ganz in der Nähe befinden, wenn das Tier nicht abgehauen war. Angestrengt versuchte Katinka, den Stoff in ihrem Mund auszuspucken, ohne Erfolg. Wut stieg in ihr hoch. »Hm«, brummte sie zornig. »Hm.«

Der Hund starrte sie aus seinen braunen Augen unverwandt an. Komm!, wollte sie ihm zurufen. Komm und hilf mir! Sie bewegte ihren Kopf, um ihm zu bedeuten, er solle näher kommen. Ob er ihre unbeholfenen Verrenkungen verstanden hatte oder ob seine Neugier ihn trieb, das Tier trabte in den Schuppen. Fast hätte Katinka aus Freude über ihren vierbeinigen Besuch zu weinen begonnen. Sie war nicht allein. Dieser Hund konnte sie retten. Sie wusste noch nicht wie, aber …

»Bonnie!«

Katinka schüttelte den Kopf. Nein, bleib hier. Geh nicht.

Bitte. Bitte bleib. Wenn dein Frauchen dich sucht, findet sie auch mich.

Bonnie wandte ihren Kopf in die Richtung, aus der die Stimme gekommen war. Dann blickte sie zu Katinka zurück.

Komm, Bonnie, komm näher, warte, bis dein Frauchen dich holt.

Unentschlossen machte die Hündin einen Schritt auf Katinka zu, bevor sie sich abrupt umdrehte und aus der Hütte rannte. Nein!

»Bonnie, komm her!«

Nein, das durfte nicht sein! Katinka war so nahe dran gewesen. Die Frau durfte sie nicht hier liegen lassen. Sie musste ihr doch helfen. Wütend robbte sie sich über den Boden, bis ihre Füße an die Wand stießen. Voller Wut zog sie die Knie an und trat mit letzter Kraft gegen die Holzbretter. Doch sie wusste, dass es zu spät war. Die Frau würde sie nicht hören. Niemand würde sie hören. Und niemand würde kommen, um sie zu retten. Katinka vergaß all ihre Vorsätze und begann, bitterlich zu weinen.

30

»Lukas Martens war ein unauffälliger, eher zurückhaltender junger Mann.« Matthias gab die Aussage des Chefs des ermordeten Jugendlichen wieder.

»Kannte ihn jemand näher?«, wollte Sina wissen.

Er schüttelte den Kopf. »Wie gesagt, er war wohl ein Stiller. Auch seine Kollegen wussten wenig über ihn zu sagen.«

»In dem Alter sind die meisten Teenager nicht besonders redselig Erwachsenen gegenüber«, relativierte Gerhard. »Wenn ich an meine beiden denke ...« Er winkte ab. »Es gab Zeiten, da waren wir froh, wenn wir am Tag mal mehr als zehn Worte mit ihnen wechseln durften. Sie kamen zum Essen und sind dann sofort wieder in ihren Zimmern verschwunden. Der Junge war siebzehn.«

»Ja, das mag sein«, stimmte Matthias ihm zu. »Das Problem ist nur, dass wir weiterhin nicht wissen, wo wir ansetzen sollen. Welches Motiv steckt hinter der Tat? Kannte der Junge seinen Mörder, oder war er doch ein Zufallsopfer?«

»Wir drehen uns im Kreis.« Sina seufzte. »Und zwar bei sämtlichen aktuellen Fällen. Das kann doch nicht sein!« Sie schlug mit der flachen Hand auf die Tischplatte. »Was ist mit dem Verbindungsnachweis von Martens' Handy?«

»Der steht noch aus«, sagte Gerhard. »Aber ich bin dabei.«

Genervt schnalzte Sina mit der Zunge.

»Moment, da kommt gerade eine Mail aus Heidelberg«, verkündete Matthias und klickte in seinem Postfach auf die eingegangene Nachricht. Sina, die neben ihm saß, beugte sich vor, um mitlesen zu können.

Sie meinte ihren Augen nicht zu trauen. »Das gibt es doch nicht!«

Matthias schnaufte neben ihr. »Das wirft allerdings ein ganz neues Licht auf unser Opfer.«

»Um was geht es, bitte?« Marc sah mit fragender Miene von Sina zu Matthias.

»Entschuldige«, sagte Sina, nachdem sie den Bericht zu Ende überflogen hatte. »An Jochens Kleidung wurde die DNA von Lukas Martens sichergestellt. Die Übereinstimmung wurde angezeigt, nachdem der Leichnam des Jungen in der Rechtsmedizin untersucht und seine Daten ins System eingegeben worden waren.«

»Martens hat Jochen verprügelt?« Gerhard fuhr sich über die rechte Schläfe. »Der Junge ...« Er fasste sich an die Nasenwurzel. »Warum?«

»Das ist genau die Frage«, entgegnete Matthias, während er noch immer auf den Bildschirm vor sich starrte. »Was hat der tote Martens mit Jochen Völker zu tun?«

»Ich könnte Natascha anrufen«, überlegte Sina laut. »Oder wollt ihr das lieber machen?«

»Eine Nachfrage unter Schwestern.« Matthias nickte. »Ich denke, das geht in Ordnung, wenn du uns danach über ihre Antwort informierst.«

»Alles klar, Herr Kommissar.« Sina grinste.

»Uh, die Chefin ist heute gut drauf«, frotzelte Marc.

Sina sah ihn an. »Die Chefin ist immer gut drauf«, verbesserte sie ihn mit tadelndem Ton. »Merk dir das.«

Marc hob kapitulierend die Hände und lachte.

»Ihr müsst versuchen, herauszufinden, ob Jochen und Lukas Martens sich gekannt haben«, wurde Sina im nächsten Moment wieder ernst. »Vielleicht haben wir dann endlich eine neue Erkenntnis.«

Matthias nickte. »Ich rufe seine Sekretärin an und frage sie. Und wir müssen noch mal mit den Eltern des Toten sprechen.

Vielleicht wurde jemand aus der Familie oder Bekannte anwaltlich von Jochen vertreten.«

»Und das hat Lukas so wütend gemacht, dass er ihn krankenhausreif schlug?« Gerhard klang skeptisch.

»Ich glaube es eigentlich auch nicht, aber irgendeine Verbindung muss es zwischen den beiden geben. Martens muss ja einen Grund gehabt haben, auf sein Opfer einzuschlagen.«

»Das Opfer wird nun plötzlich selbst zum Täter«, erklärte Sina nachdenklich. »Merkwürdig.«

»Allerdings«, pflichtete Matthias ihr bei und erhob sich. »Begleitest du mich zu seinen Eltern?«

Sina nickte. »Ich rufe kurz Natascha an, dann bin ich so weit, okay?«

»Tu das. In der Zwischenzeit bespreche ich mit Marc und Gerhard die weitere Vorgehensweise.«

»Natascha, ich bin es«, meldete sich Sina zwei Minuten später, nachdem ihre Schwester das Gespräch angenommen hatte. »Gibt es Neuigkeiten?«

»Er ist stabil«, erwiderte ihre Schwester. Sie klang zuversichtlicher als in den letzten Tagen. »Ich hätte dich auch noch angerufen. Hast du später vielleicht etwas Zeit?«

Sina überlegte. »Wollen wir zusammen zu Mittag essen?«

»Das klingt gut. Dann kann ich jetzt noch ein Weilchen im Krankenhaus bleiben. Und nach dem Essen hole ich Jonas und Nele im Kindergarten ab.«

»Weswegen ich eigentlich anrufe«, lenkte Sina das Telefonat auf ihr ursprüngliches Anliegen zurück. »Sagt dir der Name Lukas Martens etwas? Hat Jochen ihn je erwähnt?«

Am anderen Ende der Leitung blieb es still.

»Natascha?«

»Ja, ich bin noch da. Ich überlege. Aber ich glaube nicht. Zumindest sagt mir der Name nichts. Hat er etwas mit dem Angriff auf Jochen zu tun?«

Sina zögerte. »Wir wissen es nicht genau. Möglicherweise.

Wir müssen dringend herausfinden, ob es eine Verbindung zwischen ihnen gibt … gab. Martens ist tot.«

»Was?«, platzte es aus Natascha heraus.

»Ja, wir stehen noch am Anfang unserer Ermittlungen. Lukas Martens ist der Jugendliche, der im Schlosspark erschlagen wurde.«

»Ich verstehe nicht …«

»Natascha, ich habe dir schon mehr gesagt, als ich dürfte. Tut mir leid. Und die eigentlichen Ermittlungen leitet Matthias. Du weißt, dass ich da außen vor bin.«

Sina beendete das Gespräch und verließ ihr Büro. »Wir können.«

Zehn Minuten später stellte Sina Matthias Lukas Martens' Mutter vor. »Wir hätten noch ein paar Fragen an Sie.«

»Bitte, kommen Sie herein. Mein Mann ist auch daheim.«

Ein kräftiger Mann Anfang fünfzig trat aus dem Wohnzimmer.

Erneut nannte Sina ihre Namen.

»Nehmen Sie doch Platz.«

Sibylle Martens rutschte unruhig auf ihrem Sessel herum. »Haben Sie schon eine Spur?«

Ihr Mann verzog keine Miene, sein Gesicht wirkte wie versteinert.

»Wir haben uns auf seiner Arbeitsstelle umgehört«, entgegnete Matthias vage.

Natürlich durften sie den Eltern keine Einzelheiten mitteilen, aber Sina wusste genau wie Matthias, dass Angehörige sich nach einer solchen Tragödie in einer absoluten Ausnahmesituation befanden. Matthias wollte ihnen mit seiner Aussage das Gefühl vermitteln, dass der Tod ihres Sohnes wichtig und ernst genommen wurde.

»Es haben sich neue Aspekte ergeben«, setzte Sina vorsichtig an. »Am späten Montagabend wurde ein Mann tätlich angegriffen.«

Arthur Martens nickte. »Am Wachenberg. Ich habe davon in der Zeitung gelesen.«

Sina nickte. »Genau. Und wir haben nun erfahren, dass an der Kleidung des Opfers die DNA Ihres Sohnes gefunden wurde.«

»Wie bitte?« Lukas' Mutter blickte voller Entsetzen zu ihrem Mann. »Das kann nicht sein.«

»Das heißt, Ihr Sohn war den ganzen Abend zu Hause?«, hakte Matthias behutsam nach.

»Wann war das?« Arthur Martens blinzelte hektisch.

»Am Montag«, wiederholte Sina.

»Am Montag«, murmelte Sibylle Martens. Sie griff sich an den Kopf. »Ich kann mich gar nicht konzentrieren. Arthur?«

»Montag.« Lukas' Vater stand auf und steuerte auf den Wohnzimmerschrank zu, bevor er kurz davor stehen blieb. »Montagabend war er nicht zu Hause.«

»Nein?« Die Stimme seiner Frau klang schrill.

Er schüttelte den Kopf. »Ich hatte ihn doch beim Abendessen gefragt, ob er mir in der Garage helfen wolle. Erinnerst du dich?« Er sah zu den Polizisten. »Unsere Garage ist undicht. Seit Monaten schon. Und da es momentan so warm ist, dachte ich …« Er brach ab und kratzte sich am Kinn. Fahrig gestikulierte er mit den Händen. »Unwichtig«, nuschelte er schließlich.

»Bist du sicher?« Seine Frau verzog das Gesicht.

Arthur Martens nickte. »Er war nicht daheim«, erwiderte er leise. »Lukas hat mich gefragt, ob wir das am Wochenende erledigen könnten. Er habe so viel für die Berufsschule zu tun und sei heute, also am Montag, noch verabredet.«

Sibylle Martens schluchzte auf. »Aber das kann doch nicht sein … Lukas würde doch nicht …« Sie angelte sich eine Packung Taschentücher vom Wohnzimmertisch, holte eines heraus und presste es sich an die Nase.

»Sagt Ihnen der Name Jochen Völker etwas?« Matthias wechselte einen kurzen Blick mit Sina.

»Völker?« Arthur Martens schien zu überlegen. »Wer soll das sein?«

»Das Opfer, das zusammengeschlagen wurde«, erklärte Matthias ernst.

Das Schluchzen von Frau Martens wurde lauter.

»Herr Völker ist Anwalt. Sie haben seine Dienste also noch nie in Anspruch genommen. Auch kein anderes Familienmitglied?« Sina betrachtete das trauernde Ehepaar. Was musste in deren Köpfen vor sich gehen? Zur Trauer um das eigene Kind kamen nun diese schweren Vorwürfe hinzu. Aber sie konnte es nicht ändern, sie hatten ihre Arbeit zu erledigen. Auch Jochen und seine Familie hatten ein Anrecht auf Aufklärung, genauso wie die Martens.

»Wir haben noch nie einen Anwalt benötigt«, brummte Lukas' Vater ungehalten. »Wozu auch?«

»Sollte sich herausstellen, dass Ihr Sohn tatsächlich der Täter war, muss es eine Verbindung geben. Es muss ein Motiv für seinen mutmaßlichen Angriff auf das Opfer geben.«

»Das Opfer?«, erboste sich Sibylle Martens. »Mein Sohn ist das Opfer. Mein Kind ist tot. Können Sie sich eigentlich vorstellen, wie wir uns fühlen? Sie kommen hierher und erzählen uns, unser Sohn sei ein … Krimineller?«

»Frau Martens, es tut uns sehr leid. Und wir können nachfühlen, wie es Ihnen gehen muss. Aber wir können nicht ignorieren, dass Ihr Sohn ganz offensichtlich Kontakt mit dem Opfer hatte. Herr Völker liegt schwer verletzt im Krankenhaus. Dass Ihr Sohn tot ist, ist ein sehr tragischer Umstand, das ist uns durchaus bewusst. Aber wir müssen den Spuren nachgehen, die uns vorliegen.« Sina bemühte sich um einen beschwichtigenden Tonfall.

Lukas' Mutter erwiderte nichts, sondern weinte nur still.

»Lukas ist kein Gewalttäter«, sagte sein Vater. »War kein Gewalttäter. Warum er …« Sein resignierter Blick spiegelte seine Unsicherheit, seine Hilflosigkeit wider.

Unmerklich nickte Matthias in Sinas Richtung. Sie verstand und erhob sich. »Sie haben uns sehr geholfen. Können Sie uns vielleicht noch sagen, mit wem Ihr Sohn am Montag verabredet war?«

31

Sina stand am Fenster und blickte zum Bahnhof gegenüber. Auf dem Vorplatz tummelten sich mehrere Leute. Eine Frau in ihrem Alter stand mit zwei kleinen Kindern vor dem Schaufenster der Buchhandlung. Eines der Mädchen knabberte an einer Brezel, während das andere auf etwas in der Auslage des Geschäfts zeigte, das Sina von ihrem Büro aus nicht erkennen konnte.

Sie musste an das gestrige Gespräch mit Matthias im Schwimmbad denken. Er wollte ihr seine Familie vorstellen, die Heimat seiner Mutter zeigen. Aber was wollte Sina? Sie hatte sich nur ausweichend geäußert, ihm keine klare Antwort gegeben. Irgendwann schien er gemerkt zu haben, dass sie zu mehr nicht bereit war, und hatte das Thema gewechselt. Sina schloss die Augen. Warum verhielt sie sich so zögerlich? Als sie mit Carlo zusammengekommen war, hatte es keine drei Wochen gedauert, bis er ihre und sie seine Eltern zum ersten Mal getroffen hatte.

Sie atmete tief durch und drückte ihre Stirn gegen die kühle Scheibe. Matthias war warmherzig und liebevoll. Sein Umgang mit Clara hatte ihr schon mehr als einmal das Herz erwärmt. Einer leiblichen Tochter gegenüber könnte er sich nicht fürsorglicher verhalten. Worauf wartete sie also? War sie nicht glücklich? Doch, gestand sie sich ein. Doch, das war sie. Und Matthias hatte an dieser Tatsache zweifelsfrei den größten Anteil. Was genau hielt sie weiterhin davon ab, ihren Eltern von ihm zu erzählen? Sina wusste, dass ihre Mutter von ihm begeistert sein würde. Und auch ihr Vater würde sich mit Sicherheit darüber freuen, dass seine alleinerziehende Tochter ihren oft anstrengenden Alltag nicht mehr allein bewältigen musste.

Das Klingeln des Telefons unterbrach ihre Grübelei. Sie kehrte zum Schreibtisch zurück. Der Kriminalrat.

Während Sina sich auf ihren Stuhl fallen ließ, hob sie den Hörer ab und meldete sich.

»Frau Engel«, setzte ihr Vorgesetzter an. »Gibt es Neuigkeiten?«

Sina zählte stumm bis drei, bevor sie zu berichten begann.

»Welchen Schluss ziehen Sie aus der DNA-Übereinstimmung?«, wollte Klaus-Peter Gans von ihr wissen, nachdem sie geendet hatte.

»Momentan sieht es ganz so aus, als habe Lukas Martens Jochen Völker tätlich angegriffen. Sowohl Martens' Familie als auch Völkers Frau konnten uns jedoch keine Verbindung zwischen den beiden bestätigen.«

»Motiv?«

Sina verdrehte die Augen. »Wir sind dabei.«

»Ein junger Kerl, der einen renommierten Anwalt verprügelt«, erwiderte Gans ernst. »Handy und Brieftasche des Opfers sind verschwunden, sagten Sie?«

»Ja«, bestätigte Sina. »Möglicherweise könnte es auch ein Raubüberfall gewesen sein.«

»Denken Sie, der Mord an Martens hat mit der Körperverletzung zu tun?«

»Auch das wissen wir noch nicht«, musste Sina zugeben.

»Und was ist mit dieser Vergewaltigungssache?«

Sina seufzte. »Ich mache mir sehr große Sorgen um das Mädchen. Die Tatsache, dass sie durch die mutmaßliche Vergewaltigung schwanger geworden ist, erschwert die Situation für sie um ein Vielfaches. Ich spreche später mit der Mutter.«

»Scheußlich.«

Sina schüttelte den Kopf. »Wir werden eine Lösung finden. Ich kann mir kaum vorstellen, dass sie dieses Kind austragen wird. Weiterhin versuchen wir, die beiden Männer ausfindig zu machen, die das Opfer und dessen Freundin an jenem Abend in dem Café getroffen haben.«

»Die Zusammenarbeit mit dem Kollegen Sommer klappt gut?«

Sina musste schmunzeln. »Ja, die klappt reibungslos.«

»Gut. Halten Sie mich auf dem Laufenden, Frau Engel.«

»Das werde ich, Herr Kriminalrat.«

Nachdem sie aufgelegt hatte, klopfte es an der Tür. »Ja!«

Matthias trat ein. »Gerhard und Marc koordinieren gerade die weitere Suche nach dem vermissten Mädchen.«

Sina erhob sich. »Das ist gut. Wir müssen sie unbedingt finden.«

»Alles okay?«

Sie zögerte »Ja, warum?«

»Ich meine nur, wegen gestern.«

Sie kaute auf ihrer Unterlippe.

»Ich wollte dich nicht überrumpeln.«

Sie bedeutete ihm, die Tür zu schließen. Dann trat sie zu ihm und nahm seine Hände in ihre. »Du hast mich nicht überrumpelt.« Sie hielt inne und lachte dann. »Oder doch, vielleicht ein wenig.«

»Tut mir leid.«

Sie schüttelte den Kopf. »Das muss dir nicht leidtun. Es ist einfach …« Sie wandte ihren Blick ab. »Es fühlt sich manchmal so unwirklich an, so … Ich weiß nicht.«

»Was fühlt sich unwirklich an?« Sein Blick wurde prüfend.

Sina fuhr mit einer Hand über seinen Verband. »Tut es noch weh?«

»Nein. Was fühlt sich unwirklich an, Sina?«

Sie schloss die Augen. »Das mit uns.«

Er zog sie an sich. »Für mich fühlt sich das sehr, sehr präsent an und sehr, wirklich sehr gut.«

Sie nickte. »Ich glaube, ich habe Angst«, flüsterte sie.

Matthias strich über ihr Haar. »Hatten wir das nicht schon?«

»Ich weiß, aber … ich kann es einfach nicht abschütteln.«

»Was muss ich tun?«, wollte er von ihr wissen, während er ihr Gesicht in seine Hände nahm und sie zwang, ihn anzusehen. »Was?«

Sina hob die Schultern. »Ich weiß es nicht …« Ihre Augen begannen zu brennen.

»Ich bin hier. Hier bei dir. Und es geht mir gut. Das am Dienstag, das war nur ein kleiner Kratzer.«

Sie nickte. »Das weiß ich doch, aber … Was ist beim nächsten Mal?«

»Willst du, dass ich meinen Job hinwerfe? Ist es das?«

»Nein«, widersprach sie hilflos. »Nein, natürlich nicht. Du bist ein hervorragender Polizist. Ich …«

»Es ist doch alles gut zwischen uns.« Seine Stimme wurde sanfter. »Nein, nicht gut, es ist perfekt.« Er streichelte ihre Wange. »Das ist es doch, oder?«

»Ja, das ist es«, stimmte sie ihm zu. »Ich bin … eine Katastrophe.«

»Nein, das bist du nicht.« Seine dunklen Augen funkelten sie an. »Du hast einen großen Verlust erlitten, den du nicht vergessen kannst. Vielleicht solltest du dir Hilfe holen.«

»Einen Psychologen?« Sina wollte einen Schritt zurücktreten, doch Matthias ließ sie nicht los.

»Warum nicht?«

»Nein«, wehrte sie ab. »Nein, ich brauche keine Therapie. Ich muss einfach …« Sie verstummte.

»Lass uns heute Abend weitersprechen, einverstanden? Ich muss noch einen Bericht schreiben und die Arbeitskollegen von Martens im System überprüfen.«

»Ich treffe mich gleich mit Natascha zum Mittagessen.«

»Dann wünsche ich euch viel Spaß. Entspann dich ein wenig.«

32

Natascha stand bereits am Brunnen, als Sina den Marktplatz erreichte. Lächelnd trat sie auf sie zu und umarmte sie. »Wartest du schon lange?«

»Zwei Minuten«, erklärte ihre Schwester. »Bin auch gerade gekommen.«

»Wo wollen wir essen?«

Natascha deutete auf eines der Restaurants.

Sina nickte. »Gute Wahl. Würdest du schon mal vorgehen? Ich muss noch kurz in das Café«, sie deutete schräg den Berg hinauf, »und etwas klären.«

»Kein Problem. Die Frau Kommissarin ist eben immer im Dienst.« Natascha lachte.

»Es bietet sich an, wenn ich gerade da bin«, erklärte Sina entschuldigend. »Ich beeile mich.«

»Ich kann uns ja schon mal Getränke bestellen.«

Sina nickte. »Für mich bitte eine große Apfelsaftschorle. Bis gleich.«

Nachdem sie das Café betreten hatte, in dem Anna Fromm und ihre Freundin den beiden jungen Männern begegnet waren, die unter Verdacht standen, die Jugendliche vergewaltigt zu haben, ließ sie routinemäßig ihren Blick über die Decke und Wände wandern. Doch wie erwartet gab es keine Überwachungskameras. Das wäre ja auch zu einfach gewesen, seufzte Sina stumm.

»Eine Person?« Eine Kellnerin Anfang zwanzig sah Sina fragend an.

Sina zückte ihren Ausweis und stellte sich vor. »Ich habe eine Frage.« Sie zog das Foto von Anna hervor, das diese ihr gestern überreicht hatte. »Diese junge Frau ist öfter Gast bei Ihnen. Kennen Sie sie?«

Die Kellnerin nahm ihr das Bild ab und hielt es sich sekundenlang dicht vor die Augen. Dann schüttelte sie den Kopf. »Wirklich bekannt kommt sie mir nicht vor, aber ... wir haben hier so viele Gäste ... Tut mir leid.« Sie zuckte mit den Schultern. »Soll ich meine Kollegin noch fragen?«

»Das wäre nett.«

Während die Kellnerin sich in den hinteren Teil des Cafés entfernte, drehte Sina sich um und blickte durch das Schaufenster. Ein älteres Paar überquerte gerade den Marktplatz. Vor dem Café waren drei Tische besetzt. An einem saß ein einzelner Mann und las Zeitung, an den anderen beiden unterhielten sich junge Leute miteinander.

»Tut mir leid. Viola kennt sie auch nicht.«

Frustriert nahm Sina das Bild wieder entgegen und überlegte. »Kameras gibt es hier nicht«, murmelte sie abwesend.

Die Kellnerin lachte. »Nee, wir sind ja keine Geheimbehörde.«

Sina deutete auf das Eingabegerät, das die junge Frau in ihren Händen hielt. »Sie sind für bestimmte Tische zuständig?«

Die Bedienung nickte. »Ja, wir haben das aufgeteilt.«

»Wenn ich Ihnen Tag, Uhrzeit und Tischnummer nenne, könnten Sie mir heraussuchen, was von den Gästen bestellt wurde?«

Die Kellnerin runzelte die Stirn. »Kommt darauf an, von wann.«

»Etwa vor sechs Wochen«, erwiderte Sina.

Die Angestellte nickte. »Das ist kein Problem. Ich habe befürchtet, Sie wollten Informationen aus dem letzten Jahr.«

»Wie lange arbeiten Sie heute noch?«

»Bis zwanzig Uhr.«

»Ich melde mich später und gebe Ihnen die Daten durch.«

»Kein Problem. Verlangen Sie einfach nach Ina.«

Sina bedankte sich und verließ das Café. Zwei Minuten später saß sie Natascha gegenüber und sah sie abwartend an.

»Warst du erfolgreich?«, wollte diese von ihr wissen.

»Jein.« Sina nippte an ihrer Apfelsaftschorle.

»Klingt weniger gut.«

Sina fuhr mit ihrem Zeigefinger an dem beschlagenen Glas entlang. »Es geht nicht wirklich voran. Wir stochern im Dunkeln und können momentan nur hoffen, irgendwo die entscheidende Spur zu finden.« Sie schnaufte. »Viele offene Fragen, aber keine Antworten in Sicht.«

»Aber ihr habt ja Verstärkung.« Natascha lächelte vielsagend.

»Auch Matthias kann keine Wunder bewirken.« Sina dachte nach. »Er hat mich gefragt, ob ich …«

»Ob du …?« Das Gesicht ihrer Schwester nahm einen wachsamen Ausdruck an.

»Ob Clara und ich mit ihm in Urlaub fahren. Nach Südfrankreich. Zu seiner Familie.«

Nataschas Miene erhellte sich. »Das ist doch toll. Ich habe schon gedacht, er hätte um …« Sie brach ab.

»Wir sind seit Februar zusammen«, erinnerte Sina sie. »Und ich habe ein Kind. Ich glaube nicht, dass er schon so weit denkt.«

»Und du?« Natascha musterte sie. »Wie weit denkst du?«

Sina erwiderte nichts, sie musste wieder an das Gespräch im Schwimmbad denken.

»Sina?«

»Ich weiß es nicht.«

»Wie bitte?« Ihre Schwester sah sie mit offenem Mund an. »Was ist los? Hattet ihr Streit?«

»Nein«, wehrte sie sofort ab. »Nein, überhaupt nicht. Es ist …« Sie schloss kurz die Augen. »Keine Ahnung.«

»Du bist doch glücklich mit ihm.«

Sie nickte. »Ja, das bin ich. Sehr sogar.«

»Du hast Angst«, stellte Natascha kopfschüttelnd fest. »Meine toughe Schwester hat Angst.«

»Nein, das ist es nicht …« Sina lehnte sich zurück. »Oder doch.« Sie nickte. »Doch. Du hast recht.«

»Wovor?«

Sie hob die Schultern. »Vor … Dass ich ihn … dass ich nicht ohne ihn … Ach, Scheiße«, fluchte sie und kämpfte mit den Tränen.

Natascha nahm ihre Hand und drückte sie. »Du hast Angst, dass du ihn verlierst.«

Sina schluckte.

»Aber die Wahrscheinlichkeit ist doch gleich null, dass ihm etwas Ähnliches passiert wie Carlo. Meinst du nicht?«

Sina zögerte.

»Was ist denn noch?« Ihre Schwester kannte sie einfach zu gut.

»Seine Ex-Freundin … Ex-Verlobte«, verbesserte Sina sich sofort. »Ständig ruft sie an. Und ich habe Clara …«

»Na und?« Natascha klang entrüstet. »Was willst du damit sagen?«

»Matthias will doch sicher irgendwann eigene Kinder.«

»Sina, du bist Anfang dreißig. Wenn ihr weitere Kinder wollt, könnt ihr jederzeit welche bekommen.«

»Aber Clara ist nicht seine …«

»Mann, Sina. Deine Probleme wollte ich mal haben«, empörte sich Natascha, bevor sie ihre Stimme senkte. »Du hast einen supertollen Mann an deiner Seite. Und du erzählst mir doch immer wieder, wie sehr er an Clara hängt. Ihr Vater ist tot. Daran kannst du nichts mehr ändern. Warum genießt du es nicht, dass du jemanden gefunden hast, der dich … liebt? Dich und Clara.«

Sinas Magen krampfte sich bei den Worten ihrer Schwester zusammen. »Er hat noch nie gesagt, dass er …«

»… dich liebt?« Natascha schürzte ihre Lippen. »Muss er das denn?«

Sina rief sich ins Gedächtnis, dass Matthias am Wochenende oft mit Clara spazieren ging, um ihr eine kleine Verschnaufpause zu verschaffen. Dass er ab und zu nachts aufstand, wenn ihre Tochter weinte. Musste er ihr ausdrücklich sagen, dass er sie liebe? Waren es nicht die kleinen Gesten, ein zarter Kuss, eine kurze Umarmung, die ihr zeigten, was sie ihm bedeutete?

»Du hast Angst«, stellte Natascha erneut fest. »Angst, dass eure Beziehung offiziell wird.« Sie malte Anführungszeichen in die Luft. »Wenn du erst mal seine Familie kennst …« Sie nickte nachdrücklich. »Du hast Angst vor deinen eigenen Gefühlen. Dass du erneut verletzt wirst, wenn du dich auf mehr einlässt. Sei es durch seinen Job oder durch irgendwelche imaginären Konkurrentinnen.«

»Imaginäre Konkurrentinnen?«, erboste sich Sina und verschränkte ihre Arme. »Ich bilde mir Nathalie nicht ein. Sie ist …«

»Du kannst mir nichts vormachen, Süße«, erwiderte Natascha ruhig. »Du hast Angst vor dem nächsten Schritt.« Ihr Blick wurde nachdrücklicher. »Aber ich verrate dir etwas, Sina. Es ist zu spät. Du liebst diesen Kerl. Und zwar mehr, als du dir selbst eingestehst. Sieh dich nur an, wenn du von ihm redest.« Sie nickte. »Du belügst dich nur selbst. Hör auf dein Herz! Tief in deinem Inneren freust du dich über seine Frage. Wenn er dich seiner Familie vorstellen möchte, ist es ihm genauso ernst wie dir.«

»Du bist furchtbar«, flüsterte Sina, da ihr schlagartig klar war, dass Natascha recht hatte.

»Kann sein.« Ihre Schwester zuckte scheinbar gleichgültig mit den Achseln. »Aber ich sage die Wahrheit. Und das weißt du auch ganz genau.«

Als die Bedienung kam, bestellten sie sich beide einen großen Frühlingssalat.

»Genieße es, Sina. Du hast es verdient. Und Clara auch.«

Sie nickte. »Was ist mit dir?«

Natascha winkte ab. »Keine Ahnung. Scheint, dass meine Ratschläge bei mir selbst nicht taugen.«

»Was willst du tun?« Als Sina sie betrachtete, schwappte eine Welle der Zuneigung über sie hinweg. Während sie wegen scheinbarer Belanglosigkeiten jammerte, plagten ihre Schwester wesentlich gravierendere Probleme.

»Ich habe mit Heiko Schluss gemacht.«

»Was?«

Natascha verzog die Mundwinkel. »Ich kann das nicht. Ich … ich erkenne mich selbst kaum wieder.« Sie blickte Sina offen ins Gesicht. »Ich habe meinen Mann betrogen«, raunte sie. »Kannst du dir das vorstellen?«

Sina verdrängte das Bild, dass sich ihr augenblicklich aufdrängte, und schüttelte den Kopf.

»Das passt überhaupt nicht zu mir.« Ihre Schwester nestelte an ihrem Schlüsselbund herum. »Ich habe Heiko heute früh gesagt, dass wir uns nicht mehr treffen können.«

»Und? Wie hat er reagiert?«

Natascha lachte kurz auf. »Er hat es verstanden. Irgendwie. Denke ich zumindest.«

»Er wollte mehr?«

»Er hatte schon öfter davon gesprochen, dass wir eine Entscheidung treffen müssten.«

»Denkst du, er hätte sich wirklich von seiner Frau getrennt?« Sina zögerte. »Matthias hat mit ihr geredet. Er hat ihr nicht gesagt, worum es ging, nur dass er wissen müsse, wo ihr Mann Montagabend war.«

»Und?«

»Sie hat sein Alibi bestätigt.«

»Alibi«, presste Natascha in ungläubigem Ton hervor. »Manchmal denke ich, dass ich mich im falschen Film befinde.«

»Was willst du Jochen sagen?«, wollte Sina wissen.

Ihre Schwester schüttelte den Kopf. »Er würde ausflippen, wenn er von Heiko und mir wüsste. Aber … wenn ich ihn da liegen sehe … so hilflos.« Sie sah Sina in die Augen. »Ich weiß nicht, was ich tun soll. Und ich verrate dir etwas: Ich habe furchtbare Angst vor dem Moment, wenn er wieder aufwacht.«

33

»Frau Fromm, mein Name ist Sina Engel. Das ist mein Kollege Herr Fornack«, stellte sich Sina Annas Mutter vor.

»Was kann ich für Sie tun?« Die Frau blickte abwartend von Marc zu Sina.

»Ihre Tochter hat noch nicht mit Ihnen gesprochen?«

Senta Fromm schüttelte den Kopf. »Anna.« Sie drehte ihren Kopf Richtung Flur. »Kommst du mal bitte?«

»Dürften wir hereinkommen?«

Sichtlich ungehalten trat Annas Mutter zur Seite. Offene Türen auf der rechten Seite führten zu Küche und Wohnzimmer. Als gegenüber eine weitere Tür aufging, erschien Anna im Rahmen.

»Frau Engel?«, sagte sie leise.

»Was ist hier los?« Ihre Mutter sah von Sina zu ihrer Tochter. »Was hast du mit der Polizei zu schaffen?«

Anna senkte den Blick.

»Frau Fromm, können wir uns setzen und in Ruhe sprechen?«

»Ich verstehe nicht …« Annas Mutter verzog die Mundwinkel. »Gut, kommen Sie.« Sie deutete ins Wohnzimmer.

Während sie sich auf das beigefarbene Sofa setzten, bemerkte Sina, wie Senta Fromm ihrer Tochter einen fragenden Blick zuwarf.

»Möchtest du beginnen, oder soll ich …?«, wandte sie sich an das Mädchen, nachdem dieses sich einen Esszimmerstuhl herangezogen hatte.

Kaum hörbar begann Anna, von dem Abend zu berichten, an dem sie vergewaltigt worden war. Sina beobachtete Senta

Fromm, deren Gesichtsausdruck erst Ungeduld widerspiegelte, bevor er sich in Wachsamkeit, schließlich in Entsetzen wandelte.

»Das kann doch nicht sein!«

»Es tut mir leid, Mama.«

»Es tut dir leid?«, explodierte ihre Mutter. »Was waren das denn für Typen? Und wie oft habe ich dir gesagt, dass du nicht ...« Sie brach ab und schüttelte den Kopf. »Wo war Lilli? Ich verstehe das einfach nicht.«

»Frau Fromm, können Sie sich an den Abend erinnern? Als Ihre Tochter nach Hause kam?«

Erst erwiderte die Mutter nichts, bevor sie mit den Händen über ihre Augen fuhr. »Natürlich erinnere ich mich daran. Anna war ... Ich nahm an, sie sei total betrunken. Sie war fast nicht ansprechbar, torkelte nur herum, konnte sich kaum auf den Beinen halten.« Sie klang verärgert.

»Nur dass Ihre Tochter nichts getrunken hatte. Diese jungen Männer scheinen ihr etwas in ihr Getränk geschüttet zu haben, als Anna auf der Toilette war.« Sina warf Anna einen beruhigenden Blick zu.

»Wir leben nicht in irgendeiner Großstadt«, presste Senta Fromm hervor.

»Leider sind wir auch in einer kleineren Stadt wie Weinheim nicht davor gefeit«, widersprach Marc in ernstem Ton.

Senta Fromm sah wieder ihre Tochter an. »Wenn du dich an nichts erinnern kannst, woher willst du dann wissen, dass sie dich ...« Ihre Stimme versagte.

Anna begann zu weinen.

»Vielleicht ist ja gar nichts passiert.« Im Tonfall ihrer Mutter schwang ein Hauch Hoffnung mit.

Sina atmete tief durch. »Leider hat sich die Befürchtung Ihrer Tochter bewahrheitet. Anna war bei der Frauenärztin, die festgestellt hat, dass sie schwanger ist.«

»Was?« Jetzt begann auch Senta Fromm zu weinen. »Das

ist ja ... Warum hast du nicht mit mir geredet? Seit wann weißt du das denn schon?«

»Frau Fromm, ich glaube, Ihre Tochter könnte jetzt Ihre Unterstützung gebrauchen«, sagte Sina vorsichtig. Anna hatte ihr Gesicht in den Händen verborgen, ihre Schultern bebten unablässig.

Frau Fromm wollte etwas auf Sinas Bemerkung erwidern, blieb dann aber stumm und erhob sich, um auf ihre Tochter zuzugehen und einen Arm um ihre Schultern zu legen. Sie beugte sich hinab und strich Anna ein paar Strähnen aus der Stirn.

»Ich wollte das nicht, Mama«, schluchzte der Teenager. »Es tut mir so leid. Ich wusste nicht, dass sie ...«

»Frau Fromm, Ihre Tochter ist hier eindeutig das Opfer. Nach so langer Zeit können wir leider nicht mehr nachweisen, was man ihr ins Getränk geschüttet hat. Aber die offensichtlichen Gedächtnislücken und Ihre Beschreibung von Annas Verhalten an jenem Abend lassen kaum Zweifel zu.«

Senta Fromm begann abwesend, ihrer Tochter über den Rücken zu streicheln, während diese weiter verzweifelt schluchzte.

»Wer war das?« Frau Fromms Stimme klang kalt und distanziert.

»Das werden wir herausfinden«, entgegnete Marc routiniert.

»Was ist mit der Schwangerschaft?«

Hilfesuchend umklammerte Anna den Arm ihrer Mutter, als wolle sie sie nie wieder loslassen.

»Wie auch immer Ihre Tochter sich entscheidet, wird es eine Lösung geben«, erklärte Sina, während sie ergriffen die Szene beobachtete. »Da es sich zweifelsfrei um ein Verbrechen handelt, wird es keine rechtlichen Probleme geben, die Schwangerschaft zu beenden.«

»Wie meine Tochter sich entscheidet?«, ertönte Senta

Fromms Stimme schrill. »Hier geht es um keine Entscheidung. Anna wird mit Sicherheit nicht das Kind eines Vergewaltigers großziehen.«

Sina nickte beipflichtend. »Ich kann Ihre Meinung sehr gut nachvollziehen, aber letztlich ist es die Entscheidung von Anna.«

Senta Fromm erhob sich wieder und strich ihrer Tochter über den Scheitel. »Das müssen diese Schweine büßen.«

»Mama, ich ... ich habe Angst.«

Hilfesuchend blickte Senta Fromm zu Sina.

»Wir helfen dir, Anna. Deine Mutter wird dich unterstützen, und wir werden alles tun, um den Vorfall aufzuklären.«

»Wenn ich diesen ... diesen Kerlen noch mal gegenübertreten muss ...«

»Wir finden eine Lösung. Jeder wird dafür Verständnis aufbringen, dass dir eine Gegenüberstellung mit den Tätern nicht zuzumuten ist.«

»Vielleicht wissen sie, wo ich wohne«, hauchte sie mutlos. »Ich habe keine Ahnung, was ich ihnen erzählt habe.«

»Wir geben der Streife Bescheid, dass sie euer Wohnhaus im Blick behalten«, erklärte Sina ohne Zögern und signalisierte Marc, dass er sich darum kümmern solle. Auch wenn sie noch keine Genehmigung vom Kriminalrat hatte, konnte sie sich kaum vorstellen, dass es Probleme bei der Bewilligung gäbe.

»Ich könnte mir ein paar Tage Urlaub nehmen«, schlug Senta Fromm vor, während sie ihre Tochter abwartend ansah.

Anna zuckte mit den Achseln. »Du bist nicht mehr böse?«

Ihre Mutter schüttelte den Kopf. »Ich war dir doch nicht böse, Anna. Es ist nur ... Ich wollte dich immer beschützen. Allein, ohne deinen Vater, ich habe mich bemüht, für dich da zu sein, obwohl ich arbeiten muss. Und jetzt weiß ich nicht ...«

»Es ist nicht Ihre Schuld, Frau Fromm«, mischte sich Sina

ein. »Leider können wir unsere Kinder nicht vor allen Unwägbarkeiten des Lebens schutzen, auch wenn wir uns das gern einreden.«

»Finden Sie sie«, zischte Senta Fromm leise. »Bitte.«

34

Sina öffnete die Mail und überflog die Verbindungen von Lukas Martens' Smartphone. An dem Tag, an dem er ermordet wurde, hatte er fünfmal telefoniert. Morgens um halb zehn hatte er einen Arzt, vermutlich seinen Hausarzt, kontaktiert, gegen vierzehn Uhr hatte er seine Krankenkasse angerufen, eine Stunde später mit seiner Mutter telefoniert. Am Nachmittag war noch ein Anruf bei einem Baumarkt in Viernheim registriert. Und am späten Nachmittag hatte er den Privatanschluss von Florian Jacoby angerufen. Sina schrieb sich den Namen auf und verließ ihr Zimmer.

Es herrschte Stille im Großraumbüro. Matthias war wegen seines Arms beim Arzt, Gerhard und Marc unterstützten die Kollegen bei der Suche nach der vermissten Katinka Lungwitz. Sina sah auf ihre Notizen. Sie vermutete, dass es sich bei Florian Jacoby um einen Freund von Lukas handelte. Vielleicht konnte er ihr weiterhelfen.

Sie verließ das Revier und fuhr Richtung Stadtmitte, wo Jacoby wohnte. In der Grundelbachstraße stellte sie den Wagen ab und steuerte auf das Gerberbachviertel zu, einen Stadtteil Weinheims, der aus vorwiegend denkmalgeschützten Fachwerkhäusern bestand, die sich zum größten Teil in einem hervorragenden sanierten Zustand befanden.

Während Sina durch die Gasse ging, fühlte sie sich fast wie in alte Zeiten zurückversetzt. Das Viertel war Hauptattraktion jeder Stadtführung, Nabel der alljährlich stattfindenden Kerwe im August und Anziehungspunkt für Touristen aus nah und fern. Als sie die gesuchte Hausnummer in der Gerbergasse fand, holte sie ihren Ausweis hervor und klingelte.

»Ja, bitte?« Nur wenige Sekunden später wurde die Tür von einer älteren Frau geöffnet, die Sina auf Mitte siebzig schätzte.

Sie stellte sich vor und fragte nach Jacoby.

»Florian«, rief die Frau in den Hausflur hinein. »Besuch für dich!« Dann wandte sie sich wieder an Sina. »Hat mein Enkel etwas angestellt?«

Sina lächelte. »Nein, es geht um Lukas Martens. Ich habe nur einige Fragen an Florian.«

Die Ältere runzelte die Stirn. »Lukas? Was ist denn mit ihm?«

Sina stockte. »Sie wissen es noch nicht?«

»Was soll ich wissen?«

Sina atmete durch. »Darf ich reinkommen?«

Florians Oma fasste sich an die Stirn. »Wie unhöflich von mir! Entschuldigen Sie bitte.«

Nachdem Sina den Eingangsbereich betreten hatte, rief die ältere Frau erneut: »Florian, kommst du bitte mal!« Sie zeigte auf ihre Ohren. »Der Junge hat immer Kopfhörer auf.« Sie kräuselte ihre Lippen. »Zur Entspannung, Oma«, zitierte sie ihn und schüttelte den Kopf. »Die jungen Leute … Aber was ist denn nun mit Lukas?«

»Er ist …«, setzte Sina an, als auf der steilen Holztreppe lautes Getrampel ertönte.

»Was ist, Oma?«

Ein junger Mann eilte die Stufen hinunter und hielt erst inne, als er Sina erblickte. »Du hast Besuch?«

»*Du* hast Besuch«, verbesserte ihn seine Großmutter. »Das ist Frau Engel von der Polizei«, erklärte die ältere Frau tadelnd.

»Polizei? Schon wieder?« Der Jugendliche blinzelte.

»Schon wieder?«, hakte auch Sina nach, nachdem sie ihm ihren Ausweis gezeigt hatte.

»Ihre Kollegen waren doch bei uns im Betrieb. Wegen Katinka«, erklärte er bereitwillig. »Ein Herr … Sommer, glaube ich.«

Sina nickte, während sie sich bemühte, die Zusammenhänge zu verstehen. »Was haben Sie mit Katinka zu tun?«

»Ich arbeite in dem Malerbetrieb, wo sie ein Praktikum absolviert.« Er zuckte mit den Achseln. »Also, ich mache dort eine Ausbildung, genauer gesagt.«

Sina speicherte die Information in ihrem Hinterkopf ab, bevor sie auf den eigentlichen Grund ihres Besuchs kam. »Es geht um Lukas Martens.«

»Lukas?« Jacoby schien überrascht. »Was hat der denn damit zu tun?«

»Sie kennen ihn?«

»Ja, klar«, erwiderte der junge Mann ungeduldig. »Wir sind befreundet, schon lange.«

»Wann haben Sie Lukas Martens das letzte Mal gesehen?«

Unsicher blickte er zu seiner Oma. »Was … Ist etwas passiert?«

»Lukas Martens wurde gestern früh tot aufgefunden«, erklärte Sina mit ernster Stimme. »Es tut mir sehr leid.«

»Was?«, platzte es aus Florian Jacoby heraus, während seine Oma schmerzvoll aufstöhnte.

Sina nickte. »Wann hatten Sie das letzte Mal mit ihm Kontakt?«

Florian erwiderte sekundenlang nichts, starrte nur auf den Boden.

»Am Mittwoch«, murmelte er schließlich. »Er hat mich am Mittwochabend angerufen. Gegen sechs oder so.«

Sina rief sich den Verbindungsnachweis ins Gedächtnis, er sagte die Wahrheit. »Was wollte er von Ihnen?«

»Nichts Besonderes. Einfach reden.« Er verstummte. »Er wollte sich mit mir treffen. Aber …« Er schloss die Augen. »Scheiße!«

»Florian«, mahnte ihn seine Großmutter.

»Wir hatten uns verabredet, aber …« Er schluckte. »Ich … ich bin vorher eingepennt. Wir wollten uns im Schlosspark treffen, aber … ich hatte mich gegen sieben hingelegt und bin erst kurz vor zehn wieder aufgewacht.«

»Sie haben ihm nicht abgesagt?«, vergewisserte Sina sich.

»Nein«, bestätigte er. »Wir waren für acht verabredet. Aber da er sich nicht mehr gemeldet hatte, dachte ich, er sei sauer, weil ich ihn versetzt hatte.«

»Sie hatten ihm am nächsten Tag eine Nachricht geschrieben und sich entschuldigt.« Sina hatte auch dies auf dem Nachweis gesehen.

Er nickte.

»Kam es Ihnen denn nicht komisch vor, dass er nicht nachgefragt hatte, warum Sie nicht zu Ihrer Verabredung kamen?«

»Schon, klar. Aber ich dachte eben, er sei sauer, weil ich es verpeilt hatte. Ich konnte doch nicht wissen, dass er …«

Tränen glänzten in seinen Augen.

»Schon gut, Junge«, tröstete ihn seine Oma. »Was ist denn passiert?«

»Ich darf Ihnen leider nichts zu den laufenden Ermittlungen sagen«, erklärte Sina bedauernd, »aber er ist gewaltsam zu Tode gekommen.«

»Oh Gott!«, entfuhr es der alten Frau.

»Das kann doch nicht sein«, nuschelte Florian sichtlich entsetzt.

»Wo wart ihr verabredet?«

»Im Schlosspark«, erwiderte Florian wie in Trance. »Da haben wir uns meistens getroffen, wenn wir abhängen wollten.«

»Allein? Oder waren manchmal auch andere dabei?«

»Meistens nur wir beide. Ab und an haben wir uns natürlich auch zu mehreren getroffen. Aber Lukas hat ja im Büro gearbeitet und ich bei Wümmer.«

»Ihr kanntet euch aus der Schule?«, wollte Sina wissen.

Er nickte. »Ja, wir kennen uns … kannten uns seit der ersten Klasse.«

»Die beiden haben sich immer gut verstanden«, warf Florians Oma ein. »Selbst als meine Tochter und ihr Mann noch lebten …« Sie hob ihre Brauen. »Lukas und Florian waren fast wie Brüder.«

»Hatte Lukas in letzter Zeit davon gesprochen, dass er mit jemandem Ärger hatte? Dass es Probleme gab? Vielleicht auf der Arbeit? In der Familie?«

Die ältere Dame winkte ab. »Der Lukas doch nicht, das war ein ganz Lieber.«

Auch Florian schüttelte den Kopf. »Nein, nicht dass ich wüsste. Er war wie immer.«

Als Sina sich verabschieden wollte, fiel ihr noch etwas ein. »Kannte Lukas Katinka?«

Florian überlegte. »Nein, woher auch? Sie war ja erst seit einer Woche bei uns. Und Lukas hat mich noch nie bei der Arbeit besucht.«

Das wäre ja auch zu schön gewesen, dachte Sina resigniert. Wobei sie es trotzdem merkwürdig fand, dass Florian Jacoby sowohl die vermisste Katinka Lungwitz als auch den ermordeten Lukas Martens kannte. Ein Aspekt, den sie wohl näher würden beleuchten müssen.

»Das ist in der Tat seltsam«, sagte Matthias, während er auf den Bildschirm sah und die Datenbank durchforstete.

»Es kann Zufall sein«, pflichtete Sina ihm bei. »Ich sehe den Zusammenhang nicht.«

»Und dieser Jacoby wusste auch nichts von Martens' Überfall auf deinen Schwager?« Gerhard fuhr mit dem Schreibtischstuhl ein wenig zur Seite.

»Nein. Die beiden hatten auch an diesem Tag telefoniert, aber sich angeblich nicht gesehen«, erklärte Sina nachdenklich.

»Du glaubst ihm nicht?«

Sie spürte Marcs Blick auf sich und zuckte mit den Achseln. »Ich weiß es nicht,« Sie schüttelte den Kopf. »Er war an beiden Tagen daheim, das hat seine Oma bestätigt.«

»Seine Oma?« Der Unterton in Gerhards Stimme spiegelte wider, für wie glaubwürdig er die Aussage einer Verwandten hielt.

»Ich sehe den Zusammenhang nicht«, entgegnete Sina erneut. »Wenn wir davon ausgehen, dass es Lukas Martens war, der Jochen angegriffen hat, wie passt dann der Mord an ihm ins Bild? Jochen liegt im Krankenhaus. Und er ist der Einzige, der den Täter gesehen hat. Der Zeugenaufruf hat uns keine weiteren Informationen eingebracht.«

»Sowohl Lukas Martens als auch Florian Jacoby sind unbeschriebene Blätter«, mischte sich Matthias wieder ins Gespräch ein.

»Vielleicht liegen wir doch falsch«, sagte Sina. »Was ist, wenn Martens und Jochen sich … beim Bäcker oder … ganz harmlos auf der Straße begegnet sind?«

»Du hast recht«, stimmte Marc ihr zu. »Die DNA von Martens kann auch schon vor dem Angriff auf Jochen Völkers Kleidung gelandet sein.«

Sie überlegte. »Wir übersehen irgendetwas.«

»Was ist mit der Verbindung zwischen Jacoby und Katinka Lungwitz?«, fragte Marc.

»Sie kennen sich natürlich«, erklärte Matthias. »Von der Arbeit. Ich werde den Chef, diesen Wümmer, sowie den Mitarbeiter, mit dem Katinka zusammengearbeitet hat, noch mal durchleuchten.«

»Was ist mit den Eltern?«, gab Sina zu bedenken. »Sollten wir hier erneut ansetzen?«

Marc rutschte auf seinem Stuhl vor. »Ich kann mich darum kümmern. Bisher konnten wir nichts finden, es scheint sich um unbescholtene Bürger zu handeln. Aber …« Er hob die Hände.

»Verdammt!«, rutschte es Sina heraus. »Wir haben nichts anderes. Gans will endlich Ergebnisse. Langsam glaube ich, dass Katinka doch freiwillig abgehauen ist. Vielleicht ist sie wirklich ins Ausland. An die Küste, was weiß ich, wohin.«

»Das wäre die sicherste Alternative für einen guten Ausgang«, ergänzte Gerhard ernst. »Immerhin ist sie seit Montagabend verschwunden.«

»Ihr Handy wurde nicht mehr eingeschaltet?«, hakte Sina nach.

Matthias schüttelte den Kopf.

35

»Chiara, wir müssten noch mal kurz mit dir sprechen«, setzte Sina an, während sie dem Mädchen die Hand hinstreckte.

Chiara sah besser aus als bei ihrem ersten Besuch. Sie schien die Erkältung überstanden zu haben.

»Kommen Sie doch herein«, bat Frau Lemke, die hinter ihre Tochter getreten war.

Sina und Matthias wechselten einen kurzen Blick miteinander, bevor sie das Haus betraten.

»Haben Sie Katinka gefunden?«, wollte das Mädchen hoffnungsfroh von ihnen wissen.

»Leider nein. Aber genau deshalb möchten wir noch mal mit dir reden. Hat Katinka dir gegenüber irgendwann den Namen Florian Jacoby erwähnt? Oder Lukas Martens?«

Chiara schob ihren Unterkiefer vor und schien nachzudenken. »Nein«, entgegnete sie kurz darauf. »Ich glaube nicht … Wer soll das sein?«

Sina ignorierte die Frage. »Hat sie dir von ihrem Praktikum erzählt?«

Chiara nickte. »Ja, klar. Die Arbeit hat ihr total Spaß gemacht. Die Jungs seien sehr nett und locker drauf.«

»Sie hat sich dort wohlgefühlt? Niemand hat sie … schlecht behandelt? Sie vielleicht bedrängt?« Sina war klar, dass sie im Dunkeln stocherten.

»Nein, im Gegenteil. Katinka hat sich ernsthaft überlegt, sich dort für einen Ausbildungsplatz zu bewerben. Also, nach dem Abi.«

»Haben ihre Eltern sich dazu geäußert?«, wollte Matthias wissen.

Chiaras Mutter lachte kurz auf. »Also, Mareike und Karsten wären sicher wenig erfreut, wenn Katinka eine Malerlehre anstreben würde.«

Ihre Tochter zuckte mit den Achseln. »Ich glaube, sie hat nicht mit ihren Eltern darüber gesprochen. Zumindest hat sie mir nichts erzählt. Aber es ist doch ihre Sache, oder? Wenn es ihr Spaß macht.« Sie zögerte. »Ich bin ja gerade im Kindergarten, aber ich würde dort ganz bestimmt nicht arbeiten wollen. Das Geschrei und Gewusel, die Unruhe …« Sie verzog ihre Lippen. »Nee, das ist nichts für mich.«

»Ich denke, das Praktikum soll den Schülern erst mal nur einen Einblick in die Berufswelt geben«, erklärte Frau Lemke. »Dass Katinka die Arbeit Spaß gemacht hat, heißt meiner Meinung nach nicht, dass sie das in zwei Jahren noch genauso sieht. Die Mädchen sind sechzehn.«

»Eine Klassenkameradin arbeitet auf einem Reiterhof. Aber von ihr weiß ich auch safe, dass sie das niemals beruflich machen möchte«, berichtete Chiara grinsend. »Die meisten von uns waren einfach froh, dass sie einen Praktikumsplatz gefunden haben. Egal, wo.«

»Was ist mit den beiden Namen, die Sie genannt haben?«, hakte Frau Lemke nach.

»Nichts«, erwiderte Sina und bemühte sich, ihre Genervtheit zu verbergen. »Wir wollten nur klären, ob Chiara uns etwas dazu sagen kann.«

Diese schüttelte erneut den Kopf. »Ich kenne sie nicht. Und Katinka hat sie mir gegenüber auch nie erwähnt.«

Sina drehte sich um ihre eigene Achse. Von der Grundelbachstraße drang Verkehrslärm zu ihr herauf. Viele Pendler aus dem Odenwald befanden sich auf dem Nachhauseweg. Sie kniff die Augen zusammen und nahm die Umgebung in sich auf. Der steile Burgweg lag menschenleer vor ihr. Wo war die Verbindung zwischen dem Toten und ihrem Schwager? Weder

Lukas' Eltern noch Natascha hatten ihnen weiterhelfen können. Als der Jugendliche erschlagen worden war, lag Jochen bereits schwer verletzt im Krankenhaus. Rache konnten sie als Motiv definitiv ausschließen. Und wie passte Florian Jacoby ins Bild? Er kannte sowohl Lukas als auch Katinka, Jochens Name hatte ihm allerdings ebenfalls nichts gesagt.

Und wo war Katinka? War sie freiwillig untergetaucht oder entführt worden? Oder gar Schlimmeres? Sina seufzte. Noch immer hegte sie das dumpfe Gefühl, dass sie irgendetwas übersahen. Sie ging ein paar Schritte die Steigung hinauf, um abzuschätzen, wie weit das erste Haus von dem Fundort, wo Jochen gelegen hatte, entfernt war. Nach einigen Metern blieb sie stehen und sah nach oben. Die scharfe Kurve verhinderte den Blick von der Straße her auf den mutmaßlichen Tatort. Warum hatten sich Martens und Jochen getroffen? Nach wie vor wussten sie nicht, was Sinas Schwager an jenem Abend hier oben gewollt hatte. Und was hatte Lukas hier gemacht? Laut Nataschas Aussage wohnten keinerlei Bekannte von ihnen in dieser Gegend. Die Befragungen der Anwohner durch Gerhard und Marc hatten auch nichts ergeben.

Was hast du hier gemacht?, fragte sich Sina zum wiederholten Mal, als ihr Handy klingelte. »Natascha«, begrüßte sie ihre Schwester nach dem Blick aufs Display.

»Die Ärzte meinen, Jochen würde in den nächsten Stunden aufwachen«, schluchzte diese ohne Begrüßung ins Telefon.

»Aber das ist doch toll«, sagte Sina verwundert.

»Ja, ist es«, stimmte Natascha ihr zu. »Aber ... ich weiß einfach nicht, wie ich mich ihm gegenüber verhalten soll, wenn er ...«

Ihre Stimme versagte.

»Natascha«, setzte Sina vorsichtig an, während sie den Berg hinaufstieg. »Wenn er bei Bewusstsein ist, wird er trotzdem sehr schwach sein. Das haben dir die Ärzte doch sicher auch gesagt.«

»Ja, aber die wissen ja nicht, was mit uns los ist.«

Sina schloss kurz die Augen. »Du willst ihm doch nicht etwa als Erstes von … deiner Affäre erzählen?« Noch immer konnte sie sich kaum mit dem Gedanken anfreunden, dass ihre Schwester fremdgegangen war. »Natascha, überleg mal!«

»Das weiß ich doch.« Ihre Schwester weinte erneut. »Aber ich … ich weiß einfach nicht, ob ich es schaffe, ihm in die Augen zu sehen.«

»Wo bist du?«

»Im Krankenhaus … vor dem Krankenhaus«, verbesserte sie sich. »Er liegt da so blass und rührt sich nicht. Ich habe mit ihm gesprochen, aber ich hatte nicht das Gefühl, dass er meine Anwesenheit bemerkt hätte. Ich habe ihm von Nele und Jonas erzählt. Wie sie so toll mit Clara spielen. Ja, und ich habe ihm auch erzählt, dass ihr alles daransetzt, um den Angriff auf ihn aufzuklären.«

»Das ist gut«, sagte Sina beschwichtigend. »Du solltest dir nicht so einen Kopf machen. Wichtig ist doch jetzt erst mal, dass er wieder zu sich kommt, sein Bewusstsein zurückerlangt. Dann wirst du sehen, in welcher Verfassung er sich befindet. Aber eure Eheprobleme«, sie atmete tief durch, »die solltet ihr erst besprechen, wenn er wieder völlig genesen ist.«

»Oh Gott, was mache ich nur?«

»Fahr zu Mama und Papa und hol die Kinder ab«, riet Sina ihr. »Vielleicht gehst du noch ein wenig mit ihnen auf den Spielplatz.«

»Ich habe heute den Arzt getroffen, der auch bei meinem Vorstellungsgespräch anwesend war«, wechselte Natascha unvermittelt das Thema.

»Hat er dich erkannt?« Zwei Mountainbikefahrer strampelten an Sina vorbei den Berg hinauf.

»Ja, sofort. Er hat mich gefragt, warum ich die Stelle nicht angenommen habe.«

»Und?«

»Ich habe ihm die Wahrheit gesagt«, erklärte Natascha leise. »Warum sollte ich lügen? Ich habe es so satt, diese heile Fassade aufrechtzuerhalten.«

»Du bereust es«, folgerte Sina leise.

Natascha lachte bitter auf.

»Bewirb dich noch einmal. Vielleicht ist die Stelle noch nicht besetzt«, schlug Sina ihrer Schwester vor.

»Ich mache mich doch nicht lächerlich«, empörte sich Natascha.

»Du bist gut«, widersprach Sina. »Und ich glaube ganz sicher, dass sie dich noch immer mit Kusshand nehmen würden.«

Natascha seufzte. »Ich überlege es mir. Es gibt so vieles, worüber ich nachdenken muss. Ich habe das Gefühl, mein ganzes Leben geht gerade den Bach hinunter.«

»Ich bin für dich da, Süße«, erklärte Sina mit ernster Stimme. »Und Mama und Papa auch. Denk an deine Kinder. Du schaffst das.«

»Ich wünschte, du hättest recht.«

»Das wird schon alles«, beruhigte Sina sie ein weiteres Mal, bevor sie das Gespräch beendeten.

Nachdenklich näherte sie sich dem Ort, wo Jochen gefunden worden war. Sie ging in die Hocke und ließ ihren Blick über den Boden schweifen. Doch die Spurensicherung war gründlich gewesen. Sina fand nichts Ungewöhnliches. Frustriert erhob sie sich wieder und starrte zum Waldrand.

Ihr Handy zeigte ihr an, dass eine Nachricht eingegangen war. Sina rief sie auf. Es war die Kellnerin aus dem Marktplatz-Café. Sie hatte ihr zwei Rechnungen geschickt. Auf der einen war eine Apfelsaftschorle aufgeführt, auf der anderen vier Weizenradler und eine weitere Apfelsaftschorle. Sina überlegte. Die Weizenradler gingen wahrscheinlich auf das Konto der beiden mutmaßlichen Täter. Die Einzelrechnung, die eine Stunde vor der anderen ausgestellt worden war, konnte sie wohl Lilli, Annas Freundin, zuordnen. Das würde bedeuten, dass auch Anna tatsächlich nur ein alkoholfreies Getränk bestellt hatte, welches die beiden jungen Männer übernommen hatten. Weil Anna bei ihrem Weggang aus dem Café schon nicht mehr ansprechbar gewesen war? Ein ungutes Gefühl überkam Sina.

36

»Ah!« Clara warf einen Bauklotz auf die Decke. Sina schmunzelte, während sie ihrer Tochter sachte über das Haar strich.

»Ich dachte, wir bauen einen Turm?«

Ihre Tochter blickte sie an und verzog ihren kleinen Mund.

Sina hob ihre Hände. »Gut, gut. Wenn du keinen Turm möchtest, können wir auch etwas anderes bauen. Eine Pyramide?«

Clara legte ihren Kopf schief.

Sina begann, die hölzernen Klötzchen aneinanderzureihen. Aus der Küche hörte sie Besteckgeklapper. Schranktüren wurden geöffnet und geschlossen. Während sie beobachtete, wie Clara einen Stein auf die breite Fläche legte, schweiften ihre Gedanken ab.

Als sie mit Clara nach Hause gekommen war, hatte Matthias bereits die Küche in Beschlag genommen. Ohne Umschweife hatte er Sina und Clara ins Kinderzimmer verfrachtet, mit dem Hinweis, sie dürften erst wieder herauskommen, wenn er grünes Licht gebe. Was führte er im Schilde? Sina gähnte, die Woche war sehr anstrengend gewesen. Sie hatten vier neue Fälle bekommen, in einen war sie selbst emotional verstrickt.

Clara streckte ihre Arme aus und plumpste in die Waagrechte. Routiniert krabbelte sie durchs Zimmer und steuerte eine Holzbrücke an, die neben ihrem Bett lag.

»Was sollen wir damit tun?«, wollte Sina von ihr wissen. »Also doch keine Pyramide?«

Clara griff nach der Brücke und krabbelte wieder zurück. Voller Stolz präsentierte sie ihrer Mutter das Geholte und setzte sich zwischen Sinas Beine.

Sie umfasste den Bauch ihrer Tochter und genoss den zarten frischen Duft, der Clara umgab. Das vertraute Gefühl, die Liebe, die sie in diesem Moment ergriff, konnte sie kaum in Worte fassen. Sina konnte sich keinen Tag mehr ohne Clara vorstellen. Sie musste an die Angst denken, die sie während ihrer Schwangerschaft ständig begleitet hatte. Und wie anders sah ihr Leben, ihr Alltag mittlerweile aus?

»Wenn ihr so weit seid, dürft ihr kommen«, ertönte Matthias' Stimme aus dem Flur.

»Wir dürfen kommen?« Sina schüttelte den Kopf, als Matthias auch schon im Türrahmen erschien.

»Na ja, es ist angerichtet.«

Sina erhob sich. »Da bin ich mal gespannt.«

Er umfasste ihre Hüfte und zog sie an sich. »Wir machen uns einen wunderschönen Abend, in Ordnung?« Zärtlich hauchte er ihr einen Kuss auf die Lippen.

»Wow!« Sina legte die Hand an seine Wange.

»Warte, ich nehme noch unser kleines Fräulein hier mit.« Matthias löste sich von ihr und ging in die Hocke. Augenblicklich streckte Clara ihre Arme nach ihm aus.

»Verwöhntes Kind«, merkte Sina amüsiert an.

»Kommt«, forderte Matthias sie auf, nachdem er das Mädchen hochgenommen hatte. Er nahm Sinas Hand und zog sie mit sich auf die Dachterrasse.

»Das ist ja …« Sina verstummte.

Matthias hatte eine hellviolette Tischdecke über den Gartentisch gelegt und drei weiße Kerzenständer darauf drapiert. Vor Claras Hochstuhl stand das Plastikgeschirr des Kindes, während sich auf Sinas und Matthias' Plätzen große weiße Porzellanteller mit dunkelvioletten Servietten befanden.

In der Mitte stand eine Glasplatte mit verschiedenen Käsesorten, dunklen Oliven, getrockneten Tomaten, Salami und Baguette.

»Was hast du vor?«, hauchte Sina verzückt. Sie spürte, wie

ihre Augen feucht wurden. Warum war sie nur schon wieder so gefühlsduselig?

»Dich ein wenig verwöhnen.« Matthias setzte Clara in ihr Stühlchen, bevor er Sina den Stuhl zurechtrückte.

»Ich weiß nicht, was ich sagen soll.«

»Das ist nur die Vorspeise«, erklärte Matthias, während er sich ebenfalls setzte. »Der Hauptgang kommt noch.«

»Du bist verrückt.« Sie musterte die Platte.

»Ich dachte, es könnte nicht schaden, wenn ich dir ein wenig die kulinarische Vielfalt Frankreichs näherbringe.«

Sina spürte seinen Blick auf sich. »Ich bin eine Idiotin.« Sie sah ihm fest in die Augen.

Er runzelte die Stirn. »Warum das denn?«

»Es geht um unser Gespräch im Schwimmbad«, mutmaßte sie zögernd.

Matthias legte Clara ein Stück Baguette auf den Teller, an dem das Mädchen sofort herumzuknabbern begann. »Ich habe noch eine Brioche für sie besorgt.«

»Ich weiß nicht, was ich sagen soll«, setzte Sina erneut an. »Du bist … einfach wundervoll.«

Matthias grinste. »Sollte ich jetzt widersprechen?«

Sie schüttelte den Kopf. »Ich meine es ernst. Ich bin …« Sie verstummte.

»Ich möchte dir wirklich gern meine Familie vorstellen. Ich kann gut verstehen, dass du noch nicht so weit bist, aber … es ist mir wichtig. Du, ihr seid mir wichtig.« Er griff über den Tisch und fasste nach ihren Fingern. »Ich bin glücklich. Sehr sogar.«

Sina musste schlucken. »Das bin ich auch.«

»Ah!«, meldete sich Clara zu Wort.

»Und sie ist es auch«, fuhr Sina lächelnd fort. »Du bist das Beste, was uns passieren konnte. Wie du dich um Clara kümmerst …«

»Es geht nicht nur um Clara.« Er streichelte ihren Handrücken.

»Ja, das weiß ich«, gab Sina zu. »Es ist … Ich glaube, ich habe das letzte Jahr noch immer nicht ganz verarbeitet.« Sie zeigte auf ihren Kopf. »Hier oben, meine ich.«

»Das braucht Zeit«, erwiderte Matthias, während er ihre Hand losließ und auf die Vorspeisen deutete. »Bedien dich.«

Sina nahm sich ein Stück Baguette, zwei Käsestückchen und einige Oliven.

Nachdem sie davon gekostet hatte, verdrehte sie die Augen. »Vorzüglich!«

»Sag ich doch.« Matthias nickte zufrieden.

»Wann fahren wir?«

Seine Augen weiteten sich. »Meinst du das ernst?«

Sina lächelte und blickte von Matthias zu Clara. »Habe ich denn eine Wahl?«

»Ich freue mich«, bekannte er leise. »Wirklich.«

»Bei mir dauert es wohl immer etwas länger, bevor ich …« Sie seufzte.

Sina stand an der Brüstung und verfolgte nachdenklich, wie die Wolken über den Himmel zogen, als Matthias zu ihr trat.

»Schläft sie?« Sie drehte sich um.

Matthias nickte, während er Sina an sich zog. »Ihr fielen schon nach der Hälfte des Buches die Augen zu.« Er strich ihr über ihr Kinn. »Da habe ich mich einmalig dazu entschlossen, das Ritual abzukürzen und mich lieber ihrer Mutter zu widmen.«

Sina schmunzelte. »Ich denke, sie wird es dir nachsehen.«

»Davon gehe ich aus.« Er küsste sie sanft. »Und während sie tief und fest schlummert, kann ich mich ganz mit dir beschäftigen.«

»Das klingt vielversprechend«, erwiderte sie leise. »Verzeihst du mir?«

Er sah sie verwundert an. »Was sollte ich dir denn verzeihen?«

Sie erwiderte seinen Blick. »Mein Zaudern und Zögern, mein ...«

»Pst.« Er legte ihr einen Zeigefinger auf die Lippen. »Es ist dein gutes Recht, dir Gedanken zu machen.«

»Womit habe ich dich nur verdient?« Während sie sein Gesicht betrachtete, quoll ihr Herz fast über vor Glück.

Seine Augen leuchteten. »Das kann ich dir nicht sagen. Ich gebe ja zu, mein Charme kann Frauen schon aus dem Gleichgewicht bringen, aber ...«

»Pst.« Jetzt war es Sina, die ihm einen Finger auf den Mund legte. »Wie wär's, wenn du mir deinen Charme in aller Deutlichkeit einmal vor Augen führen würdest?«

»Gleich hier?« Sein Griff wurde fester.

»Hier und jetzt«, erwiderte sie kokett und begann, ihre Bluse aufzuknöpfen.

»Wie geht es dem Arm? Was hat der Arzt gesagt?« Sina drehte sich auf die Seite und stützte den Kopf in ihrer Hand ab.

»Alles in Ordnung«, erwiderte Matthias lächelnd, während er seine Fingerspitzen über ihre Taille wandern ließ. »Nur ein Kratzer.«

»Du benötigst einen Verband für einen Kratzer?« Sie zog die Brauen hoch.

»Es ist alles in Ordnung«, wiederholte er mit ernster Stimme. »Bitte mach dir keine Sorgen.«

Sie ließ sich wieder auf den Rücken fallen und starrte an die Decke. »Ob Jochen das auch zu Natascha gesagt hat, bevor er zusammengeschlagen wurde?«

Matthias rückte näher und ließ seine Hand auf ihrem Bauch liegen. »Mir passiert nichts, okay? Ich bin Polizist und kann mich sehr gut verteidigen.«

»Ich komme einfach nicht dagegen an«, stöhnte Sina. »Wenn ich nur daran denke, wie Carlo ...« Ihr ermordeter Verlobter tauchte vor ihrem geistigen Auge auf.

Matthias strich ihr eine Strähne aus der Stirn. »Es geht mir gut, Sina.«

»Bin ich furchtbar?« Sie sah ihm in die Augen. »Sag mir, dass ich furchtbar bin.«

Er lachte. »Du bist nicht furchtbar. – Oder doch? Na ja, vielleicht ein kleines bisschen.«

Sie boxte ihm in die Seite. »Du aber auch.«

»Ein echtes Dreamteam, würde ich schätzen.«

Sina schlang ihre Arme um seinen Nacken und zog sein Gesicht dichter zu sich. »Sind wir das?«

Matthias ließ den Blick über ihr Gesicht wandern. »Soll ich es dir beweisen?«

»Ich bitte darum.« Sie schloss die Augen und genoss seine warme Haut an ihrer.

37

»Hm, das können wir bald jeden Tag genießen, Süße«, sagte Sina zu ihrer Tochter, während Matthias den Kaffee einschenkte.

»So gut wie in Frankreich schmecken die Croissants nirgends«, erwiderte er und setzte sich. »Wartet es ab.«

Sina zögerte einen Moment, bevor sie ihren Arm ausstreckte und Matthias' linke Hand umfasste. »Wenn die Sache mit Jochen erledigt ist … also, wenn es ihm besser geht und wir wissen, was passiert ist, dann möchte ich …«, sie blickte kurz zu Clara, bevor sie Matthias wieder in die Augen sah, »… dich meinen Eltern vorstellen.« Sie lächelte. »Und umgekehrt natürlich auch.«

Er erwiderte den Druck ihrer Hand. »Das freut mich, Sina. Ehrlich.«

Sie nickte. »Es fühlt sich für mich an, als sei es der richtige Zeitpunkt. Momentan überlagert die Sorge um Jochen alles in der Familie, aber danach …«

»Es ist vielleicht ein wenig früh dafür«, begann er gedehnt, während er Clara über den Kopf strich. »Aber Clara wird irgendwann zu reden beginnen.«

Sina verstand nicht, worauf er hinauswollte. »Das hoffe ich doch«, erklärte sie verschmitzt. »Ich warte auf den Tag, an dem sie mich zum ersten Mal Mama nennt.«

»Und mich?« Sein Blick wurde eindringlicher. »Wie soll Clara mich nennen?«

Sie stockte. »Was willst du mir sagen, Matthias?«

»Bitte versteh mich nicht falsch. Carlo ist Claras Vater, das wird er auch immer sein und bleiben. Zumindest ihr biologischer Vater. Aber er kann nicht für sie da sein.«

»Ich weiß«, stimmte Sina ihm leise zu.

»Möchtest du, dass sie mich Matthias nennt? Was willst du ihr irgendwann sagen? Natürlich muss sie die Wahrheit wissen. Was passiert ist. Später, wenn sie größer ist. Aber jetzt ist sie klein. Wir sehen uns fast täglich. Ich verbringe mit Clara fast genauso viel Zeit wie mit dir.«

»Du möchtest, dass sie dich Papa nennt?« Sina konnte ihre Verwunderung nicht verbergen.

»Was möchtest du denn? Soll ich der liebe Onkel für sie sein, der Freund ihrer Mutter?«

Sina überlegte. »Ehrlich gesagt habe ich mir darüber noch keine Gedanken gemacht.« Sie nippte an ihrem Kaffee, um Zeit zu gewinnen. »Ich hätte aber auch nicht gedacht, dass dir das wichtig ist.«

»Was denkst du von mir, Sina?« Er schüttelte unmerklich den Kopf. »Wir treffen uns seit Monaten. Frag mich nicht, wann ich das letzte Mal in meiner Wohnung übernachtet habe. Wir spielen mit Clara, füttern sie, machen sie bettfertig, lesen ihr vor, gehen mit ihr spazieren.«

»Wie eine Familie«, folgerte Sina ernst. »Wir spielen Vater, Mutter, Kind.«

»Nein, das spielen wir nicht. Genau darauf möchte ich hinaus. Da ist doch mehr.«

Sie betrachtete Clara, die mit spitzen Fingern kleine Stückchen von ihrem Croissant abzupfte, um sich diese dann mit der kompletten Hand in den Mund zu stopfen.

»Es schmeckt ihr«, bemerkte Sina amüsiert.

»Du willst das nicht.« Matthias lehnte sich zurück und starrte auf die Tischplatte.

»Ich ... ich habe mir wie eben erwähnt noch keine Gedanken darüber gemacht.« Sie sah ihn eindringlich an. »Matthias, es geht hier um meine Tochter! Wenn du möchtest, dass sie dich Papa nennt, ist das eine enorme Verantwortung. Soll ich ihr in einem Jahr oder in zweien oder was weiß ich wann sagen: Ja, das war damals dein Papa, jetzt ist er es aber nicht mehr? Was passiert, wenn das mit uns schiefgeht?«

»Fühlt es sich für dich so an, als sei das mit uns zum Scheitern verurteilt?« Sein Ton klang herausfordernd.

Sie schüttelte den Kopf. »Nein, das tut es nicht«, gab sie zu. »Es ist … ein großer Schritt. Unsere Familien, Clara, der Urlaub …«

Matthias nickte. »Ja, du hast recht. Es ist ein großer Schritt. Und du musst es auch nicht jetzt sofort entscheiden. Aber bitte lass es dir durch den Kopf gehen. Der Moment, an dem du dich entscheiden musst, wird kommen. Möchtest du, dass ich für deine Tochter Matthias bin oder … Papa?«

Sina strich Clara über die Hand. »Ich denke darüber nach, in Ordnung?«

»Mehr möchte ich auch nicht«, entgegnete er lächelnd. »Die Zeit mit euch macht etwas mit mir, Sina. Ich weiß, dass andere Paare über solche Dinge wesentlich später sprechen. Aber wenn wir drei unterwegs sind, dann ist es für mich schon fast selbstverständlich, dass die Leute denken, Clara sei meine …« Er verstummte.

»Deine Tochter.« Sina nickte. Und er hatte recht. Ihr leiblicher Vater würde Clara niemals zur Seite stehen können. Er konnte sie in ihrer Entwicklung, auf ihrem Lebensweg weder unterstützen noch begleiten. Matthias hingegen nahm einen großen Platz in Claras Leben ein. Sie sah ihn morgens beim Frühstück, er las ihr oft abends vor dem Zubettgehen vor. Er spielte mit ihr, ging mit ihr spazieren. Was sprach dagegen, dass Clara in dem Wissen groß wurde, dass Matthias ihr Vater sei? Sina fühlte sich hin- und hergerissen. Das Klingeln ihres Handys riss sie aus ihrem Grübeln.

»Natascha«, begrüßte sie ihre Schwester.

»Das Krankenhaus hat gerade angerufen. Jochen ist wach. Sobald ich die Kinder in den Kindergarten gebracht habe, fahre ich zu ihm. Oh, Sina, ich bin so froh.«

38

»Wir fahren später ins Krankenhaus, wenn die Ärzte uns grünes Licht geben«, erklärte Matthias in Gerhards Richtung.

»Das sind ja gute Nachrichten.« Gerhard blickte in die Akte. »Wenn uns das Opfer bestätigen kann, dass Lukas Martens ihn angegriffen hat, wäre der erste Fall gelöst. Bliebe nur noch die Frage nach dem Motiv, die wir möglicherweise aber nicht mehr beantwortet bekommen.«

Matthias klickte in seine Mails.

Sina, die neben ihm saß, verfolgte seine Bewegung. »Gibt es etwas Neues?«

»Eine Nachricht von der Spurensicherung«, murmelte er abwesend.

»Später kommen Anna Fromm und ihre Freundin wegen des Phantombilds.« Sina berichtete von den beiden Rechnungen des Cafés, in dem Lilli und Anna den mutmaßlichen späteren Vergewaltigern begegnet waren. »Anna scheint die Wahrheit zu sagen. Die Quittungen untermauern, dass sie an jenem Abend keinen Alkohol zu sich genommen hatte, obwohl die Mutter der festen Überzeugung war, dass ihre Tochter betrunken war.«

»Theoretisch könnte sie nach dem Besuch in dem Café noch einiges in sich hineingeschüttet haben«, gab Marc zu bedenken.

»Theoretisch ja, aber die Rechnung wurde anderthalb Stunden, bevor sie nach Hause kam, bezahlt. Vom Marktplatz zur Händelstraße benötigt Anna mindestens zwanzig bis dreißig Minuten zu Fuß. Bleibt eine Stunde, in der sie sich hätte volllaufen lassen müssen.« Sina schüttelte den Kopf.

»Unwahrscheinlich. Wir müssen ja auch noch die Zeit für die ... Vergewaltigung miteinbeziehen.«

»Unwahrscheinlich ja, aber ein gewiefter Anwalt könnte ...«, wandte Marc erneut ein.

»Vergiss nicht, dass sie schwanger ist«, unterbrach ihn Sina verärgert. »Damit ist die Verbindung zwischen Täter und Opfer nachweisbar.« Sie fuhr über ihre Stirn. »Leider.«

»Heute früh hat sich eine Zeugin gemeldet. Sie kommt später für eine Aussage vorbei«, berichtete Gerhard, während er seinen Notizzettel überflog.

»Weswegen?« Sina rutschte auf ihrem Stuhl vor.

»Die Zeugin meint, sie habe Katinka Lungwitz am Montagabend gesehen.«

»Wissen wir schon Näheres?« Ein Funken Hoffnung glomm in Sina auf.

Gerhard schüttelte den Kopf. »Die Kollegin, die den Anruf entgegengenommen hat, meinte, die Dame sei extrem gestresst gewesen. Es gab wohl Kindergeschrei im Hintergrund. Außerdem hatte sie noch einen Arzttermin. Sie hat nur kurz angerufen, um mitzuteilen, dass sie vorbeikommen möchte.«

»Sehr gut«, erklärte Sina. »Dann warten wir, was sie uns zu sagen hat. Sieht ja ganz so aus, als ob wir endlich die ersten verwertbaren Hinweise bekämen.«

»Ich habe mir den Laptop von Lukas Martens vorgenommen«, berichtete Marc. »Der hat mir leider keinerlei interessanten Informationen liefern können. Martens hat sich in den üblichen Foren und Netzwerken aufgehalten. Alles wirkt sehr unverdächtig.«

»Na ja, was hast du erwartet? Dass er nach dem Strafmaß für schwere Körperverletzung sucht?« Gerhard zog eine Grimasse.

»Es hätte doch zum Beispiel sein können, dass Jochen Völker in seinem Suchverlauf aufgetaucht wäre. Oder allgemein

Anwälte«, sagte Marc. »Aber nichts. Der Laptop weist auf einen völlig unauffälligen Jugendlichen hin.«

»Soll uns das nun freuen oder beunruhigen?« Sina kaute auf ihrer Unterlippe.

»Die Spurensicherung hat am Fundort von Jochen ein Taschentuch mit weiblicher DNA sichern können«, mischte sich Matthias ins Gespräch ein. »Das Tuch lag etwa vier Meter vom Opfer entfernt.«

»Gehen sie davon aus, dass es in Zusammenhang mit dem Überfall steht?« Sina runzelte die Stirn.

»Ja, du hast die Stelle selbst gesehen. Das Taschentuch lag unter einem Busch. Keine gut zugängliche Stelle. Sehr unwahrscheinlich, dass ein Dritter daruntergekrabbelt ist, um es dort zu verlieren. Die Spurensicherung vermutet, dass es der Besitzerin aus der Hosentasche gerutscht ist. Sie haben Jeansfasern daran gefunden.«

»Wenn Martens unser Mann ist, war er also nicht allein«, folgerte Sina nachdenklich. »Von einer Freundin haben seine Eltern nichts gesagt. Auch Florian Jacoby hat nichts in der Hinsicht erwähnt.«

»Dann sollten wir bei beiden nochmals nachhaken«, schlug Matthias vor.

»Ich verstehe es immer noch nicht.« Gerhard schüttelte den Kopf. »Gehen wir jetzt davon aus, dass dein Schwager von einem Pärchen verprügelt wurde? Das passt doch vorne und hinten nicht.«

»Haben die Kollegen schon einen DNA-Abgleich gemacht?«, wandte Marc sich an Matthias.

Der nickte. »Kein Treffer.«

»Das war wohl auch nicht anders zu erwarten«, merkte Sina genervt an. »Gerhard hat recht, das passt doch alles nicht zusammen. Wenn wirklich Martens und seine uns noch unbekannte Freundin hinter dem Angriff auf Jochen stecken, bleibt doch immer noch die Frage, warum? Haben die zwei sich aus einer Laune heraus gedacht: Ach, heute ist ein guter Tag, um einen Anwalt zusammenzuschlagen?«

»Dass er Anwalt ist, wussten sie wahrscheinlich nicht«, gab Gerhard zu bedenken. »Was die Sache nicht schlüssiger macht.«

»Vielleicht hat er sie bei etwas erwischt«, mutmaßte Matthias. »Vielleicht wollten sie irgendwo einbrechen, und Jochen ist zufällig vorbeigekommen?«

Sina blickte überrascht auf. »Das wäre möglich. Ein interessanter Ansatz! Jochen wollte die Polizei rufen, und die beiden sahen keinen anderen Weg, ihn daran zu hindern.«

»Klingt logisch«, pflichtete auch Marc ihr bei. »Sobald er mit uns sprechen darf, haben wir Gewissheit.«

»Was ist mit der Suche nach Katinka Lungwitz? Mittlerweile ist sie seit fünf Tagen verschwunden. Wo steckt sie? Eine Entführung können wir wohl endgültig ausschließen, nachdem keine Lösegeldforderung kam.«

»Sie scheint wie vom Erdboden verschluckt zu sein«, erwiderte Gerhard mit ernster Stimme. »Die Suche läuft, aber bisher ohne Erfolg. Niemand hat etwas gesehen, außer eben diese Zeugin, die später vorbeikommt.«

»Die Katinka aber am Montagabend gesehen hat, oder?«, hakte Sina noch mal nach.

Er nickte.

»Mist!«, entfuhr es Sina.

»Das kannst du laut sagen«, stimmte Marc zu.

»Ihre Eltern rufen mehrmals täglich an. Was soll ich ihnen nur sagen?« Sie seufzte. »Wenn wir nur wüssten, wo wir noch ansetzen können.«

»Vielleicht kann uns die Zeugin in der Hinsicht weiterhelfen.« Gerhard tippte auf seinen Notizzettel.

»Hoffentlich«, schob Sina nach.

»Guten Morgen, Anna«, begrüßte Sina das Mädchen mit einem aufmunternden Lächeln. »Wie geht es dir?«

Anna zuckte mit den Schultern. »Es geht.« Suchend blickte sie sich um. »Ist Lilli schon da?«

Sina schüttelte den Kopf. »Nein. Aber der Zeichner hat mich eben gerade angerufen, er ist auch noch nicht hier, er wird jede Minute eintreffen. Warten wir doch in meinem Büro.«

Sie ließ Anna den Vortritt und bedeutete ihr, sich zu setzen.

»Danke, dass Sie gestern mit meiner Mutter gesprochen haben. Wenn ich ihr allein erzählt hätte, was passiert ist …« Anna brach ab.

»Habt ihr noch miteinander geredet?«, fragte Sina behutsam nach, während sie eine Flasche Wasser aus dem Schrank holte. »Möchtest du etwas trinken?«

Anna nickte. »Mama hat gesagt, sie geht mit mir zum …« Sie presste eine Hand vor ihren Mund. »Sie begleitet mich zum Arzt und … wo ich eben sonst noch hinmuss. Wegen der Schwangerschaft.«

Sina schenkte dem Mädchen ein und stellte ihm das Glas hin. »Sie ist deine Mutter. Sie wird dir in dieser schwierigen Zeit beistehen.«

»Ich kann es noch gar nicht glauben, dass …« Wieder versagte Annas Stimme. »Ich weiß nicht, wie ich das schaffen soll.« Sie schüttelte den Kopf. »Da wächst etwas in meinem Bauch heran. Und diese Typen haben mich …« Sie begann leise zu weinen.

»Ich kann dir eine gute Psychologin empfehlen. Vielleicht wäre es gut, wenn du mit jemandem über deine Gefühle sprechen kannst. Jemand Außenstehendem, der nicht beteiligt ist.«

»Was soll das bringen? Es ist passiert, und niemand kann es rückgängig machen«, schluchzte Anna in verzweifeltem Ton. »Ich will das nicht. Ich will dieses … Etwas in meinem Körper nicht.«

Sina nickte. »Ich kann dich sehr gut verstehen. Ich denke, es braucht sehr viel Zeit, um zu verarbeiten, was dir zugestoßen ist.«

»Wie könnte ich ein Kind bekommen, dessen Vater ein Vergewaltiger ist? Ich bin sechzehn«, stieß Anna hervor.

»Du musst dieses Kind nicht bekommen«, versuchte Sina, sie zu beschwichtigen. »Es ist deine Entscheidung.«

»Meine Entscheidung«, zischte der Teenager verächtlich. »Mein Problem, meine Last. Mein Körper. Alles wegen diesen Arschlöchern.«

»Es tut mir sehr leid«, bekannte Sina ehrlich. »Ich bin mir sicher, dass, wenn du dich gegen das Kind entscheidest, alles sehr schnell und unbürokratisch gehandhabt werden kann. Es handelt sich hier um ein schweres Verbrechen, und jeder wird Verständnis für deine Situation aufbringen.«

»Haben Sie Kinder?« Anna blickte auf.

Sina zögerte. »Ja, ich habe eine Tochter. Letztes Jahr um diese Zeit war ich noch mit ihr schwanger.«

»Sie haben einen Job«, setzte Anna an und schniefte. »Ihr Mann und Sie …«

»Claras Vater ist tot«, erklärte Sina in ernstem Ton. »Er starb, bevor ich wusste, dass ich schwanger war.«

Die Augen der Jugendlichen weiteten sich. »Das …«

»Es ist in Ordnung.« Sina winkte ab. »Die Situation ist in keiner Weise mit deiner vergleichbar.«

»Aber …«, setzte Anna erneut an. »Sie müssen Ihre Tochter allein großziehen.«

»Ja, so ist es. Aber es gibt viele Alleinerziehende. Auch wenn ich mir für mein Kind und für mich natürlich ein anderes Leben gewünscht hätte …« Sie stockte, da sie an Matthias' Anliegen denken musste. Worüber beschwerte sie sich? In Sinas Leben gab es einen Mann, der die Vaterrolle für ihre Tochter liebend gern einnehmen würde. Sie war es, die zauderte. »Aber wir kommen gut zurecht.« Sie räusperte sich.

»Ich kann das nicht«, flüsterte Anna. »Wenn ich mir vorstelle, dass ich diesem Baby ins Gesicht sehe und daran denken muss, wie es …« Sie verzog ihre Mundwinkel. »Ich weiß, dass es nichts dafür kann.« Sie machte eine Pause. »Aber ich auch nicht.«

»Ich kann mir vorstellen, welche Überlegungen dir durch den Kopf gehen, Anna«, setzte Sina an. »Du machst dir ernsthaft Gedanken darüber. Und ich bin überzeugt, dass du die richtige Lösung für dich finden wirst.«

»Richtig«, murmelte Anna verzweifelt.

Es klopfte an Sinas Bürotür.

»Ja, bitte!«

Die Tür wurde geöffnet, und Rolf Mastmann trat ein.

Sina erhob sich und begrüßte den Polizeizeichner, mit dem sie schon mehrfach zusammengearbeitet hatte. Anschließend stellte sie ihm Anna vor.

»Diese junge Dame möchte auch zu dir«, ertönte Marcs Stimme hinter Mastmann.

Nachdem Sina auch Lilli mit dem Zeichner bekannt gemacht hatte, forderte sie die Mädchen und den Kollegen auf, ihr zu folgen. In ihrem offiziellen Besprechungsraum, den sie jedoch nur selten benutzten, da sie sich meist in dem Großraumbüro vor Sinas Zimmer besprachen, befanden sich zwei Computer.

»Hier habt ihr Ruhe«, erklärte Sina, während sie die Tür aufschloss. »Ich bleibe erst mal kurz dabei, muss mich dann aber gleich verabschieden.«

Während Rolf Mastmann den Computer hochfuhr und das erforderliche Programm suchte, unterhielt Sina sich leise mit den beiden Mädchen.

»So, ich wäre so weit«, meldete sich der Zeichner kurz darauf zu Wort.

Anna und Lilli nahmen jeweils rechts und links von ihm Platz, während Sina sich schräg hinter ihn stellte und mit kurzen Sätzen erklärte, worum es ging.

»Du kannst dich nicht erinnern«, wandte sich der Zeichner an Anna.

Sie schüttelte nur stumm den Kopf.

»Es ist möglich, dass die Erinnerung zurückkehrt, wenn du die fertigen Bilder siehst«, erklärte er ihr, während er mit einigen Mausklicks ein Gesicht auf dem Bildschirm erscheinen ließ. »Je besser deine Beschreibung, umso treffender wird das Phantombild«, gab er an Lilli gewandt zu bedenken. »Je näher das Bild an der Realität ist, desto wahrscheinlicher wird jemand erkannt. Oder deine Freundin erinnert sich eben wieder. Bilder können unserem Gedächtnis durchaus wirkungsvoll auf die Sprünge helfen.«

»Ich gebe mein Bestes«, erwiderte Lilli eifrig. »Aber … es ist einige Wochen her, und ich weiß gar nicht, wie ich die beiden beschreiben soll …«

»Keine Sorge«, beruhigte Rolf Mastmann sie. »Das bekommen wir schon hin. Dafür bin ich ja da. Es geht um zwei Personen, richtig?«

Sina nickte im Hintergrund.

»Überleg dir genau, welcher der beiden Männer dir deutlicher in Erinnerung geblieben ist. Mit dem beginnen wir. In Ordnung?«

Lilli nickte.

»Gut. Bist du so weit?«

Wieder nickte Annas Freundin.

»Fangen wir mit der Form des Gesichts an. Schau genau hin und sag Stopp, wenn du meinst, dass wir die richtige vor uns haben. Wir können aber gern erst mal durchklicken.«

Während der Zeichner die Maus bediente, beugte sich Lilli vor und starrte reglos auf den Bildschirm. Sina warf Anna einen kurzen Seitenblick zu, doch deren Miene verriet nichts über ihren Gemütszustand. Stumm verfolgte sie die Bewegungen auf dem Monitor.

»Stopp!«, rief Lilli in dem Moment. »So hat sein Gesicht

ausgehen.« Sie tippte in die Luft vor dem Bildschirm. »Ja, das ist es.«

»Sehr gut«, lobte der Zeichner sie. »Und genauso machen wir weiter. Wir arbeiten uns durch alle Gesichtsteile. Augen, Nase, Mund, Wangenpartie, Kinn, Ohren, Frisur. Wir werden ein sehr gutes Resultat erzielen.«

39

»Ihr Mann ist noch sehr schwach. Sie können sich gern zu ihm setzen und ein wenig mit ihm reden. Aber es wäre gut, wenn er sich nicht anstrengt und auch nicht aufregt«, erklärte Dr. Rahmann mit ernster Stimme. »Ihre Anwesenheit wird ihm mit Sicherheit guttun.«

In der Hinsicht war sich Natascha alles andere als sicher, doch sie behielt ihre Gedanken für sich. »Wird er wieder ganz gesund?«

Der Arzt zögerte. »Hierfür sind weitere Untersuchungen notwendig, Frau Völker. Die werden wir aber im Laufe des Tages noch durchführen, danach wissen wir auf jeden Fall mehr.«

»Danke, Herr Doktor.« Natascha wollte sich abwenden, um zu Jochen zu gehen.

»Bitte achten Sie darauf, dass er nicht zu viel spricht.«

Sie drehte sich nochmals um.

»Es könnte ihn zu sehr anstrengen. Reden Sie mit ihm, aber es wäre wirklich wichtig, dass er sich noch schont.«

»Ich passe auf«, erwiderte Natascha lächelnd.

Der Arzt nickte ihr noch einmal zu und verschwand dann in die entgegengesetzte Richtung.

Mit pochendem Herzen näherte sich Natascha Jochens Krankenzimmer. Sie klopfte und drückte die Türklinke hinunter.

Eine Schwester stand neben Jochens Bett und überprüfte die Schläuche, die seinen Körper mit dem Gerät neben dem Nachttisch verbanden.

»Guten Morgen«, grüßte Natascha, während sie sich ihrem Mann auf der anderen Bettseite näherte. »Hallo, Schatz.«

»Morgen«, erwiderte die Krankenschwester und hängte eine neue Infusion an. »Sicher freuen Sie sich, Ihre Frau zu sehen«, sagte sie aufmunternd lächelnd.

Jochens Gesichtsfarbe ähnelte stark dem Weiß der Wand. Seine Haut wirkte fahl und eingefallen. Natascha bemühte sich, ihren Schreck über seinen Zustand zu verbergen.

»Schonen Sie sich noch, Herr Völker«, bat die Schwester. »Setzen Sie sich doch hierher.« Sie zeigte auf den Stuhl neben sich. »Ich bin fertig. Bis der Arzt wiederkommt, haben Sie jetzt erst mal ein paar Minuten allein. Sobald der Untersuchungsraum frei ist, werden weitere Tests gemacht.« Sie sah auf ihre Uhr. »Ich schätze, das dauert aber noch etwa eine halbe Stunde.« Mit leisen Schritten durchquerte sie das Zimmer.

»Danke«, erwiderte Natascha und wartete, bis die Schwester die Tür hinter sich geschlossen hatte. Sie rückte den Stuhl etwas näher ans Bett und setzte sich. Beherzt griff sie nach Jochens linker Hand und drückte sie. Seine Finger fühlten sich erschreckend kalt an.

»Frierst du?«

Er bewegte ganz schwach den Kopf.

Natascha musterte ihn. Die Schrammen und Platzwunden auf seiner Stirn, der weiße Verband, der den halben Hinterkopf bedeckte, die abgeschürfte Haut an seinen Armen.

Jochen blinzelte.

Sie schluckte, um den Kloß in ihrer Kehle zu verdrängen. »Hast du Schmerzen?«

Er wiegte den Kopf leicht hin und her.

»Soll ich einen Arzt rufen? Sicher können sie dir ein stärkeres Schmerzmittel geben«, sagte Natascha nervös.

Doch Jochen schüttelte den Kopf. »Kin… Nel…«

»Die Kinder sind im Kindergarten.« Sie bemühte sich um einen zuversichtlichen Ton, obwohl ihr bewusst wurde, dass es noch lange brauchen würde, bis Jochen wieder ganz der

Alte sein würde. »Die letzten Tage waren sie öfter bei meinen Eltern, wenn ich hier bei dir gesessen habe.« Sie stockte. »Hast du … gemerkt, dass ich da war? Hast du mich gehört?«

Er sah sie sekundenlang reglos an, bevor er langsam den Kopf schüttelte.

Natascha nickte. »Das habe ich befürchtet. Aber jetzt bist du ja wach.« Sie bemühte sich um ein Lächeln.

Während sein Blick weiter auf ihr ruhte, rutschte sie auf ihrem Stuhl zur Seite. Sie schaffte es kaum, ihm in die Augen zu sehen. Musste an Heiko denken, an die letzten Wochen, an ihre Trennungspläne. Zu viel ging ihr durch den Kopf.

»Ich habe mir große Sorgen gemacht«, erklärte sie schließlich mit gesenkter Stimme. »Was passieren würde, wenn du …« Sie verstummte, während sie an die Worte des Arztes denken musste. Sie war selbst Medizinerin, aber Jochen war ihr Mann. Sie konnte nicht so tun, als sei er irgendein Patient, er war der Vater ihrer Kinder. »Die Kinder spielen so toll mit Clara«, begann sie zu erzählen. »Sina wurde übrigens von den Ermittlungen in deinem Fall abgezogen.« Sie lächelte. »Wegen Befangenheit.«

Er nickte leicht.

»Matthias Sommer ermittelt nun«, fuhr sie fort. »Vielleicht kannst du dich noch an ihn erinnern. Das ist der Kommissar, der Sina letztes Jahr im Sommer unterstützt hat und der sie …« Sie brach ab. »Du weißt schon.«

Natascha hatte ihm bis heute nichts von Sinas Beziehung zu dem Polizisten erzählt. Insgeheim befürchtete sie, er könne dies Sina gegenüber erwähnen und ihre Eltern könnten es zufällig mitbekommen. Es war allein Sinas Angelegenheit, wann sie ihrer Familie ihren neuen Lebenspartner vorstellen wollte. Auch wenn Natascha nicht verstand, warum ihre Schwester sich nach wie vor nicht offen zu dem gut aussehenden Kollegen bekannte. »Ich habe vorhin mit Sina telefoniert. Sie geht davon aus, dass du heute im Laufe des Tages noch Besuch von den Beamten bekommen wirst.« Tränen traten ihr in die Augen. Der Druck von Jochens Fingern verstärkte sich. »Es ist nur die Anspannung«, erklärte sie mit erstickter Stimme. »Sie müssen dich befragen. Offenbar haben sie schon einen Verdacht ...« Sie verstummte. »Was hast du da nur gemacht? Was ist bloß passiert?«, brach es dann doch aus ihr heraus. Hastig ließ sie Jochens Hand los und kramte ein Taschentuch hervor. »Tut mir leid«, flüsterte sie, bevor sie sich die Nase putzte. »Bitte ...« Sie schüttelte den Kopf. »Ich wollte mich unbedingt zusammenreißen.«

Jochen nickte und blinzelte erneut. »Alles ... wird ... gut«, stammelte er mit brüchiger Stimme.

»Ja.« Sie nickte. »Ja, du bist wach, und es wird alles gut. Die Kinder freuen sich schon so, wenn sie dich endlich besuchen dürfen.«

Er zeigte keine Reaktion, starrte sie nur weiter unverwandt an.

»Was?« Sein Blick verunsicherte sie.

»Du?«, presste er angestrengt hervor.

»Ich?« Sie schnaufte. »Ja, ich freue mich auch. Natürlich freue ich mich«, erklärte sie nervös. »Du kannst dir gar nicht vorstellen ...«

»Psch ...«, raunte er bemüht, während seine Finger sich ganz schwach bewegten.

Natascha ergriff wieder seine Hand, hob sie an und legte sie an ihre Wange. Sie schloss die Augen.

»Ich freue mich«, wiederholte sie langsam. »Es gibt so vieles, was ich dir sagen muss, so vieles, was wir klären müssen.« Sie zögerte. »Aber nicht jetzt. Jetzt musst du erst mal wieder ganz gesund werden.«

40

»Frau Nickels?« Sina streckte der Frau ihre Hand hin und stellte sich vor. »Bitte kommen Sie doch.« Sie führte sie in ihr Büro und bot ihr den Stuhl vor ihrem Schreibtisch an.

Sina schätzte die Zeugin mit dem kurzen blonden Haar auf Mitte bis Ende zwanzig. Sie schlug Katinkas Akte auf und holte ein Bild der Vermissten hervor.

»Ist sie das?«

Die junge Frau zog das Foto zu sich heran und betrachtete es sekundenlang. Dann nickte sie. »Ich würde sagen, ja.«

»Wie sicher sind Sie sich?«

Sina musterte das Gesicht von Melissa Nickels, während diese erneut nickte.

»Ziemlich sicher.«

Zufrieden lehnte Sina sich zurück. »Dann erzählen Sie mal.«

»Ich war am Montagabend mit einer Arbeitskollegin verabredet.« Die Zeugin strich sich eine Strähne aus der Stirn. »Wir hatten uns ewig nicht gesehen und … Na ja, jedenfalls haben wir total die Zeit vergessen. Ich musste am nächsten Morgen wieder arbeiten und wollte eigentlich früher zu Hause sein.« Sie lachte. »Aber Sie wissen ja, wie das ist.« Melissa Nickels zwinkerte Sina zu. »Tamy und ich haben uns unten am Marktplatz getrennt, da sie ihr Auto im Parkhaus am Atrium abgestellt hatte, während ich in der Freudenbergstraße geparkt habe. Daher bin ich auch allein über den Marktplatz gelaufen. Ich war schon fast oben, als mir die Dreiergruppe aufgefallen ist.«

»Es waren drei?«, wiederholte Sina nachdenklich. Sie

musste an Anna Fromm denken, die noch immer mit dem Zeichner zusammensaß.

Melissa Nickels nickte. »Zwei Männer und eine Frau.«

»Wie haben sie sich verhalten?«

Die Zeugin plusterte ihre Wangen auf. »Die Frau ... oder besser das Mädchen, sie war noch ziemlich jung, meine ich ... Jedenfalls hing sie an dem Arm des einen, und ich hatte den Eindruck, dass sie sich kaum auf den Beinen halten konnte. Ich wollte erst meine Hilfe anbieten, aber die zwei Typen schienen noch recht nüchtern zu sein, deshalb habe ich mich dann lieber rausgehalten.«

Sina nickte. Es war oft eine Gratwanderung. Man wollte nicht aufdringlich erscheinen oder sich in Dinge einmischen, die einen nichts angingen. Andererseits stand oft die Frage im Raum, ob man nicht sogar eingreifen musste, um Menschen zu schützen, ihnen zu helfen, sie womöglich zu retten. Sina wusste, dass es Situationen gab, die nicht eindeutig erschienen, die man unterschiedlich interpretieren konnte. Eine scheinbar betrunkene Frau mit zwei männlichen Begleitern. Melissa Nickels hatte wahrscheinlich nicht erkennen können, ob Katinka Lungwitz sich in Gefahr befunden hatte oder nicht. Selbst jetzt wussten sie nicht, ob die beiden jungen Männer tatsächlich etwas mit Katinkas Verschwinden zu tun hatten. Vielleicht war sie freiwillig mit ihnen gegangen, wurde jetzt von ihnen versteckt, auch wenn Sinas Instinkt ihr etwas anderes sagte.

»Was geschah dann?«

Die Zeugin zuckte mit den Achseln. »Ich bin weitergegangen und habe nur noch mitbekommen, wie der Kerl, an dessen Arm sie hing, eindringlich auf sie eingeredet hat.« Sie verzog das Gesicht. »Das Mädchen reagierte kaum. Zumindest konnte ich nichts dergleichen erkennen.«

»Hatten Sie den Eindruck, dass die drei sich kannten?«

»Puh. Sie stellen ja Fragen!« Sie zögerte. »Aber doch, ich denke schon. Ich hatte auf jeden Fall nicht das Gefühl, dass sie gegen ihren Willen mitgeschleift wurde.« Sie wackelte mit dem Kopf. »Wobei … ein Wille war eigentlich gar nicht erkennbar.«

»Könnten Sie die zwei Männer beschreiben?« Sina zog Katinkas Foto wieder zu sich heran.

Melissa Nickels überlegte. »Es war dunkel. An den einen kann ich mich überhaupt nicht mehr erinnern. Der Typ, an dessen Arm sie hing …« Sie kniff ihre Augen zusammen. »Ich glaube, der war dunkelhaarig. Groß, schlank.«

Enttäuschung machte sich in Sina breit. Die Beschreibung war so allgemein, dass sie ihnen im Fall einer Verhaftung nicht wirklich weiterhelfen konnte. »Würden Sie ihn wiedererkennen?«

»Möglicherweise«, erwiderte die junge Frau. »Es tut mir leid. Wenn ich gewusst hätte, dass von meiner Aussage so viel abhängt … Wenn ich damals geahnt hätte, dass dieses Mädchen sich in Gefahr befindet …« Sie seufzte.

»Das konnten Sie nicht wissen«, beschwichtigte Sina sie. »Und wir sind uns ja auch noch nicht sicher, ob die beiden Begleiter wirklich etwas mit dem Verschwinden des Mädchens zu tun haben.«

»Aber sie verschwand kurz darauf, oder?«

Sina nickte.

»Also ist die Wahrscheinlichkeit groß, dass sie nicht vermisst würde, wenn ich die beiden angesprochen hätte.« Melissa Nickels klang frustriert.

»Nein, bitte vergessen Sie diesen Gedanken sofort wieder«, erklärte Sina bestimmt. »Sie sind nicht schuld. Durch Ihre Hilfe wissen wir immerhin, wo sich die Vermisste an jenem Abend aufgehalten hat. Das bringt uns schon mal ein gutes Stück weiter.« Sie blickte in die Akte. »Können Sie mir sagen, aus welchem Café die drei kamen?«

Die Zeugin zögerte. »Ich bin mir nicht ganz sicher. Ich habe sie etwa auf halber Höhe des Marktplatzes getroffen.«

Sie nannte Sina zwei mögliche Cafés, von denen Sina sich die Namen notierte.

»Wie alt waren die Männer etwa?«

»Nicht alt«, entgegnete Melissa Nickels gedehnt. »Wie gesagt, an den einen kann ich mich kaum erinnern. Der andere … Anfang zwanzig, schätze ich. Vielleicht auch erst neunzehn. Schwierig zu sagen.«

»Sie haben uns auf jeden Fall geholfen. Sollten wir weitere Fragen haben, würden wir uns nochmals bei Ihnen melden.« Sina schob der Zeugin eine Karte hin. »Und falls Ihnen noch etwas einfällt … Ich bin jederzeit erreichbar.«

Was hatte das zu bedeuten? Nachdem sie Melissa Nickels zur Tür gebracht hatte, ließ Sina sich wieder auf ihren Stuhl fallen. Anna Fromm war von zwei jungen Männern augenscheinlich unter Betäubungsmittel gesetzt und vergewaltigt worden. Auch Annas Mutter hatte vermutet, ihre Tochter sei betrunken gewesen, als sie sie an jenem Abend angetroffen hatte. Und jetzt behauptete eine Zeugin, Katinka Lungwitz ebenfalls betrunken auf dem Marktplatz erkannt zu haben. Derselbe Ort, derselbe Ablauf.

Das konnte kein Zufall sein! Gab es Gemeinsamkeiten zwischen den beiden Mädchen? Sina holte Annas Akte aus dem Schrank und schlug sie neben Katinkas auf. Die Mädchen besuchten unterschiedliche Schulen, kamen aus unterschiedlichen Milieus. Entschlossen nahm sie den Hörer auf und wählte die Nummer von Annas Mutter. Doch die Auskunft fiel wie erwartet negativ aus. Senta Fromm hatte Katinkas Namen nie zuvor gehört. Sie ging nicht davon aus, dass ihre Tochter die Gymnasiastin kannte.

Sicherheitshalber versuchte es Sina noch bei Katinkas Eltern, doch am Handy der Mutter schaltete sich nur die Mailbox an, bei Karsten Lungwitz war besetzt. Wo lag die Gemeinsamkeit? Und was war mit Katinka passiert? War sie ebenfalls vergewaltigt worden? Sina grübelte. Vielleicht war die Situation eskaliert und dem Mädchen etwas zugestoßen. Doch wo konnten sie sie hingebracht haben? Die Parallelen waren nicht von der Hand zu weisen. Wer waren diese beiden Typen? Gab es vielleicht sogar weitere Fälle? Mädchen, die sich ebenfalls an nichts erinnern konnten und nicht wie Anna den Mut gehabt hatten, sich bei ihnen zu melden?

Es klopfte.

»Ja?«

»Alles klar?« Matthias trat ein.

Sie bedeutete ihm, die Tür zu schließen. »Nein, nichts ist klar.«

»Was ist passiert?«

Sina erhob sich und stellte sich ans Fenster. Matthias trat neben sie. Mit leiser Stimme berichtete sie ihm von Nickels' Zeugenaussage.

»Es gibt einen Zusammenhang?« Matthias schien es ebenfalls nicht glauben zu können.

»Was würdest du sonst denken?« Sina sah ihn an.

»Das heißt, wir haben es mit einem Vergewaltigergespann zu tun, das es auf junge Frauen abgesehen hat?«

Sie konnte die Wut in seiner Stimme hören. »Wir können es zumindest nicht ausschließen.«

»Kennen die beiden sich irgendwoher?« Dieselbe Frage, der Sina bereits nachgegangen war. Sie erzählte ihm von ihren Ergebnissen.

»Vielleicht derselbe Sportverein?«, mutmaßte Matthias nachdenklich. »Oder ein gemeinsamer Bekanntenkreis? Eine gemeinsame Jugendfreizeit?«

Sina atmete tief aus. »Das sollten wir alles überprüfen. Bisher war nichts dergleichen erkennbar. Die Mädchen kommen aus völlig unterschiedlichen Elternhäusern.«

»Irgendeine Gemeinsamkeit muss es geben«, wiederholte Matthias.

»Anna hat diese Typen erst an jenem Abend kennenge-lernt«, gab Gina zu bedenken. »Vielleicht war es bei Katinka genauso.«

»Sie wollte doch mit ihrer Freundin ausgehen.«

»Die jedoch krank war und deshalb keine Lust hatte.«

»Vielleicht ist sie allein weggegangen und hat diese beiden Mistkerle tatsächlich zufällig getroffen«, spann Matthias den Faden weiter.

»Aber wo ist sie? Irgendetwas ist an dem Abend anders verlaufen als bei Anna.«

41

Vor dem Krankenhaus standen zwei Schwestern und unterhielten sich leise, während ein älterer Mann mit einem Gipsbein und Krücken auf die Einfahrt zuhumpelte.

»Der Arzt meinte, er sei noch einmal glimpflich davongekommen«, berichtete Matthias, als sie das Foyer des Krankenhauses betraten. »Die gebrochenen Rippen, die Platzwunden, Schrammen und Abschürfungen heilen wieder. Glücklicherweise haben die Tests ergeben, dass keine Langzeitschäden zu befürchten sind.«

»Glück im Unglück«, bemerkte Gerhard.

»Allerdings.«

Sie steuerten auf den Fahrstuhl zu.

»Und er ist vernehmungsfähig?«

Matthias nickte. »Laut seinem Arzt ja. Heute Morgen konnte er wohl noch nicht so gut sprechen. Dr. Rahmann meinte, dass könnte mit der tagelangen Bewusstlosigkeit zusammenhängen. Völker war kurz nach dem Aufwachen erst einmal desorientiert und verwirrt. Aber als seine Frau später bei ihm war, ging es schon etwas. Und bei den Untersuchungen ... Er hat einer Befragung zugestimmt.«

Während sie im Fahrstuhl standen, schwiegen sie.

»Dann wollen wir mal«, erklärte Matthias entschlossen, bevor er an Jochens Krankenzimmer klopfte. Sie hatten den Patienten bereits von der Intensivstation in die normale Abteilung verlegt.

»Ja.«

Matthias öffnete die Tür. »Hallo, Herr Völker!« Er stellte Gerhard und sich vor, während sie sich dem Bett näherten. Den

Verletzten schätzte er etwa im gleichen Alter wie er selbst. Die Folgen des Überfalls waren unübersehbar. »Wie geht es Ihnen?«

Jochen Völker lächelte schief. »Den Umständen entsprechend, könnte man wohl sagen.«

»Ihr Arzt ist der Ansicht, dass Sie großes Glück gehabt haben.« Matthias stellte sich neben das Bett. Gerhard blieb am Fußende stehen.

Jochen Völker zuckte mit den Schultern. »Als glücklich würde ich meine Situation selbst nicht bezeichnen, aber … es ist schon okay.«

Sinas Erzählungen gingen Matthias durch den Kopf, während er Nataschas Mann betrachtete. Sie hatte mehrfach berichtet, dass ihr Verhältnis zu Völker nicht das allerbeste war.

»Können Sie uns sagen, was am Montagabend passiert ist?«

Völker senkte den Blick und starrte auf seine Hände. »Haben Sie das Mädchen gefunden?«

Matthias sah zu Gerhard, der unmerklich den Kopf schüttelte.

»Welches Mädchen?«

»Sie ist überfallen worden. An jenem Abend, als ich …« Er stockte.

»Da war kein Mädchen«, erklärte Matthias. »Bitte erzählen Sie uns von Anfang an, was geschehen ist.« Er holte einen Notizblock hervor und schlug ihn auf.

Völker räusperte sich und versuchte, sich aufrechter hinzusetzen. Doch die gebrochenen Rippen schienen ihm einen Strich durch die Rechnung zu machen. Mit schmerzverzerrtem Gesicht ließ er sich wieder in sein Kissen sinken.

»Machen Sie langsam.« Matthias half ihm vorsichtig, seine Position zu verändern.

»Ich hatte einen Termin in der Hegelstraße«, begann Völker zu berichten.

»Wo?«

Völker zögerte.

»Herr Völker, das ist wichtig. Die Kollegen haben die Nachbarschaft dort befragt, aber niemand kannte Sie.«

»Es ist etwas … delikat«, fuhr der Anwalt fort.

»Es geht hier um schwere Körperverletzung, eventuell versuchten Mord«, erinnerte Matthias ihn eindringlich.

»Eine Mandantin wollte mich sprechen. Inoffiziell.«

»Wer?«

»Miriam Gottlob.«

»Gottlob?«, wiederholte Gerhard nachdenklich. »Ich war dort. Sie wohnt fast am Ende der Straße. Allerdings war nur ihr Mann zu Hause. Er hat Ihren Namen noch nie gehört.«

»Das wundert mich nicht«, erklärte Völker und begann zu husten. Matthias füllte Wasser in ein Glas und reichte es ihm.

»Er wusste nichts von dem Termin. Raimund Gottlob ist …« Er zögerte. »Er ist kein Unbekannter bei Ihnen.«

»Er ist vorbestraft?« Matthias runzelte die Stirn.

»Mehrfach. Nur kleine Delikte, aber Gottlob steht im Verdacht, im regionalen Drogenhandel eine gewichtige Rolle zu spielen.«

»Warum wollte seine Frau Sie sehen?«

»Sie möchte sich scheiden lassen«, erwiderte Völker nach einer Pause. »Aber sie hat Angst vor ihrem Mann. Dass er ihr etwas antun könnte, wenn er von ihren Plänen erfährt. Sie bat mich, unseren Termin vertraulich zu behandeln. Nicht einmal meine Sekretärin wusste etwas davon.«

Matthias blickte zu Gerhard und nickte. Jetzt lichtete sich das Chaos langsam. »Sie waren also bei Frau Gottlob und haben mit ihr über deren Trennungspläne gesprochen.«

Völker nickte. »Ihr Mann war über Nacht weg, das Gespräch hat ziemlich lang gedauert.« Er schien zu überlegen. »Sie wollte mich gar nicht mehr gehen lassen. Hat mir vom Martyrium ihrer Ehe erzählt, von den Affären ihres Mannes, von seinen Geschäftsideen. Zumindest von dem, was sie wusste.«

»Wann sind Sie gegangen?«

Völker verzog die Mundwinkel. »Ich glaube, es war nach elf. Ich dachte noch, dass Natascha sich sicher schon Sorgen um mich machen würde.«

Sie hatte jedoch erst am nächsten Morgen bemerkt, dass ihr Mann nicht zu Hause war, dachte Matthias, behielt seine Gedanken aber für sich.

»Ich wollte zu meinem Wagen gehen …«, erzählte Jochen weiter, »… als ich Geräusche aus dem Alten Burgweg hörte. Ich hatte in der Wachenbergstraße geparkt. Anstatt den Berg hinabzulaufen, bin ich weiter nach oben gegangen und habe …« Er stockte. »Da lag ein Mädchen auf dem Boden. Und dieser Typ wollte sie …« Er schüttelte den Kopf. »Er hat an ihrer Kleidung herumgezerrt.«

»Ein Mädchen wurde überfallen?«, fasste Matthias zusammen.

Jochen nickte. »Was ist mit ihr? Haben Sie sie gefunden?«

»Als man Sie schwer verletzt entdeckte, waren Sie allein«, erklärte Gerhard ihm. »Von einem Mädchen keine Spur.«

»Was ist dann passiert?« Matthias verlagerte sein Gewicht auf das andere Bein.

»Ich weiß es nicht«, bekannte Völker leise. »Ich glaube, ich habe dem Typen etwas zugerufen. ›Lass sie in Ruhe!‹ oder ›Was machst du da?‹. Irgend so etwas.«

»Und dann?«

»Keine Ahnung. Ich kann mich nicht erinnern.«

»Haben Sie gesehen, wie der Täter von dem Mädchen abließ und auf Sie zukam?«, hakte Gerhard nach.

Jochen schien zu überlegen. »Nein, ich glaube nicht.«

Matthias fiel etwas ein. Er kramte sein Handy hervor und suchte das Bild von Lukas Martens. »War das der Mann, der das Mädchen überfallen hatte?«

Jochen starrte mit zusammengekniffenen Augen auf das Display. »Nein. Nein, das war er nicht.«

Matthias spürte Enttäuschung in sich aufsteigen. »Kennen Sie diesen jungen Mann?«

Jochen verneinte.

»Das ist Lukas Martens. Wir haben an Ihrer Kleidung seine DNA sichergestellt.«

»Was?« Jochen schien irritiert zu sein. »Das kann nicht sein. Ich habe diesen jungen Mann noch nie zuvor gesehen. Das muss ein Irrtum sein.«

»Matthias!«

Als er sich umdrehte, hastete Natascha auf ihn zu.

Gerhard blickte von Matthias zu Natascha. »Ich warte am Wagen.«

Matthias nickte.

»Und, konnte er euch helfen?« Als sie ihn erreichte, war sie völlig außer Atem. »Ich habe die Kinder abgeholt und zu Freunden gebracht und bin auf dem schnellsten Weg wieder hergekommen«, begann sie, während sie immer noch nach Luft schnappte. »Heute Morgen ging es ihm nicht allzu gut.«

»Es geht ihm besser«, beruhigte Matthias sie. »Und es sieht so aus, als ob er versehentlich zum Opfer wurde. Seiner Erzählung nach wollte er einem Mädchen zu Hilfe eilen und wurde dann selbst angegriffen. So ganz konnten wir die Situation noch nicht rekonstruieren.«

»Habt ihr mit ihm wegen … Habt ihr ihm von Heiko und mir erzählt?« Sie klang unsicher.

Er schüttelte den Kopf. »Da es für die Ermittlungen keine Relevanz zu haben scheint, werden wir es deinem Mann gegenüber nicht erwähnen.«

»Danke«, erwiderte sie leise. »Ich muss … Ich werde mit ihm reden. Wenn es ihm besser geht.«

»Das ist deine Privatsache.«

»Na ja, du gehörst ja fast schon zur Familie. Durch Sina.«

»Sina sieht das etwas anders.« Er hob die Brauen.

»Sie braucht Zeit. Du wirst sehen. Sobald es in ihrem Kopf klick macht ...« Natascha grinste. »Ich finde, ihr passt so toll zusammen. Das wollte ich dir schon die ganze Zeit sagen. Sie ist sehr glücklich mit dir.«

»Ich hoffe es«, sagte er nachdenklich.

»Glaub mir, ich kenne meine kleine Schwester schon ein paar Jährchen länger. Sie ist definitiv glücklich.« Ihre Miene verdüsterte sich. »Glücklicher als ich.«

42

Eins, zwei, drei, vier, fünf, sechs, sieben … Eine Ameise nach der anderen lief keine zwanzig Zentimeter vor Katinkas Nase vorbei. Wie viele es wohl sein mochten? Obwohl Katinkas Gedanken immer wieder wegdrifteten, obwohl sie wusste, dass sie nicht mehr lange durchhalten würde, hielt sie sich an banalen Dingen wie den kleinen Waldbewohnern fest. Wäre sie doch auch so klein und wendig! Dann könnte sie aus ihren Fesseln schlüpfen, aufstehen und nach Hause laufen …

Wieder lauschte sie dem Wind in den Baumkronen hoch über ihr. Zum hundertsten oder tausendsten Mal? Katinka hatte jegliches Zeitgefühl verloren. Lediglich der Lichteinfall verriet ihr, ob Tag oder Nacht war. Sie konnte sich nicht erinnern, wie lange sie schon hier lag. Drei Tage? Vier Tage? Vielleicht noch länger? Wie lange war es her, dass sie etwas getrunken hatte? Dass sie etwas Flüssiges in ihrer Kehle gespürt hatte? Sie blinzelte, ihre Augen begannen schon wieder zu brennen. Sollte sie sterben? War das der Plan? Sie stöhnte auf.

Ihre Füße spürte sie schon länger nicht mehr. Wahrscheinlich unterbrachen die Kabelbinder den Blutstrom in ihren Beinen. Und ihre Hände? Katinka versuchte, ihre Finger zu spreizen. Wenn sie wach war, führte sie mehrere Übungen durch, um ihre Gliedmaßen in Bewegung zu halten. Doch auch ihre Hände gehorchten ihr kaum noch. Sie fühlten sich geschwollen an.

Vorsichtig robbte sie über den Boden, weg von der Ameisenstraße. Sie musste sich im Schlaf bewegt haben. Davor hatte sie an der gegenüberliegenden Wand gelegen. Wenn nur diese unerträglichen Schmerzen nicht wären! Ihr Rücken knackte bei der kleinsten Bewegung, ihre Pobacken spannten, als ob sie einen Marathon gelaufen wäre. Sie hatte keine Kraft mehr, nicht den winzigsten Hauch von Energie, den sie noch mobilisieren könnte. Sie würde sterben. Niemand rettete sie.

Sie drehte sich halb auf den Rücken und starrte gegen die Holzbalken über ihr. In der linken Ecke krabbelte eine Spinne über eines der Bretter. Katinka verfolgte ihren Weg, die flinken Bewegungen ihrer acht Beine. Chiara fürchtete sich vor den Krabbelmonstern. Katinka erinnerte sich an ihren Landschulheimaufenthalt im Schwarzwald vor drei Jahren. Chiara und sie waren an einem Fluss ganz in der Nähe des Heims gewesen. Sie hatten in der Sonne gesessen, die Füße im kühlen Nass des Bachs. Plötzlich hatte ihre Freundin laut losgeschrien, war aufgesprungen, auf einem der glitschigen Kiesel ausgerutscht und in voller Kleidung in den Fluss gefallen. Katinka hatte ihrer Freundin aus dem Wasser helfen müssen. Chiara hatte sich erschrocken, weil sich eine Spinne vor ihrer Nase abgeseilt hatte. Wie gut es ihr damals gegangen war! Ohne Schmerzen, ohne Hunger, ohne diesen qualvollen Durst.

Sie drehte sich auf die andere Seite, schaute durch den Eingang der Hütte nach draußen. Ihr Blickfeld begann zu verschwimmen. Katinka schluckte. Sie wollte nicht schon wieder ohnmächtig werden. Sie *durfte* nicht schon wieder das Bewusstsein verlieren. Ihr war klar, dass die kurzen Wachphasen kein gutes Zeichen darstellten. Nein, nein, ich will noch nicht sterben! Jede Faser ihres Körpers sträubte sich gegen das vermeintlich Unabwendbare. Panik stieg in ihr auf. Das Geflimmer vor ihren Augen verstärkte sich, Katinka konnte kaum noch die Baumstämme vor der Hütte erkennen. Was war los mit ihr? Angst wallte in ihr auf. Sie rollte sich zurück auf den Rücken und begann zu weinen.

Mit geschlossenen Augen schluchzte sie stumm vor sich

hin, als plötzlich etwas Feuchtes ihre Wange berührte. Erschrocken zuckte sie zurück, als sie eine behaarte Hundeschnauze dicht vor ihrem Gesicht erkannte. Bonnie! Liebe Bonnie! Hol dein Frauchen und bring es zu mir! Bitte! Bitte tu ein Mal, was ich möchte! Hatte Katinka nicht schon gelesen, dass Hunde einen siebten Sinn zu haben schienen? Einen Instinkt, der sie die Gefühle von Menschen spüren ließ? Ich habe Angst, Bonnie. Verfluchte Angst, hier sterben zu müssen. Wenn du das nächste Mal kommst, kann es schon zu spät sein. Bitte bleib!

»Bonnie!«

Verzweifelt schloss Katinka die Augen und betete stumm. Nein, geh nicht. Bleib hier. Bitte!

»Bonnie, komm!«

Als Katinka wieder ihre Augen öffnete, stand die Hündin weiter mit gespitzten Ohren vor ihr und starrte sie an. Katinka betrachtete das sanfte Gesicht des Tieres, überlegte, wie sie sie zum Bleiben bewegen konnte. Sie hob ihren Kopf und musterte das Halsband. War das die Lösung? Konnte ihre Idee klappen? Hatte sie noch genug Kraft? Ganz langsam wandte sie sich von der Hündin ab, in der tiefen Hoffnung, dass das Tier nicht weglaufen würde. Sie rutschte nach oben, bis sich ihre Hände etwa auf der Höhe des Halsbandes befanden. Um Bonnie anzulocken, begann Katinka, ihre Finger zu bewegen. Und tatsächlich spürte sie wenige Sekunden später die feuchte Schnauze der Hündin an ihrer Haut. Jetzt musste sie nur noch das Halsband zu greifen bekommen. Während Bonnie an ihren Händen schleckte, versuchte Katinka, ihre Finger zu bewegen. Suchend ließ sie sie über das Fell des Tieres wandern. Ganz langsam, ganz vorsichtig. Wo war dieses verdammte Halsband?

Als sie schon fast aufgeben wollte, spürte sie plötzlich aufgeraute Leder an ihrem Daumen. Da! Sie hatte es gefunden. Vor Glück hätte sie laut aufschluchzen können, doch sie musste mit ihrer Kraft unbedingt haushalten. Wie lange würde es dauern, bis Bonnies Frauchen den Hund suchen würde? Sie hakte ihren Zeigefinger in das Halsband ein und ignorierte den Schmerz, der ihr in die Schulter schoss, als der Hund seinen Kopf heben wollte. Nein, Bonnie. Halt still, dein Frauchen muss gleich kommen. Warte und zieh nicht so.

»Bonnie! Wo steckst du denn?«

Jetzt, murmelte Katinka stumm vor sich hin, während ihr Finger weiter das Halsband festhielt. Sie durfte auf keinen Fall loslassen.

»Bonnie! Verdammt!«

Da! Schritte auf dem Waldboden. Katinka musste nur noch wenige Sekunden durchhalten. Ihr Kopf begann zu dröhnen, das Grieseln vor ihren Augen war mittlerweile so stark, dass sie überhaupt nichts mehr erkennen konnte. Doch sie hörte die Schritte, das Schnaufen und Fluchen von Bonnies Frauchen.

»Bonnie!«

Die Hündin begann zu wimmern. Katinkas Arme schienen ihr nicht mehr zu gehorchen. Ich kann nicht mehr, bitte, bitte … Ihre Kehle schnürte sich zu, ihr Körper begann unkontrolliert zu zucken.

»Da bist du ja, du untreues Hundemäd…«

Bonnie riss sich los. Vor Katinka tauchte eine Wolke auf, sie ließ sich fallen.

»Hallo! Was ist mit Ihnen? Scheiße …«

Die Wolke wurde größer, weicher, sanfter, umhüllte Katinkas Körper, Katinkas Gedanken. Sie fühlte sich geborgen, sicher, gerettet …

43

»Die Patientin ist sehr geschwächt. So wie es den Anschein hat, hat sie tagelang weder Nahrung noch Flüssigkeit aufgenommen«, erklärte die Ärztin.

»Ist sie ansprechbar?«, wollte Sina besorgt wissen.

Die Medizinerin schüttelte den Kopf. »Die junge Frau war ohne Bewusstsein, als wir sie im Wald vorgefunden haben.«

»Wird sie sich wieder erholen?«, fragte Matthias.

»Wir müssen die Nacht abwarten. Aber klar ist, dass sie, wenn sie nicht gefunden worden wäre, es wohl nicht geschafft hätte.«

»Oh Gott!«, entfuhr es Sina.

»Sie ist bei uns in den besten Händen«, versicherte die Ärztin.

»Danke.«

Sina und Matthias eilten den Flur entlang zu der Zimmernummer, die Frau Dr. Meerling ihnen genannt hatte.

Die Tür stand offen. Ein Schluchzen drang aus dem Raum.

»Ihre Eltern«, raunte Sina Matthias zu. »Hallo«, begrüßte sie Mareike und Karsten Lungwitz im nächsten Moment.

Katinkas Mutter hatte sich ein Stofftaschentuch vor ihr Gesicht gepresst, ihr Mann stand mit versteinerter Miene neben ihr.

»Wie konnte das nur …«, wisperte sie verzweifelt. »Katinka …«

Das Mädchen sah aus, als ob es schliefe. Wären da nicht die Infusionen gewesen, die an einem Gestell über ihr hingen, und die summenden Apparate neben ihr.

»Die Ärztin ist sehr zuversichtlich, dass Ihre Tochter sich wieder erholt«, setzte Matthias an.

»Wer hat ihr das angetan?«, wollte Katinkas Vater mit sonorer Stimme wissen, ohne auf Matthias' Bemerkung einzugehen.

»Das werden wir herausfinden«, erklärte Sina bestimmt. »Möglicherweise hat ein zufällig vorbeikommender Passant versucht, Katinka zu Hilfe zu eilen. Doch er wurde selbst angegriffen und schwer verletzt.«

Die Augen von Mareike Lungwitz weiteten sich. »Ein weiteres Opfer?«

»Wir wissen es noch nicht sicher«, sagte Matthias, »doch es ist wahrscheinlich. Der Fundort des Mannes, der helfen wollte, liegt nicht allzu weit von der Hütte entfernt, in der man Katinka festgehalten hat.«

»Wer macht so etwas?« Katinkas Mutter schluchzte auf. »Sie war gefesselt und geknebelt, hat die Ärztin gesagt.«

Sina nickte. »Die Kleidung Ihrer Tochter wird momentan kriminaltechnisch untersucht. Wenn wir darauf Fremd-DNA finden, stehen die Chancen gut, dass wir den oder die Täter ausfindig machen können.«

Eine Schwester kam ins Zimmer und nickte ihnen zu. Dann trat sie an das Bett und überprüfte die flirrenden Zahlen auf dem Monitor.

»Ist alles in Ordnung?«, hauchte Katinkas Mutter, die genau beobachtete, was die Krankenschwester tat.

»Ihre Tochter ist jung und stark«, erwiderte die Pflegekraft. »Ihre Werte sind stabil.«

»Wenn ich mir vorstelle, dass sie Tag und Nacht da draußen im Wald gelegen hat. Unfähig, sich zu bewegen. Was muss ihr nur durch den Kopf gegangen sein?« Wieder begann Mareike Lungwitz zu weinen.

»Wenn Katinka aufwacht, wird sie Ihre Unterstützung benötigen«, sagte Sina mit sanfter Stimme. »Vielleicht wäre es gut, wenn Sie einen Psychologen heranziehen würden. Ich kann Ihnen jemanden ...«

»Darum kümmere ich mich selbst«, unterbrach Karsten Lungwitz sie barsch. »Ich habe Kollegen, die ich kontaktieren kann.«

Sina nickte nur. Sie mochte sich gar nicht vorstellen, was in diesem Moment in den beiden vorging. Wenn Clara an Katinkas Stelle ... Sie verdrängte den Gedanken.

»Ist sie ...?« Katinkas Mutter sah zur Seite. »Wurde ihr Gewalt angetan?«

»Nein«, erklärte Sina. »Die Ärztin hat uns bestätigt, dass keinerlei Spuren sexueller Gewalt gefunden wurden.«

»Was ist nur passiert?«, murmelte Karsten Lungwitz. »Was hat sie da im Wald gemacht?«

»Sobald wir mehr wissen, informieren wir Sie«, entgegnete Matthias und bedeutete Sina unauffällig, dass sie den Rückzug antreten sollten. »Wir melden uns morgen bei Ihnen.«

Als sie wieder auf dem Flur standen, fuhr sich Sina durchs Haar und atmete tief durch. »Das arme Mädchen. Hast du ihre Handgelenke gesehen?«

Matthias nickte. »Sie muss seit Montagabend in der Hütte gelegen haben. Es wird lange dauern, bis sie dieses Trauma verarbeitet hat.«

»Hoffen wir, dass sie es schafft.«

»Gehen wir noch kurz bei Jochen vorbei? Wir könnten ihm Katinkas Bild zeigen. Ich gehe davon aus, dass er sie wiedererkennt.«

»Er liegt seit heute eine Etage tiefer«, erklärte Sina Matthias und deutete den Flur entlang zum Treppenhaus.

»Hallo«, begrüßte sie kurz darauf ihren Schwager, nachdem sie das Krankenzimmer betreten hatten.

»Sina.« Jochen versuchte, sich anders zu positionieren, verzog aber im nächsten Moment sein Gesicht. »Diese verfluchten Rippen«, schimpfte er.

»Bleib liegen. Wir möchten dich nur kurz etwas fragen.«
Sie zögerte. »Wie geht es dir?«

»Ging schon besser.«

Matthias zog sein Handy hervor und suchte ein Foto von Katinka. »War das die Frau, die Sie am Montagabend gesehen haben? Die von dem Typen … fast vergewaltigt wurde?« Er hielt Jochen das Display hin.

Der verzog seine Lippen. »Könnte sein, ich bin mir nicht ganz sicher.« Er schüttelte den Kopf. »Es war dunkel.«

»Bitte sieh sie dir noch mal an, Jochen«, bat Sina ihren Schwager. »Es ist wirklich wichtig. Dieses Mädchen hat seit Montagabend gefangen in einer Waldhütte unterhalb der Burg Windeck gelegen. Vor knapp zwei Stunden wurde sie von einer Spaziergängerin gefunden.«

Er sah ein weiteres Mal auf das Bild. »Ja, sie könnte es sein.« Er hob eine Hand. »Es ging alles so schnell. Das Mädchen lag auf dem Boden, dieser Typ saß auf ihr drauf …« Er stockte. »Ich weiß es nicht genau.«

Matthias steckte das Handy wieder weg. Jochen legte den Kopf zurück und schloss die Augen. Er wirkte erschöpft.

»Wir wollen dich nicht länger stören«, setzte Sina an. »Ich denke, ich schaue morgen noch mal mit Natascha bei dir vorbei, wenn es dir recht ist.«

Er erwiderte nichts.

»Dann schlaf gut und erhol dich weiterhin.«

»Hast du einen kurzen Moment, Sina?«

Sie wechselte einen Blick mit Matthias.

Er nickte. »Ich warte draußen auf dich.«

»Danke.«

Nachdem Matthias das Zimmer verlassen hatte, trat Sina neben Jochens Bett und sah ihn abwartend an.

Er öffnete wieder die Augen und sah ihr offen ins Gesicht. »Wir beide haben nicht das beste Verhältnis.« Er grinste schief.

Sina wartete stumm.

»Aber ... ich wollte schon vor dem Vorfall mit dir sprechen.«

»Weswegen?« Irritiert vernahm sie die Hilflosigkeit in seiner Stimme.

»Wegen ...« Er drehte den Kopf und sah zum Fenster. »Wegen Natascha.«

In Sina begannen sämtliche Alarmglocken zu schrillen. »Worum geht es?« Sie bemühte sich um einen ruhigen Tonfall.

»Natascha ist seit einiger Zeit ... komisch. Distanziert. Ungeduldig. Eben anders als sonst. Ist dir das denn nicht aufgefallen?«

Sina überlegte. »Ich bin ihre Schwester, nicht ihr Mann. Mir gegenüber verhält sie sich wie immer.«

»Heißt das, du hast bemerkt, dass sie sich mir gegenüber anders verhält?« Er sah sie wieder an.

»Nein, eigentlich nicht.« Sina räusperte sich. »Wenn du das Gefühl hast, dass Natascha etwas beschäftigt, warum redest du nicht mit ihr?«

Er nickte. »Ich ... Ja, ich denke, das sollte ich tun. Ich habe keine Ahnung, was los ist. Aber sie ist definitiv anders. Auch vorhin, als sie bei mir war. Sie hat von den Kindern erzählt, von den Ermittlungen. Aber ... ich hatte die ganze Zeit das Gefühl, als sei sie mit ihren Gedanken ganz woanders. Als wolle sie nicht hier sein. Bei mir.«

»Jochen, ihr seid verheiratet. Wenn es Probleme zwischen euch gibt ...«, setzte Sina vorsichtig an. »Als Eheberaterin eigne ich mich nur sehr bedingt. Das weißt du wohl.«

Wieder nickte er. »Ja, vielleicht hast du recht. War eine blöde Idee. Entschuldige bitte.«

Entschuldige?, wiederholte Sina stumm. Was war mit ihrem Schwager geschehen? So kleinlaut und unsicher hatte sie ihn noch nie erlebt. Jedoch konnte sie nicht beurteilen, ob sein verändertes Verhalten von Dauer sein würde oder nur die Folge eines momentanen Zustands war.

»Sprich mit Natascha«, riet sie ihm ein weiteres Mal. »Sicher wird sich alles wieder einrenken.«

44

Sonntag, 11. Juni

»Es scheint, dass die Fälle Katinka Lungwitz und Anna Fromm zusammenhängen«, erklärte Sina geduldig, während sie die Augen verdrehte. Matthias, der vor ihrem Schreibtisch saß, wandte grinsend den Kopf ab.

Warum war Klaus-Peter Gans heute, am Sonntag, in seinem Büro?

»Was ist mit dem Phantombild?«, bellte der Kriminalrat ungehalten ins Telefon.

»Der Kollege hat mir versprochen, dass ich es heute noch bekomme«, erwiderte Sina genervt. Während sie ihrem Vorgesetzten Rede und Antwort stand, trommelte sie mit den Fingern auf die Schreibtischplatte.

»Die Vermisste ist noch nicht bei Bewusstsein?«

»Wir haben noch nichts gehört. Sobald sie ansprechbar ist, reden wir mit ihr.« Mühsam unterdrückte sie ihren Ärger.

»Halten Sie mich auf dem Laufenden. Was ist mit dem Kollegen Sommer?«

»Er kümmert sich um den tätlichen Angriff auf Jochen Völker«, leierte Sina gebetsmühlenartig herunter. »Auch dieser Fall scheint mit dem Vermisstenfall Lungwitz zu tun zu haben.«

»Sie melden sich!« Es war keine Frage.

»Ja, Herr Kriminalrat«, erwiderte Sina und verabschiedete sich.

»Na, der hat dich ja auseinandergenommen.«

Sina stöhnte. »Es ist Sonntag. Was macht Gans im Büro?«

»Er zeigt sich solidarisch.«

»Toll«, gab Sina zurück. »Keine Ahnung, was mit ihm los ist. Normalerweise ist er doch recht umgänglich.«

»Jeder hat mal einen schlechten Tag.«

Sina erhob sich und wischte über ihre Stirn. Sie stellte sich ans Fenster und beobachtete die Besucher des Cafés neben dem Bahnhof. Alle Tische waren besetzt. Die Leute tranken Kaffee und frühstückten. In Momenten wie diesen sehnte auch sie sich nach einer ganz normalen Fünf-Tage-Woche.

Matthias trat hinter sie und umschlang ihre Taille.

»Nicht im Büro, Herr Kommissar«, tadelte Sina ihn lächelnd.

»Marc und Gerhard sind doch noch nicht da.«

»Sie können aber jederzeit kommen.«

»Spielverderberin.« Matthias hauchte ihr einen Kuss auf die Nasenspitze, löste aber seine Arme.

»Nach Feierabend«, vertröstete Sina ihn und strich kurz über seinen Verband.

Als ihr Telefon erneut klingelte, fluchte sie. »Was hat Gans vergessen?«

Doch es war eine Telefonnummer mit hiesiger Vorwahl. »Engel.«

»Hauptkommissarin Engel? Hier spricht Meerling vom Kreiskrankenhaus Weinheim. Katinka Lungwitz ist wach. Wir sollten Sie doch informieren, wenn es der Patientin besser geht.«

Erleichterung durchströmte Sina. »Vielen Dank, das sind sehr gute Neuigkeiten. Wir sind in etwa zwanzig Minuten bei Ihnen.«

Nachdem sie aufgelegt hatte, informierte sie Matthias.

Eine knappe halbe Stunde später standen sie vor Katinkas Krankenzimmer. Sina klopfte.

»Ja, bitte!«

Mareike und Karsten Lungwitz standen am Bett ihrer Tochter. Katinka saß mehr, als dass sie lag, und aß eine Banane.

»Guten Morgen«, grüßte Sina die Anwesenden. »Wie schön, dass es dir besser geht.« Sie trat ans Bett und stellte Matthias und sich vor. »Ist es in Ordnung, wenn wir dir ein paar Fragen stellen?« Sie blickte von Katinka zu deren Eltern.

Das Mädchen nickte, blieb aber stumm.

»Wollen wir uns draußen unterhalten?«, wandte sich Matthias an Mareike und Karsten Lungwitz. Katinkas Mutter fasste nach der Hand ihrer Tochter. »Möchtest du kurz mit Frau Engel sprechen?«

Katinka nickte erneut.

Nachdem die drei den Raum verlassen hatten, holte sich Sina einen Stuhl und setzte sich neben das Bett. »Du hast großes Glück gehabt.«

Das Gesicht des Mädchens war leichenblass, dunkle Schatten lagen unter ihren Augen. »Ich dachte, ich muss sterben«, flüsterte sie mit rauer Stimme.

Sina nickte. »Du hast seit Montagabend keine Flüssigkeit zu dir genommen.« Sie lächelte. »Scheint so, als ob du eine sehr willensstarke Kämpfernatur bist.«

Die Augen des Mädchens schimmerten feucht. »Ich hatte solche Angst …«

»Die hätte jeder gehabt«, entgegnete Sina ernst. »Du warst tagelang gefesselt und geknebelt. Wir haben dich gesucht, aber leider nicht gefunden. Glücklicherweise konntest du diesen Hund auf dich aufmerksam machen.«

Katinkas Lippen verzogen sich. »Bonnie.«

Sina nickte. »Genau, Bonnie. Gut möglich, dass sie dir das Leben gerettet hat.«

»Meine Gelenke tun weh, mein Rücken.« Katinka schloss die Augen. »Und mein Hals.«

»Möchtest du etwas trinken?«

»Nein, danke. Meine Mutter hat mir heute früh schon geführte zwei Liter eingeflößt.«

»Sie hat sich große Sorgen gemacht. Wir alle haben uns sehr große Sorgen gemacht. Niemand wusste etwas. Deine Freundin hat von Anfang an vermutet, dass dir etwas zugestoßen sein muss.«

»Chiara kommt später.«

»Sie möchte dich sehen.«

»Es war ... so furchtbar. Ich habe diese Übungen gemacht. Jedes Mal, wenn ich wach war, habe ich versucht, meine Beine zu bewegen, meine Arme, meine Schultern. Und dann waren da diese vielen Ameisen. Ich habe sie gezählt. Immer und immer wieder. Ich habe auf Geräusche gehört. Einmal dachte ich, ich hätte Stimmen gehört. Aber dieses eklige Stück Stoff in meinem Mund ...« Katinka begann zu weinen.

Sina berührte ihren Arm. »Es ist gut. Katinka, es ist vorbei. Du bist in Sicherheit. Es wird bestimmt eine ganze Weile dauern, bis du diesen Albtraum verarbeitet hast. Aber es gibt Psychologen. Dein Vater kennt wohl einige sehr gute. Du wirst jede Hilfe bekommen, die du brauchst. Auch deine Eltern sind für dich da. Und ich ...« Sie nickte. »Auch ich bin jederzeit für dich da, wenn du reden möchtest.«

»Ich weiß überhaupt nicht, was passiert ist«, presste Katinka fast wütend hervor. »Ich kann mich nicht erinnern.«

»Du wolltest dich mit Chiara treffen«, versuchte Sina, ihr auf die Sprünge zu helfen. »Aber sie war stark erkältet und hat sich nicht gut gefühlt.«

Katinka starrte auf die Bettdecke. »Ja, stimmt. Das weiß ich noch.«

»Was hast du an jenem Abend gemacht? Wir haben eine Zeugin, die der Meinung ist, dass sie dich am späten Montagabend auf dem Marktplatz gesehen hat.« Sina zögerte. »In Begleitung zweier junger Männer.«

Katinka kniff ihre Augen zusammen. »Auf dem Marktplatz ...«

»Sie meinte, du seist ziemlich betrunken gewesen, hättest dich an den Arm deines einen Begleiters geklammert.«

»Das kann nicht sein«, brauste Katinka auf. »Ich hasse Besoffene. Ich würde niemals ...« Sie schluchzte auf. »Das stimmt nicht.«

»Wir vermuten, dass man dir etwas ins Glas geschüttet hat.«

»Was? Aber ...« Die Augen des Mädchens irrten unruhig durch den Raum. »Das kann nicht sein. Ich war doch ...«

»Ja?«, hakte Sina ein. »Wo warst du? Und vor allem, mit wem?«

45

»Sie hat sich mit Florian Jacoby und Lukas Martens getroffen«, murmelte Matthias nachdenklich, während er sich gegen den Schreibtisch in Sinas Büro lehnte.

»Jacoby hatte sie auf der Arbeit gefragt, ob sie sich Montagabend mit ihm und einem Kumpel auf dem Marktplatz treffen wolle.«

»Daraufhin hat sie ihre Freundin angerufen und wollte wissen, ob diese mitkäme. Allerdings hat sie Chiara nicht erzählt, dass sie sich eventuell mit ihrem Arbeitskollegen und dessen Freund treffen wollte, weil sie sich noch nicht sicher war. Deshalb wusste Chiara nichts von den beiden.«

»Zwei Jungs, zwei Mädchen.« Sina zuckte mit den Achseln. »An sich eine ganz gewöhnliche Verabredung.«

»Nur dass die Jungs eben keine gewöhnlichen Pläne hatten.« Matthias presste seine Kiefer aufeinander. »Normalerweise sind Jugendliche nicht mit K.-o.-Tropfen in der Tasche unterwegs.«

»Sie hatten es geplant.«

»Bei Anna Fromm hatte es schon einmal geklappt. Warum es also nicht ein weiteres Mal versuchen? Diese Idioten!«

»Chiara war krank und hat Katinka abgesagt. Deshalb ist sie dann allein ins Café gekommen. Die drei haben den Abend gemeinsam verbracht. Irgendwann ist Katinka sicher zur Toilette gegangen, Jacoby und Martens schütten ihr unauffällig etwas ins Getränk und warten, bis sich die Wirkung entfaltet. Dann verlassen sie mit ihr das Café. Jeder denkt, die Jugendliche sei eben betrunken, ihre zwei Begleiter kümmern sich schon um sie.«

»So wie unsere Zeugin«, warf Matthias ein.

»So wie unsere Zeugin«, wiederholte Sina. »Sie schleppen Katinka den Wachenberg hinauf zum Alten Burgweg, in der Hoffnung, sich dort ungestört an ihr … vergehen zu können.« Matthias fluchte.

»An dieser Stelle kommt Jochen ins Spiel. Er bemerkt, wie einer der beiden – wohl nicht Martens, den er ja nicht wiedererkannt hat –, wie also wahrscheinlich Jacoby sich an Katinka zu schaffen macht. Er spricht ihn an, fordert ihn auf, von dem Mädchen abzulassen, und wird daraufhin … von Martens niedergeschlagen«, mutmaßte Sina, während sie sich auf ihren Stuhl fallen ließ. »Wütend wegen der Störung prügelt Martens weiter auf Jochen ein, bricht ihm ein paar Rippen und fügt ihm Platzwunden und Prellungen zu.«

»Durch den Zwischenfall ist ihnen die Lust vergangen, Katinka Gewalt anzutun. Das Mädchen ist weiterhin nicht ansprechbar und reagiert nicht«, führte Matthias aus. »Jacoby und Martens sind sich aber bewusst, dass Katinkas Erinnerung zurückkehren wird. Spätestens am nächsten Tag. Vielleicht halten sie Jochen für tot. Denn auch er hätte sich ja an sie erinnern können. Sie schleppen Katinka hinunter Richtung Windeck, stoßen auf die verfallene Hütte und legen die Bewusstlose dort ab.«

»Sie war gefesselt«, gab Sina zu bedenken. »Mit Kabelbindern.« Sie öffnete ihr Mailpostfach. »Denkst du wirklich, sie waren so gut ausgerüstet?« Sie malte Anführungszeichen in die Luft. »K.-o.-Tropfen und Kabelbinder?«

»Wenn sie diese kranke Idee schon vorher hatten, dann sicherlich«, entgegnete Matthias verärgert.

»Das heißt, sie hätten es in Kauf genommen, dass Katinka innerhalb weniger Tage in der Hütte verdurstet.« Angesichts der menschenverachtenden Brutalität, die im Raum stand, lief es Sina eiskalt den Rücken hinunter. »Dieser Jacoby machte einen ganz normalen Eindruck auf mich.«

»Auf Katinka wahrscheinlich auch«, ergänzte Matthias ernst. »Sonst hätte sie sich sicherlich nicht allein mit ihm und Martens getroffen. Auf mich hat er bei seinem Chef auch nicht auffällig gewirkt. Aber … das heißt leider nichts.«

»Nein, das heißt leider nichts«, wiederholte Sina frustriert und presste sich die Hände auf die Augen. »Hat er Martens erschlagen?«

Matthias zuckte mit den Achseln. »Möglich.«

»Warum?«

»Vielleicht sind sie in Streit geraten? Vielleicht hat Martens Gewissensbisse bekommen? Eine Vergewaltigung ist schlimm, aber ein Mord … Das ist noch mal ein ganz anderes Kaliber.«

»Warum haben sie sie nicht gleich umgebracht?«, gab Sina zu bedenken. »Warum schleppen sie sie weg und fesseln und knebeln sie?«

»Eine Kurzschlusshandlung?«, überlegte Matthias. »Du musst bedenken, dass Jochen sie gestört hat. Der Plan, den sie sich zurechtgelegt hatten, war durch das Auftauchen deines Schwagers zunichte. Sie mussten sich schnell entscheiden. Du weißt, dass Menschen oft irrationale Entschlüsse treffen.«

»Das ist schrecklich«, erklärte Sina. »Was sollen wir denn Martens' Eltern sagen? Dass ihr Sohn ein Vergewaltiger war?«

»Sobald wir es beweisen können, müssen sie es wissen.«

»Er ist tot«, erwiderte sie leise. »Was gibt es Schlimmeres für Eltern? Wenn die Trauer dann aber von Entsetzen überlagert wird …« Sie atmete tief durch und klickte auf ihre Mails. »Die Phantombilder sind gekommen.«

»Und?« Matthias drehte sich um und beugte sich nach vorn.

Sina klickte auf die Nachricht des Zeichners. Als sich die Bilder öffneten, entfuhr ihr ein Seufzen.

»Martens und Jacoby haben Anna Fromm vergewaltigt«, presste Matthias zwischen den Zähnen hervor. »Diese Arschlöcher!«

»Somit haben wir Gewissheit«, folgerte Sina leise. »Zwei Jugendliche, die gleichaltrige Mädchen vergewaltigen. Das ist abscheulich.«

Sie blickte auf die beiden Bilder. Es gab keinen Zweifel. Florian Martens und Lukas Jacoby waren eindeutig erkennbar.

»Wer weiß, wie viele sie noch auf dem Gewissen haben.« Matthias legte Sina eine Hand auf die Schulter. »Anna kam ja auch erst Wochen später zu uns. Wenn die Mädchen sich an nichts erinnern können ...«

»Du meinst, wir sollten einen Aufruf machen?« Sina sah zu ihm hoch.

»Wir müssen zumindest darüber nachdenken.«

»Die Eltern von Martens haben auf mich einen sehr bodenständigen Eindruck gemacht«, überlegte Sina. »Und auch Florian Jacoby, der bei seiner Oma lebt ...« Sie schüttelte den Kopf. »Beide hatten einen Ausbildungsplatz, ein stabiles Umfeld. Sie sind ... waren nicht unattraktiv. Sie hätten doch problemlos auf normalem Weg Mädchen kennenlernen können. Ich verstehe es einfach nicht. Wie kann man sich sein Leben nur derart versauen?«

»Auch für die beiden Mädchen wird nichts mehr so sein, wie es war«, gab Matthias zu bedenken.

»Nein«, pflichtete Sina ihm bei. »Anna ist schwanger, und Katinka hat ein tagelanges Martyrium hinter sich, musste Todesängste ausstehen.«

»Und wahrscheinlich ist es einzig Jochen zu verdanken, dass sie nicht vergewaltigt wurde.«

Sina nickte. »Vielleicht hat er sogar Schlimmeres verhindert. Anna haben sie laufen lassen. Wir wissen aber nicht, was sie mit Katinka nach der ... Tat vorhatten.«

46

»Wir sind uns ziemlich sicher, dass Lukas Martens und Florian Jacoby für Katinkas Verschwinden verantwortlich sind«, erklärte Sina dem Kriminalrat. »Wir vermuten, dass die beiden einen Tag nach dem Verschleppen von Katinka in Streit geraten sind und Florian Lukas im Eifer des Gefechts erschlagen hat.«

»Hat die Vermisste die beiden identifiziert?«, wollte Klaus-Peter Gans von Sina wissen.

»Sie konnte sich erinnern, dass sie sich mit den beiden getroffen hat. Wahrscheinlich wurden ihr K.-o.-Tropfen verabreicht. Sie weiß weder, wann und wie sie das Café verlassen hat, noch, wie sie in diese Waldhütte gelangte.«

»Und die Phantombilder lassen keinen Zweifel zu?«

»Nein«, erklärte Sina entschieden. »Anna Fromm ist informiert. Sie kommt später vorbei, um die beiden Verdächtigen zu identifizieren. Aber sowohl Kommissar Sommer als auch ich sind uns sicher, dass es sich bei den Tätern, die Anna mutmaßlich vergewaltigt haben, um Martens und Jacoby handelt.«

Der Kriminalrat brummte etwas Unverständliches vor sich hin.

»Herr Gans?«

»Ich kümmere mich um den Haftbefehl«, wiederholte er lauter.

»Gut, wir warten solange.«

Zufrieden legte Sina auf. Die Fälle waren so gut wie gelöst. Es klopfte.

»Ja.«

Natascha betrat das Büro. »Sina.« Ihr Gesicht wirkte verquollen, ihre Nase war gerötet.

Sina stand auf und näherte sich ihrer Schwester. »Natascha! Alles in Ordnung?«

Doch diese schüttelte den Kopf. »Nichts ist in Ordnung.« Sie schluchzte auf. »Jochen ist …«

»Was ist mit Jochen?« Sina sah Natascha alarmiert an.

»Er ist … Er hat dieses Mädchen gerettet. Jochen hat mir erzählt, wie er von seiner Mandantin kam und …« Natascha konnte nicht weitersprechen.

Sina legte einen Arm um ihre Schultern und führte sie zu dem Stuhl vor dem Schreibtisch. »Setz dich.« Sie holte eine Flasche Wasser aus dem Schrank. Während sie ein Glas füllte, überlegte sie sich die richtigen Worte. »Jochen hat die Täter höchstwahrscheinlich davon abgehalten, das Mädchen zu vergewaltigen. So sieht es im Moment zumindest aus.«

»Und ich habe …« Wieder begann Natascha zu weinen. »Er ist ein Held. Verstehst du, Sina? All die Jahre war ich so todunglücklich. Ich weiß nicht, wie oft ich mich gefragt habe, wie lange ich dieses Leben noch aushalte. Wie lange ich diese Ehe noch aushalte.« Ihre Stimme klang verzweifelt. »Und jetzt hat er dieses Mädchen beschützen wollen … und ich habe …«

Sina seufzte. »Du hast ihn betrogen. Ist es das, was dir so zu schaffen macht?«

Natascha nickte, während sie das Glas zu sich heranzog und einen Schluck trank.

»Wir alle machen Fehler. Warum machst du dich so fertig?«

»Er ist ein Held«, wiederholte Natascha leise. »Verstehst du das? Wie viele sehen weg, wenn in ihrer Nähe ein Unrecht geschieht? Wie viele haben Angst zu helfen? Jochen hingegen …«

»Zweifelsfrei hat er am Montagabend das Richtige getan«, gab Sina zu. »Doch das ändert nichts an der Tatsache, dass du unglücklich mit ihm warst.«

»Ich kann ihm kaum in die Augen sehen«, flüsterte Natascha.

»Er merkt, dass etwas zwischen euch nicht stimmt«, entgegnete Sina zögernd. »Ich war gestern kurz bei ihm, und er hat mich gefragt, ob ich etwas wüsste.«

Auf Nataschas Gesicht spiegelte sich Entsetzen wider. »Was hast du ihm gesagt?«

Sina zuckte mit den Achseln. »Was denkst du? Nichts natürlich. Meinst du, ich mische mich in eure Eheprobleme ein?«

Natascha schlug mit der flachen Hand auf die Tischplatte. »Wenn er erfährt, dass ich ihn ... belogen habe, wird er mich verlassen.«

»Du musst mit ihm reden«, mahnte Sina ihre Schwester eindringlich. »Wie soll es denn sonst mit euch weitergehen?«

»Ich kann nicht.« Natascha schüttelte den Kopf. »Ich kann es einfach nicht.«

»Du musst ihm ja nichts von deiner Affäre erzählen. Aber rede mit ihm, wie es dir geht. Dass du nicht glücklich bist. Nicht zufrieden. Dass du gern wieder arbeiten würdest. Das kann doch nicht so schwer sein.« Na, sie war die Richtige, die hier Beziehungstipps gab. Wer im Glashaus saß ...

»Ich komme mir so unbeholfen vor, obwohl wir seit fast zehn Jahren verheiratet sind.«

»Das ist eine Phase, Natascha.« Sina beugte sich vor und musterte ihre Schwester. »Ihr habt zwei Kinder. Wenn ihr miteinander redet, könnt ihr das schaffen.«

»Er weiß von nichts«, wisperte ihre Schwester. »Wir haben in den letzten Jahren so oft gestritten, aber ich hatte nie das Gefühl, dass er mich wirklich versteht.« Sie schnaubte. »Ich habe mich in letzter Zeit so oft gefragt, ob ich ohne ihn nicht besser dran wäre. Ich könnte arbeiten gehen, müsste deshalb nicht mit ihm diskutieren ... Aber sollen die Kinder ohne ihren Vater aufwachsen?«

Sina konnte die innere Zerrissenheit ihrer Schwester nachvollziehen. Doch was sollte sie ihr raten? Natürlich wusste sie, dass es Natascha nicht gut ging. Die Entscheidung, ob sie ihren Mann verlassen sollte, konnte ihr jedoch niemand abnehmen.

»Bitte überstürz nichts«, bat sie. »Du weißt, dass ich mit Jochen schon immer meine Probleme hatte, aber eine Ehe gibt man nicht einfach auf.«

Natascha nickte. »Das weiß ich ja. Und ich versuche doch auch immer wieder, über Jochens Fehler hinwegzusehen.«

»Und genau das solltest du nicht«, warf Sina ein. »Du musst ihm deutlich sagen, was du möchtest. Wie du dir dein Leben vorstellst. Er kann nicht über dich bestimmen. Er ist dein Mann und steht nicht über dir.«

»Es sind seine Eltern, sie sind ebenfalls …«

»Du bist nicht mit seinen Eltern verheiratet«, unterbrach Sina sie, als sie merkte, wie erneut Wut in ihr aufstieg. »Du bist mit Jochen verheiratet. Und ihr beide, nicht seine Eltern, ihr beide müsst eine Lösung finden, die für euch zufriedenstellend ist.«

»Ich wollte dich nicht aufhalten«, schweifte Natascha unvermittelt ab. »Es ist Sonntag. Ihr wollt doch bestimmt bald Feierabend machen.«

»Schön wär's«, sagte Sina. »Wir haben morgen frei. Ich muss noch auf einen Haftbefehl warten, das kann dauern. Und ich treffe gleich noch eines der Opfer.«

»Die Ärzte meinen, Jochen könnte schon im Laufe der nächsten Woche nach Hause.«

»Das ist doch gut.« Sina fasste nach den Händen ihrer Schwester. »Dort habt ihr Ruhe. Wenn die Kinder im Kindergarten sind, nehmt ihr euch Zeit und redet.«

»Er wird ausflippen«, wiederholte Natascha.

»Er liebt dich.«

»Ja.« Nataschas Stimme klang bitter. »Und ich war mit einem anderen im Bett.«

»Du kannst es nicht ungeschehen machen.« Sina erhob sich.

»Hast du Carlo je betrogen?« Nataschas Blick suchte ihren. Sina wandte ihr Gesicht ab.

»Sina?«

»Nur mit Matthias«, erklärte sie leise.

»Mit Matthias?« Ihre Schwester runzelte die Stirn. »Ich verstehe nicht ganz.«

»Am Anfang hat es sich so angefühlt, als würde ich Carlo hintergehen.« Sie schüttelte den Kopf. »Ich weiß, das ist total blöd. Carlo war ja zu dem Zeitpunkt schon tot. Aber … es war gerade mal ein Jahr nach seiner Ermordung.«

»Er fehlt dir«, stellte Natascha fest. »Und ich jammere dir hier seit Tagen den Kopf voll.«

»Nein, so ist es nicht. Ich bin deine Schwester, und wenn du Kummer hast, bin ich für dich da.«

»Hast du Kummer?« Natascha umfasste Sinas Arme und drehte sie zu sich. »Süße?«

Sina lächelte. »Nein, habe ich nicht. Ich bin sehr glücklich. Claras Vater lebt nicht mehr. Er fehlt mir unendlich. Aber Matthias …«

»Er ist für dich da«, sagte Natascha. »Und er kümmert sich um dich, um Clara. Er macht dich glücklich.«

Sina nickte. »Ja, das macht er. Er ist wirklich der Beste.«

»Ich freue mich für dich, für euch.«

47

Sina schob Anna und Lilli Fotos von Lukas Martens und Florian Jacoby hin. »Sind sie das?«

Die beiden Mädchen sahen erst die Bilder und dann sich gegenseitig an.

»Sie sind es«, folgerte Sina.

Lilli nickte. »Ja, das waren sie. Eindeutig.«

»Anna? Erkennst du sie ebenfalls?«

»Ich glaube schon«, flüsterte das Mädchen mit erstickter Stimme.

Sina nickte zufrieden. »Das ist gut. Lukas Martens ist tot, aber ...«

»Was? Er ist tot?«, platzte Lilli ungläubig hervor. »Aber warum ...«

»Die Ermittlungen laufen noch«, erklärte Sina ruhig. »Der andere heißt Florian Jacoby. So wie es aussieht, haben sie versucht, noch ein weiteres Mädchen zu vergewaltigen.«

»Serientäter?« Lilli schluckte, während sie die Fotos musterte. »Sie sahen ... sehen so harmlos aus.«

Sina nahm die Fotos und räumte sie in die Schublade. »Wie geht es dir, Anna?«

Das Mädchen wirkte in sich gekehrt. »Es geht ...«

»Hast du dir schon überlegt, wie es mit der Schwangerschaft weitergeht?« Sina bemühte sich um einen tröstenden Ton.

»Ich bin hin- und hergerissen«, gab Anna zu. »Mama ist ... Sie unterstützt mich sehr.«

»Das ist schön.« Sina lächelte aufmunternd.

»Eigentlich will ich dieses ... Baby nicht. Sein Vater ist ...«

Sie zuckte die Schultern. »Was sollte ich dem Kind sagen, wenn es irgendwann nach seinem Vater fragt? Auf der anderen Seite denke ich, dass dieses kleine Etwas ja nichts dafür kann.« Sie machte eine Pause. »Niemand kann etwas für seine Eltern.«

»Wow«, entfuhr es Sina. Sie hatte nicht damit gerechnet, dass die Sechzehnjährige ernsthaft in Erwägung ziehen würde, das Kind zu bekommen. »Was sagt deine Mutter dazu?«

»Ihr geht es ähnlich«, erwiderte Anna und straffte ihre Schultern. »Wir haben gestern alte Kinderfotos von mir angesehen. Mama denkt auch, dass es vor allem an der Erziehung liegt, wie sich ein Kind entwickelt.«

»Damit hat sie wohl recht«, stimmte Sina zu. »Ich finde deine Überlegungen sehr mutig.«

»Mutig«, wiederholte Anna leise. »Ich fühle mich kein bisschen mutig.«

»Es zeugt von großer innerer Stärke, dass du dir überhaupt darüber Gedanken machst. Die meisten Vergewaltigungsopfer, die sich in deiner Situation befinden, haben nicht die Kraft, darüber nachzudenken.«

»Ich kann mich ja nicht daran erinnern, was sie getan haben.«

»Du wirst die richtige Entscheidung treffen. Da bin ich mir ganz sicher.«

»Und wenn du einen Babysitter brauchst, bin ich ja auch noch da«, versuchte sich Lilli an einem schwachen Scherz.

»Du hast Unterstützung, Anna. Du wirst das schaffen. Wie auch immer du dich entscheidest. Und was du sagst, ist richtig. Ein Kind kann nichts für die Verfehlungen seiner Eltern. Es wird durch die Personen geprägt, die es begleiten, bei denen es aufwächst. Was man auf spätere Fragen antwortet, will gut überlegt sein, aber auch hierfür kann man sich Hilfe holen bei Menschen, die etwas davon verstehen. Auf der anderen Seite wird dir absolut niemand einen Vorwurf machen, wenn du dich gegen diese Schwangerschaft entscheidest.«

Lilli fasste nach der Hand ihrer Freundin und drückte sie.

Die Geste berührte Sina. »Der Täter bekommt seine gerechte Strafe.« Sie räusperte sich. »Und falls du dich tatsächlich für das Baby entscheidest, wird ein Vaterschaftstest Aufschluss darüber geben, wer von den beiden dafür verantwortlich ist.«

»Das will ich nicht wissen«, sagte Anna trotzig. »Es ist nicht wichtig.«

»Es ist wichtig vor Gericht«, erklärte Sina mit sanfter Stimme. »Es ist ein Beweis, so hart es sich auch anhören mag.«

»Aber ich möchte es nicht wissen …«

»Es ist in Ordnung, Anna. Wir finden eine Lösung.«

»Florian Jacoby lebt seit über zehn Jahren bei seiner Großmutter«, las Sina vor, während Matthias den Wagen in der Grundelbachstraße abstellte.

»Was ist mit seinen Eltern?«

»Dazu habe ich noch nichts gefunden.« Sina steckte das Handy weg und sah zu Matthias. »Bereit für die Festnahme?«

Matthias seufzte. »Aber immer doch, Frau Kollegin.«

»Bei derart jungen Leuten frage ich mich immer wieder, was da nur schiefgelaufen ist.«

Matthias öffnete die Tür. »Ich denke, es muss mehreres zusammenkommen, damit man zu einer solchen Tat fähig ist.«

»Mehreres«, presste Sina bitter hervor. »Hat nicht jeder sein Päckchen, das er mit sich herumschleppt?«

»Die meisten schaffen das, ohne kriminell zu werden.« Matthias sah Sina an.

»Da hoch.« Sie deutete in die Gasse.

»Hier waren wir vor einem knappen Jahr schon mal.« Er grinste. »Du hattest mir von den Fachwerkhäusern erzählt.«

»Und du bist mir tierisch auf den Keks gegangen.«

»Na, na, Frau Engel. Was ist denn das für eine abfällige Bemerkung? Wie konnte ich Ihnen mit meinem umwerfenden Charme denn bitte auf den Keks gehen?«

Sina verdrehte die Augen, während sie die schmale Straße hinaufliefen. »Wie konnte ich den nur vergessen!«

Matthias lachte. »Ich würde gern mal mit Clara und dir hier ein wenig herumschlendern, ohne dienstlichen Auftrag.« Er blieb stehen. »Aber mit deinen Ortskenntnissen.«

»Ich stehe dir zur Verfügung.« Sie lächelte kokett. »Jederzeit.«

»Oh, das klingt vielversprechend.« Er sah demonstrativ auf seine Uhr. »Wann machen wir Feierabend?«

Sina stöhnte. »Wir haben noch eine Festnahme und eine Vernehmung vor uns.«

»Überredet. Aber aufgeschoben ist nicht aufgehoben.«

»Da vorne wohnt er.«

Sina zeigte auf ein altes Fachwerkgebäude, neben dem sich ein kleiner betonierter Hof befand. Auf der anderen Seite des Anwesens stand ein schmales Haus, das ebenfalls zu dem Grundstück zu gehören schien.

Sina klingelte. Als sich nach einigen Sekunden nichts regte, klopfte sie an die Tür.

»Aufmachen! Polizei!«, sagte Matthias mit lauter Stimme, während er sich mit einer Schulter gegen die Mauer lehnte.

Sina spürte seinen Blick auf sich. »Was denkst du?«

Aus dem Nebengebäude ertönte ein Schlag, als sei etwas auf den Boden gefallen.

Im Bruchteil einer Sekunde zogen Sina und Matthias ihre Waffen und wandten sich von dem Wohngebäude ab. Neben der offenen Holztür rankte sich wilder Wein die Mauern entlang. In einem großen Keramiktopf blühten rote Geranien.

»Da ist jemand«, raunte Sina Matthias zu und deutete mit dem Kinn zu dem schmalen Häuschen.

»Florian Jacoby?«, fragte Matthias. »Wir sind von der

Polizei! Bitte kommen Sie heraus. Wir möchten mit Ihnen sprechen.«

Stille. Während sie warteten, bellte einige Häuser weiter ein Hund. Aus einem offenen Fenster drang leise Musik zu ihnen.

»Wir gehen rein«, erklärte Matthias nach weiteren Sekunden des Wartens.

Sina nickte und blieb dicht hinter ihm, während er die geöffnete Tür mit einer Hand weiter aufstieß und das Gebäude betrat.

»Waffe fallen lassen!«

Sina trat einen Schritt vor und atmete tief durch, als sie den Jugendlichen direkt neben der Tür erblickte. Matthias stand dicht vor ihm, Jacoby hielt ihm ein Messer an die Kehle.

»Machen Sie keinen Quatsch«, mahnte Matthias ihn, während er Sina mit den Augen signalisierte, sie solle ruhig bleiben.

»Lass die Waffe fallen, Bulle!«

Matthias schnaufte, bevor er leicht in die Hocke ging und seine Dienstpistole auf dem Boden ablegte.

»Du auch, Bullenfotze!«

Sinas Gedanken rasten. Das Messer an Matthias' Hals, der unübersehbare Hass im Gesicht des jungen Mannes. Was sollte sie tun?

»Hörst du schlecht?«, brüllte der Jugendliche los. »Leg die Waffe ab, sonst schneide ich deinem Kollegen die Kehle durch!«

»Florian«, setzte Sina an, krampfhaft darum bemüht, die Bilder zurückzudrängen, die sich unweigerlich in ihr Bewusstsein schoben. »Das bringt doch nichts. Lass uns bitte reden.«

»Waffe runter!« Seine Augen sprühten förmlich vor Zorn. »Sofort oder …«

»Sina, tu, was er sagt. Bitte!«, meldete sich Matthias wieder zu Wort.

Sie schluckte. Warum hatten sie ihn nicht neben dem Eingang stehen sehen? Wie hatte das passieren können? Sie hätten auf Verstärkung warten müssen.

Während sie ebenfalls in die Hocke ging und widerwillig ihre Waffe auf dem Boden platzierte, registrierte sie, dass Blut an Matthias' Hals hinablief.

»Florian, hör zu! Das führt doch zu nichts. Wenn du das Messer wegnimmst, können wir dir …«

»Schnauze«, brüllte der Jugendliche erneut. »Schieb die Pistole rüber. Aber dalli!«

Sina überlegte. Was sollte sie tun? Florian Jacoby schien wie von Sinnen.

»Waffe rüber!«, bellte er, während er das Messer fester an Matthias' Kehle drückte. »Oder …«

Während das Adrenalin durch ihren Körper schoss, schubste sie die Pistole in seine Richtung. Dann hob sie beide Hände. »Und jetzt? Dir ist doch klar, dass du hier nicht wegkommst?«

»Raus hier! Du verlässt jetzt sofort das Grundstück.«

»Florian, bitte …«, setzte Sina erneut an. Sie konnte Matthias auf keinen Fall allein zurücklassen. Angestrengt kämpfte sie gegen die aufsteigenden Tränen. »Ich kann nicht …«

»Hau endlich ab! Sonst steche ich den da ab.«

»Sina, mach, was er sagt.« Matthias' Stimme klang irritierend ruhig.

Seine Augen fixierten sie, als wolle er ihr noch einen geheimen Wunsch mit auf den Weg geben. Als wolle er sich verabschieden, schoss es Sina im nächsten Moment durch den Kopf. Ein Schluchzen entlud sich aus ihrer Kehle. Sie presste die Lippen aufeinander.

»Hau jetzt ab! Bist du schwer von Begriff? Mann, Alter! Soll ich deinen Bullenkumpel abstechen, oder was?«

Sie rang um Fassung und hob ihre Hände. »Okay. Gut! Ich gehe. Es ist alles gut, Florian.«

»Spar dir deine Sprüche«, herrschte er sie an.

Matthias' Augen weiteten sich unmerklich.

»Und jetzt geh endlich!«

Sie erhob sich wie in Zeitlupe, die Hände weiter leicht in die Höhe gestreckt.

Da Jacoby sie nicht aus den Augen ließ, war es ihr nicht möglich, Matthias unauffällig eine Botschaft zu übermitteln. Langsam steuerte sie rückwärts auf die Tür zu.

»Ich bleibe draußen. Falls du es dir anders überlegst ...«

»Hau ab!«

Schweren Herzens verließ sie das Gebäude.

»Tür zu!«

Sie schloss die Tür und trat auf die Gasse. Während sie mit zittrigen Fingern nach ihrem Handy tastete, schnürte sich ihre Kehle zu. Sie beugte sich vor, stützte sich auf ihren Oberschenkeln ab und schnappte nach Luft. Ein vorbeieilender Passant sprach sie an, doch Sina schüttelte nur den Kopf und hob abwehrend ihre Hand.

Sie musste dringend den Kriminalrat informieren. Das Kopfsteinpflaster vor ihren Augen verschwamm. Carlo, der mit durchgeschnittener Kehle in seinem eigenen Blut lag. Matthias, der seinen Partner versetzt hatte. Sina, die in ihrem Bett lag und schlief, während ihr Freund brutal ermordet worden war. Das konnte nicht sein! Das durfte nicht sein! Sie musste jetzt Ruhe bewahren.

Sie hatten geahnt, dass Jacoby sich in dem Nebengebäude aufhielt. Dass er ihnen mit einem Messer auflauerte, hatten sie nicht vorhersehen können. Bei ihrem ersten Besuch hatte der Jugendliche einen ganz vernünftigen Eindruck gemacht. Auf der anderen Seite hatte er Anna Fromm vergewaltigt, bei Katinka hatte er es versucht. Mit seinem Freund hatte er das Mädchen verschleppt, gefesselt und geknebelt. Und seelenruhig abgewartet, dass sie starb.

Sina wurde schwindlig. Mit großer Wahrscheinlichkeit

hatte er auch Lukas Martens umgebracht. Dass er impulsiv und unüberlegt handelte, hatten sie nun ja am eigenen Leib zu spüren bekommen. Waren sie zu unvorsichtig gewesen? Der junge Mann hatte zwei Dienstwaffen bei sich. Und Matthias befand sich in seiner Gewalt ...

48

»Die Eltern von Florian Jacoby sind vor zehn Jahren tödlich mit dem Auto verunglückt. Sein Vater hatte zwei Komma drei Promille im Blut«, erklärte Gerhard ernst, während er auf sein Handy schaute. »In den Jahren zuvor war die Familie immer wieder von Mitarbeitern des Jugendamts besucht worden. Es stand der Verdacht von häuslicher Gewalt und Kindesmisshandlung im Raum. Jacobys Mutter hat jedoch nie Anzeige erstattet, auch wenn mehrmals die Polizei vor Ort war. Meist von Nachbarn gerufen. Und Florian Jacoby hatte immer wieder blaue Flecken, einen gebrochenen Arm, ein gebrochenes Schienbein ...« Er atmete tief durch. »Verdachtsmomente, die nie für eine Trennung des Kindes von den Eltern gereicht haben.«

Sina fluchte. »Was macht er da drinnen? Was will er?« Sie schüttelte den Kopf. »Wenn Matthias etwas passiert ... Ich darf keinen weiteren Kollegen verlieren«, murmelte sie mehr zu sich selbst, als sie Gerhards Hand auf ihrem Rücken spürte.

»Er ist doch mehr als nur ein Kollege.«

Überrascht erwiderte Sina den Blick ihres Mitarbeiters, bevor sie zu Marc sah, der sie mit fragender Miene musterte. »Ich hätte es euch irgendwann gesagt«, erklärte sie leise. »Ich wollte nur nicht ...« Sie brach ab. »Erst Carlo, jetzt Matthias.« Sie senkte den Kopf. »Und das mit uns ist ja auch noch nicht ewig her«, wandte sie sich zögernd an Marc. Der winkte ab.

»Mach dir keinen Kopf, Sina. Es ist doch deine Privatsache, eure Privatsache«, verbesserte er sich. »Und Matthias wird nichts passieren. Er ist ein erfahrener Polizist. Ich denke, er hat das richtige Gespür, um auf Jacoby entsprechend einzugehen und ihn davon zu überzeugen, dass es vernünftiger wäre, aufzugeben.«

Sina schlug die Hände vor ihr Gesicht. »Verdammt! Wenn ich nur wüsste, was wir anders hätten machen sollen ...« Sie stampfte mit dem rechten Fuß auf. »Es ging alles so verflucht schnell. Wir hatten nicht damit gerechnet, dass er ...«

»Sina, wir sind auch nur Menschen«, versuchte Gerhard, sie zu beruhigen.

Sie zeigte zu dem Gebäude, aus dem kein Laut herausdrang. »Dieser Typ hat zwei Dienstwaffen.« Sie verzog ihre Mundwinkel. »Er bedroht Matthias mit einem Messer und ... er hat wahrscheinlich seinen Freund auf dem Gewissen.«

In diesem Moment trat Klaus-Peter Gans zu ihnen. »Wir konnten die Großmutter erreichen«, verkündete er. »Sie wollte mit uns am Telefon herumdiskutieren und hat den Ernst der Lage erst nicht verstanden, aber jetzt ist sie auf dem Weg hierher.«

»Kein Wunder! Wer würde von seinem Enkel auch annehmen wollen, dass er ein Vergewaltiger, mutmaßlicher Mörder und Geiselnehmer ist?« Marc zog die Brauen hoch.

»Was machen die nur da drinnen?« Sinas Nerven lagen blank. Mittlerweile war es mehr als eine Stunde her, dass sie den Schuppen verlassen hatte. Auf ihre Ansprache von außen reagierte der jugendliche Täter nicht. Vielleicht hatte er Matthias längst die Kehle durchgeschnitten, und sie hatten hier draußen nichts davon mitbekommen. Die schlimmsten Bilder tauchten vor Sinas geistigem Auge auf.

»Ihm wird nichts passieren«, raunte Marc neben ihr so leise, dass der Kriminalrat ihn nicht verstehen konnte. »Er schafft das.«

»Was soll er schon gegen Jacoby ausrichten?«

»Warum sollte er Matthias töten? So dumm ist er nicht. Er weiß genau, dass er ohne lebende Geisel geliefert ist. Er muss ihn am Leben halten!«

»Du hättest ihn sehen sollen«, erwiderte Sina mit erstickter Stimme. »Dieser Hass in seinen Augen, dieser unbändige Zorn.«

»Ohne Hass wäre er nicht zu den Taten fähig gewesen.«

Sie nickte. »Wenn sein Vater ihn ... Kinder, für die Gewalt zum Leben dazugehört, die nie etwas anderes gelernt haben, werden oft selbst zu Gewalttätern.«

»Was ist denn hier los?«

Als Sina sich umdrehte, erblickte sie Frau Jacoby, Florians Oma.

»Gut, dass Sie da sind«, wandte sich Klaus-Peter Gans an die ältere Dame. »Wir hatten eben telefoniert.«

Verunsicherung, gemischt mit Furcht, war der Großmutter des Jungen ins Gesicht geschrieben. Sie begann zu schluchzen. »Ich verstehe das alles nicht ...«

»Ihr Enkel bedroht einen meiner Mitarbeiter mit einem Messer«, erklärte ihr der Kriminalrat. »Er hat Frau Engel gezwungen, ihre Dienstwaffe abzugeben. Weiterhin steht er unter dem Verdacht, seinen Freund erschlagen, ein Mädchen vergewaltigt und ein weiteres verschleppt und gefesselt gefangen gehalten zu haben.«

Die alte Dame kramte in ihrer Handtasche herum und zog ein Taschentuch hervor. Weinend putzte sie sich die Nase, während sie unentwegt den Kopf schüttelte.

»Das kann nicht sein«, erklärte sie schniefend. »Das muss eine Verwechslung sein. Was Sie da sagen ...« Sie sah Sina an, als würde sie sie erst jetzt entdecken. »Sie haben ihn doch kennengelernt. Sie wissen, dass er so etwas niemals tun würde.«

»Frau Jacoby«, setzte Sina vorsichtig an, während sie weiter mit einem Ohr in Richtung des Nebengebäudes lauschte. »Die beiden weiblichen Opfer haben Ihren Enkel eindeutig wiedererkannt. Katinka Lungwitz wäre fast gestorben, man hat sie in allerletzter Sekunde gefunden.«

»Aber ...« Florians Oma fasste sich an die Schläfe. »Das

kann nicht sein. Nein! Florian ist ein guter Junge. Er hat doch … Sein Vater … Mein Sohn, er war kein einfacher Mensch. Florian hat sehr unter ihm gelitten. Hermann hatte Alkoholprobleme, war lange arbeitslos. Er …« Sie schloss kurz ihre Augen. »Auch er hatte es nicht einfach, aber Florian …« Sie blickte vom Kriminalrat zu Sina. »Ich habe doch alles versucht, um ihm über den Verlust seiner Eltern hinwegzuhelfen. Er war noch so jung, als sie starben.«

»Sie können Florian jetzt am besten helfen, indem Sie auf ihn einwirken und ihm raten, den Kollegen gehen zu lassen«, erklärte Klaus-Peter Gans. »Wir können ihm helfen, Frau Jacoby. Aber dafür muss er sich ergeben.« Er machte eine Kunstpause. »Andernfalls müssen wir den Schuppen stürmen.«

»Nein!«, brach es aus der älteren Frau hervor. Sie schluchzte wieder. »Nein, bitte nicht. Er ist doch … noch fast ein Kind.«

Sina bemühte sich, ruhig zu bleiben, nicht an Matthias zu denken, dem das sogenannte Kind ein Messer an die Kehle hielt. »Sprechen Sie mit ihm. Überzeugen Sie ihn, aufzugeben. Sie sind die Einzige, auf die er vielleicht hört.«

Frau Jacoby schluckte. Dann sah sie von Sina zu Marc, zu Gerhard, zum Kriminalrat. »Was soll ich tun?«

»Nur mit ihm reden«, erklärte Gans. »Sie gehen hinein und bieten ihm an, dass er heil aus der Situation herauskommt, wenn er jetzt und hier aufgibt. Wir müssen ihn wegen der anderen Vorwürfe befragen. Sie sollten ihm einen Anwalt besorgen. Wenn er sich geständig zeigt, kann das vor Gericht durchaus positiv gewertet werden. Aber er muss aufgeben! Jetzt! Und er muss den Kollegen gehen lassen.«

Sie nickte. »Gut, ich versuche es.« Dann sah sie zu Sina. »Würden Sie mitkommen?«

Überrumpelt zuckte Sina mit den Achseln. »Ja, klar. Natürlich.«

Marc zog seine Waffe und hielt sie Sina hin.

Frau Jacoby stieß einen schwachen Schrei aus.

Sina schüttelte den Kopf. »Nein, wenn er die Waffe sieht, wird er sofort wieder dichtmachen.«

»Sie können nicht ohne …«, begann der Kriminalrat erzürnt.

»Doch«, unterbrach ihn Sina. »Ich warte, wie er auf seine Großmutter reagiert. Dann erst trete ich ein.«

»Frau Engel, das kommt nicht infrage«, setzte Gans erneut an. »Sie wissen, dass ich das nicht zulassen kann.«

»Ich übernehme die Verantwortung«, erklärte Sina, die jetzt innerlich völlig ruhig war. »Wenn es schiefgeht, wussten Sie von nichts, waren Sie gerade nicht da.«

»Sina, das ist keine gute Idee«, warnte auch Gerhard sie. »Denk doch an Clara.«

»Das tue ich.« Sie nickte der alten Frau zu und folgte ihr langsam. »Ich bin vorsichtig.«

Während Frau Jacoby sich dem Schuppen näherte, hörte Sina den Kriminalrat hinter sich schimpfen. Wenn sie scheiterte, würde ihre Aktion Konsequenzen haben, das war ihr klar. Doch sie musste wissen, wie es Matthias ging. Schlagartig wurde ihr bewusst, wie wichtig er ihr mittlerweile geworden war. Sie musste an all die Gespräche zwischen ihnen denken, an ihr Zögern, ihr Zaudern. Nichts davon zählte mehr, wenn Matthias aus dieser Situation heil herauskäme.

»Ich gehe hinein«, wisperte Florians Oma vor ihr.

»Ja, ich warte kurz. Fragen Sie ihn bitte, ob es okay ist, wenn noch eine weitere Person hinzukommt.«

Im nächsten Moment hörte Sina Florian erstaunt aufschreien. »Oma! Was machst du denn hier?«

»Florian, Junge, was machst *du*?«

»Du verstehst das nicht. Die wollten …«

»Der Mann ist Polizist. Draußen vor der Tür steht eine Kollegin von ihm. Hör zu, sie wollen nur dein Bestes.«

Florian lachte verächtlich auf. »Mein Bestes! Oma, du hast doch keine Ahnung.«

»Florian, ich konnte deinen Vater nicht retten. Aber ich werde nicht tatenlos zusehen, wie du ebenfalls dein Leben wegwirfst. Ich rufe Frau Engel jetzt herein, in Ordnung?«

Sina hörte nur ein Brummen und verstand es zumindest nicht als Ablehnung. Sie betrat langsam den Schuppen. Matthias saß auf einem Holzschemel, Florian stand daneben und hielt ihm ihre Dienstwaffe an die Schläfe.

Sie schickte ein kurzes Stoßgebet gen Himmel und bemühte sich, souverän und sicher aufzutreten.

»Florian, da draußen stehen weitere Polizisten«, setzte sie an. »Wenn wir nicht gleich mit dir hinauskommen, werden sie dieses Gebäude stürmen. Dann wird der Auftrag lauten, die Kollegen zu retten. Das bedeutet, dass man versuchen wird, dich zu verhaften. Sollte dies nicht möglich sein, sollten sie dich mit der Waffe in der Hand erblicken, dann müssen sie dich reaktionsunfähig machen.«

Sie ließ ihre Worte einen Moment lang wirken. Matthias blinzelte ihr zu, doch sie konzentrierte sich auf den Jungen. Sie musste jetzt unbedingt ihre Gefühle ausblenden.

Florian hatte noch nichts gesagt. Gedankenverloren betrachtete er Matthias. Sina registrierte, wie seine Hand zu zittern begann.

»Florian, Junge«, brachte sich seine Oma wieder in Erinnerung. »Das bist doch nicht du, der das hier tut.«

Entsetzt erkannte Sina, dass dem jungen Mann Tränen über die Wangen rannen. »Florian, ein Geständnis wirkt auf jeden Fall strafmildernd. Du bist siebzehn. Wenn du kooperierst, kann möglicherweise das Jugendstrafrecht angewandt werden.«

Seine Oma machte drei Schritte auf ihn zu. »Ich lasse nicht zu, dass du dich hier und jetzt erschießen lässt. Nein, das kannst du nicht von mir verlangen! Meinen Sohn habe ich bereits verloren, deine Mutter ebenfalls. Bitte! Bitte gib auf. Leg die Waffe weg. Das ist doch kein Spielzeug.«

Noch immer sagte Florian keinen Ton. Er starrte weiter auf Matthias, der nun langsam seinen Kopf drehte und dem Jungen direkt in die Augen blickte. Wie in Zeitlupe hob er seine Hand, legte sie über die Waffe und drückte den Lauf zu Boden.

Erst jetzt bemerkte Sina, dass sie den Atem angehalten hatte. Sie entließ die Luft aus ihren Lungen und schloss für zwei Sekunden die Augen. Es war vorbei!

49

»Die Verklemmte wollte noch bleiben, als ihre Freundin gehen musste«, erklärte Florian Jacoby auf Matthias' Nachfrage. Sina ballte unter dem Tisch eine Faust, während sie den Jungen betrachtete, der ihnen gegenübersaß. Frau Dr. Kauder, seine Anwältin, hatte neben ihm Platz genommen. Schräg dahinter saß seine Großmutter, die immer wieder schmerzvoll aufseufzte, während Florian die Fragen beantwortete.

»Sie war also ein Zufallsopfer«, folgerte Matthias.

Der Teenager zuckte mit den Achseln. »Als sie auf dem Klo war, habe ich Lukas die Tropfen gezeigt, die mir ein Kumpel vor einigen Monaten zugesteckt hatte. Angeblich würden die Mädels völlig willenlos werden. Wir dachten, wir könnten es bei der Verklemmten einfach mal ausprobieren.«

Sina krampfte sich der Magen zusammen. »Willenlos«, wiederholte sie mit kühler Stimme. »Und? War Anna Fromm willenlos?«

»Na ja, schon«, entgegnete Jacoby kleinlaut. »Sie hat irgendwann überhaupt nicht mehr reagiert. War komplett weggetreten.«

»Und trotzdem habt ihr euch an ihr vergangen?« Sina hörte den Zorn in Matthias' Stimme, obwohl auch er sich zu bemühen schien, ruhig zu bleiben.

»War nur Spaß«, nuschelte der Junge.

»Spaß?« Sina kniff ihre Augen zusammen. »Was ihr getan habt, war eine verabscheuungswürdige Straftat.« Sie bereitete sich auf den Moment ihrer Offenbarung vor. »Und übrigens hat einer von euch einen unwiderlegbaren Beweis hinterlassen. Anna ist schwanger.«

Frau Jacoby stöhnte auf, während ihr Enkel lautstark fluchte. »Wie bitte?«

»Gibt es einen Beweis, dass die Schwangerschaft von der Tat herrührt, die meinem Mandanten vorgeworfen wird?«, mischte sich die Anwältin in das Gespräch ein.

Sina sah sie abschätzig an. »Den wird es spätestens dann geben, wenn das Baby auf der Welt ist.«

»Sie will das Kind bekommen?« Die Juristin schien irritiert.

»Was ist mit Katinka Lungwitz?«, wechselte Matthias unvermittelt das Thema, ohne auf Kauders Frage einzugehen.

»Katinka kenne ich von der Arbeit«, erklärte Florian Jacoby zögernd.

Von dem unbeherrschten, ausfallenden Geiselnehmer, der Matthias erst mit einem Messer, dann mit Sinas Dienstwaffe bedroht hatte, war nichts übrig geblieben. Zusammengesunken rutschte Florian auf seinem Stuhl umher, wechselte alle paar Sekunden seine Position. Seine Nervosität war mit den Händen greifbar.

»Sie war cool. Ich hatte sie gefragt, ob sie sich abends mit uns treffen wolle. Also mit Lukas und mir. Sie meinte, sie fragt noch eine Freundin. Aber die war krank, glaube ich. Auf jeden Fall kam Katinka allein.«

»Und da dachtet ihr, da es ja bei Anna so reibungslos geklappt hat, versuchen wir es bei Katinka gleich noch einmal.«

Matthias klang zynisch, doch Sina konnte ihn verstehen. Die Verachtung, die ihr Gegenüber ausstrahlte, während er von seinen kriminellen Handlungen berichtete, war kaum zu ertragen.

Wieder zuckte Jacoby mit den Achseln. »Wir haben sie den Wachenberg hochgeschleppt, weil im Schlosspark zu viel los war. Der Alte Burgweg erschien uns perfekt. Es war dunkel, kein Mensch zu sehen ...«

»Und dann kam euch Jochen Völker in die Quere«, warf Matthias ein.

»Ist das dieser Typ?« Jacoby warf seiner Anwältin einen Seitenblick zu. »Der tauchte plötzlich auf dem Weg auf und schrie uns an. Aber Lukas hatte er noch nicht gesehen, der hat ihn dann … außer Gefecht gesetzt.«

»Außer Gefecht gesetzt.« Sina konnte es nicht glauben. »Ist dir eigentlich bewusst, was du … was ihr getan habt?«

»Was hätten wir denn machen sollen? Dieser Schnösel hätte uns doch bei den Bullen …«, er stockte, »… verraten.«

»Warum habt ihr Katinka dann in die Waldhütte unterhalb der Burgen gebracht?«

»Wir konnten sie ja schlecht da liegen lassen«, erwiderte Florian emotionslos. »Außerdem kannte sie uns. Lukas erzählte mir, dass unterhalb des Wegs zur Windeck mehrere verfallene Verschläge ständen. Ich meine, das ist der Neue Burgweg. Wir haben sie den Berg heruntergeschleppt und uns hinter dem Altenheim umgesehen. Nach ein paar hundert Metern haben wir ein großes Loch in dem Maschendrahtzaun entdeckt. Dort haben wir sie durchgezerrt und in der erstbesten Hütte abgelegt.« Er presste seine Lippen aufeinander.

»Und dann?« Sina spürte, dass er ihnen etwas verschwieg.

»Als ich zu Hause war, habe ich mich gefragt, was sie tun würde, wenn sie am nächsten Tag wieder bei Bewusstsein sein würde. Spätestens dann hätte sie uns verpfiffen. Ich war mir nicht sicher, ob sie so weggetreten war wie die Verklemmte. Ob sie sich an etwas erinnern konnte. Sie hat immer wieder merkwürdige Geräusche von sich gegeben, hat um sich geschlagen.«

Matthias umfasste die Akte, die vor ihm auf dem Tisch lag, fester.

»Ich habe ein paar Kabelbinder genommen und bin noch mal zu der Hütte zu Katinka. Ich habe ihre Hände und Beine gefesselt und ihr einen alten Putzlappen in den Mund gestopft.«

Sina wurde übel. Angestrengt kämpfte sie gegen den Würgereiz.

»Florian«, flüsterte seine Großmutter hinter ihm und schüttelte den Kopf.

»Du wolltest sie mundtot machen«, stellte Matthias fest. »Im wahrsten Sinne des Wortes. Wenn sie nicht gefunden worden wäre, wäre sie jetzt tot. Das ist dir doch wohl klar.«

Der Jugendliche starrte auf seine verschränkten Finger, die auf dem Tisch lagen, erwiderte jedoch nichts.

»Ich nehme an, dass Lukas nichts davon wusste?«, fragte Sina.

Er schüttelte den Kopf. »Der Idiot wollte ja, dass ...« Er winkte ab. »Ach, egal.«

»Nein, ist es nicht«, widersprach ihm Matthias. »Was wollte er?«

»Er wollte sich stellen. Wollte nachsehen, ob es Katinka gut geht. Er hatte ...« Er schnaufte. »Lukas war einfach zu weich.«

»Zu weich?« Sina meinte ihren Ohren nicht zu trauen, als ihr etwas einfiel. »Lukas hat Anna nicht vergewaltigt, stimmt's? Das warst nur du.«

Florian Jacoby schwieg.

Sina wechselte einen kurzen Blick mit Matthias. »Wir werden einen Vaterschaftstest anordnen, dann haben wir Gewissheit. Aber ich gehe fest davon aus, dass du der Vater des Kindes bist.«

»Wie konnte Jacoby sich zu einem derart gefühlskalten Menschen entwickeln?« Sina sah auf den Bahnhofsvorplatz, der an diesem Sonntagnachmittag wenig frequentiert war.

»Er scheint keinerlei Empathie empfinden zu können«, erwiderte Matthias neben ihr. »Ich hatte nicht das Gefühl, dass er sich dessen bewusst ist, was er getan hat. Was er diesen Mädchen angetan hat.«

»Was hat er gemacht, als du …?« Sina sah zu Matthias auf, hob ihre Hand und strich über seine Wange, »Ich dachte, ich kann es nicht aushalten.«

»Nichts. Er schien mit der Situation, in die er sich selbst hineinmanövriert hatte, völlig überfordert zu sein. Erst hielt er mir das Messer an die Kehle und hat die ganze Zeit vor sich hingemurmelt. Dann hat er irgendwann die Waffe aufgenommen und ist auf und ab getigert, mich immer im Visier.«

»Wenn er abgedrückt hätte …« Sina betrachtete Matthias' Gesicht.

»Ich glaube, dazu wäre er nicht in der Lage gewesen«, erklärte er leise. »Seinen Freund hat er im Affekt erschlagen. Das ist aus der Situation heraus geschehen. Er hat sich bedroht gefühlt, keinen Ausweg gesehen. Aber in dem Schuppen … da hatte er die Macht in der Hand. Nachdem du gegangen warst, habe ich gemerkt, wie er plötzlich ruhiger wurde. Wie er die Lage wieder überschauen konnte. Hättet ihr den Schuppen gestürmt, hätte er erneut die Kontrolle verloren. Ich weiß nicht, was er dann getan hätte. Aber so … Seine Oma scheint die Einzige zu sein, die ihn überhaupt erreichen kann.«

»Gewalt sät neue Gewalt.«

»Ja, leider.«

»Was meinst du? Wollen wir Feierabend machen und den Rest des Tages mit unserer Tochter verbringen?« Sina lächelte.

»Unserer Tochter?« Matthias' Blick wurde weich.

»Unserer Tochter«, wiederholte sie ernst. »Schließlich bist du ihr Papa.«

Epilog

»Dein Matthias kümmert sich ja rührend um Clara«, raunte Marion Engel ihrer Tochter zu, während sie verfolgten, wie Sinas Vater am Grill stand und sich mit Matthias unterhielt, der Clara auf dem Arm hielt. Clara patschte ihm ununterbrochen ins Gesicht, doch Matthias ließ sich nicht aus der Ruhe bringen. Das Mädchen jauchzte.

Sina lächelte. »Er ist toll.«

Wieso nur hatte sie so lange überlegen müssen? Dass sie Matthias liebte, bedeutete nicht, dass sie Carlo jemals vergessen würde. Der leibliche Vater ihres Kindes würde für immer einen Platz in ihrem Herzen haben. Niemand würde jemals etwas daran ändern können.

»Vielleicht ist es gar nicht schlecht, dass er Carlo gut kannte«, überlegte Sinas Mutter laut.

»Mag sein.«

Jochen stand mit seinen Kindern an der Schaukel, die Hans Engel an der alten Eiche angebracht hatte, und schubste Nele an. Jonas stand daneben und stampfte sichtlich wütend mit dem Fuß auf.

»Sina, hast du einen Moment?« Natascha trat aus dem Haus.

Sina blickte auf. »Klar.«

Natascha deutete ins Hausinnere.

»Haben meine beiden Mädchen Geheimnisse?« Marion Engel erhob sich und berührte ihre Töchter an den Armen.

»Dafür sind wir doch zu alt«, wiegelte Sina grinsend ab.

»Wobei …«, begann Natascha und wurde dann ernst. »Nee, ich möchte nur kurz mit Sina …«

Ihre Mutter winkte ab. »Lasst nur. Ich muss nicht alles wissen. Als ihr halb so alt wart wie heute, habt ihr eurer Mutter auch nicht alles auf die Nase gebunden.« Sie deutete zum Grill. »Ich werde mich mal etwas mit unserem neuen Familienmitglied unterhalten. Schließlich sollte ich doch wissen, welche Absichten er hat.« Sie lachte schelmisch.

»Mama!« Sina verzog verlegen ihre Mundwinkel.

Als ihre Mutter den Rasen überquerte, wandte Sina sich wieder an ihre Schwester. »Und?«

Natascha atmete tief durch. »Ich habe ihm nichts gesagt.«

Sina fasste sich an die Nasenwurzel. »Hattest du mir nicht gestern noch erzählt, du wolltest …?«

Natascha schüttelte den Kopf und blickte zu Jochen, der nun Jonas anschubste, während Nele an seinem Bein hing.

»Die Kinder sind so glücklich, dass er wieder daheim ist«, erklärte sie versonnen.

»Kein Wunder. Er ist ihr Vater.« Sinas Blick wanderte zu Matthias und Clara.

»Ich habe es nicht übers Herz gebracht. Er ist so …«, Natascha seufzte, »… lieb.«

»Lieb?« Sina runzelte die Stirn. »Sollte er das nicht immer sein?«

»Doch, natürlich. Aber er ist momentan sehr aufmerksam, liebevoll, anschmiegsam.«

»Natascha, du liebst ihn«, stellte Sina fest. »Vielleicht habt ihr diesen Vorfall sogar gebraucht, um wieder zu merken, was ihr aneinander habt.«

»Also, ich hätte gut darauf verzichten können. Und Jochen erst recht.«

»So habe ich es nicht gemeint, Natascha. Aber ihr seid schon lange zusammen. Manchmal kann man erst schätzen, was man hatte, wenn es einem fehlt.«

»Ich muss es ihm sagen«, murmelte Natascha nachdenklich. »Wie soll ich ihm jemals wieder offen in die Augen sehen können? Die Sache mit Heiko würde immer zwischen uns stehen.«

»Wie geht es Jochen denn?«

»Besser. Die Rippen schmerzen noch, und er kann nicht allzu lange sitzen, aber es wird jeden Tag besser.«

»Ich würde noch ein bisschen warten«, riet Sina ihr aufrichtig, »bis er wieder komplett hergestellt ist. Dann passt du einen ruhigen Moment ab und erklärst ihm, wie es dazu kommen konnte. Rede mit ihm auch wegen des Jobs.«

Natascha nickte. »Das muss ich auf jeden Fall. Ich kann so nicht weitermachen.«

»Du bist eine klasse Ärztin.« Sina legte ihren Arm um Nataschas Schulter. »Unser Gesundheitssystem braucht dich dringend.« Sie grinste. »Und jetzt gehen wir zu unseren Männern.«

Sina hakte sich bei Matthias unter, während er den Buggy mit der schlafenden Clara schob. »Und, wie war's?« Sie sah ihn von der Seite an.

»Sehr schön. Deine Eltern sind sehr nett. Natascha kenne ich ja bereits. Und Jochen war, glaube ich, etwas irritiert, als er erkannte, wen seine Schwägerin da angeschleppt hat.«

»Angeschleppt«, wiederholte Sina lachend. »Du bist doch kein streunender Hund.«

Er erwiderte ihren Blick. »Nein?«

Sie boxte ihn in die Seite. »Quatschkopf.«

»Im Ernst, es war toll. Niemand hat mich in die Mangel genommen, obwohl … Deine Mutter wollte es schon genauer wissen.«

»Tja, Mütter sind wie Löwinnen.«

»Mit zwei Töchtern nicht allzu verwunderlich«, erklärte Matthias. »Ich werde mir auch ganz genau anschauen, wen Clara uns irgendwann präsentiert.«

»Das klingt schön«, bekannte Sina.

»Was?«

»Das Uns.«

Er blieb stehen. »Es fühlt sich doch richtig an, oder? Es fühlt sich gut an. Perfekt.«

»Uh. Perfekt ist mir suspekt.« Sie grinste. »Aber du hast recht, es fühlt sich sogar fast zu gut an, um wahr zu sein.«

»Du bist mir sehr wichtig, Sina.« Er fasste nach ihrer Hand. »Ihr seid mir wichtig«, korrigierte er sich. »Und es fühlt sich einfach nach … mehr an.«

Sie nickte, da sie befürchtete, ihre Stimme könne versagen.

»Denkst du, Gans hat mitbekommen, dass wir zusammen sind?«

Sie schüttelte den Kopf und räusperte sich. »Ich glaube nicht. Und Marc und Gerhard haben auch nichts in der Richtung gesagt. Obwohl Gerhard es offenbar schon wusste.«

Matthias schwieg.

»Matthias?«

»Er hat mich vor Kurzem gefragt.«

Sie gingen weiter.

»Wobei, das ist nicht ganz richtig. Er ahnte es schon.« Er begann zu grinsen.

»Was?«

»Du hast es ihm verraten.«

»Ich?«, empörte Sina sich. »Nein, ich habe nichts …«

»Dein Blick hat dich verraten.«

Sie kniff ihre Augen zusammen, da sie überhaupt nichts mehr verstand.

»Als du den Verband an meinem Arm entdeckt hast«, erklärte Matthias ernst. »Deine Sorge war unübersehbar.«

Sie schloss kurz die Augen. »Ich würde es nicht ertragen, noch einmal …«

»Ich bin da, Schatz.« Er beugte sich zu ihr und hauchte ihr einen Kuss auf die Lippen. »Ich habe die Verletzung überlebt, die Geiselnahme …«

»Das reicht«, unterbrach sie ihn. »Jetzt fahren wir erst einmal in Urlaub. Ohne Kriminelle, ohne Geiselnehmer und vor allem ohne Arbeit.«

»Das klingt gut.« Er blickte kurz zu der schlafenden Clara, bevor er stehen blieb und Sina an sich zog. »Sehr gut sogar. Vielleicht könntest du mir gleich zu Hause einen kleinen Vorgeschmack darauf geben, was mich im Urlaub mit dir erwartet?«

Sie schlang ihre Arme um seinen Nacken und raunte an seinem Ohr: »Nichts lieber als das, Herr Kollege.«

Danksagung

Als ich den zweiten Band der Sina-Engel-Reihe beendet hatte, ahnte ich bereits, dass die Weinheimer Kommissarin ein weiteres Mal in meiner Heimatstadt ermitteln würde. Zumindest setzten sich einige Ansätze für neue Fälle bei mir fest, sodass mir irgendwann klar war, dass Sinas Geschichte noch nicht auserzählt war.

Aufgrund anderer Projekte musste ich die Idee, die ich nun in diesem Roman umgesetzt habe, erst einmal etwas nach hinten verschieben. Fest stand jedoch von Beginn an, dass Sinas Schwester Natascha und ihr Mann Jochen diesmal eine größere Rolle einnehmen sollten.

Die Zeit, um diesen Krimi zu Ende zu entwickeln und das Manuskript zu schreiben, kam dann plötzlich und unerwartet, als im März 2020 unser aller Alltagsleben auf eine Weise heruntergefahren wurde, wie es keiner von uns je zuvor erlebt hatte.

Die unvorhergesehene Entschleunigung, die damit einherging, drängte mich förmlich, mich endlich an den dritten Teil um die alleinerziehende Kommissarin zu setzen. Das Schreiben wurde in diesem Fall eine Art Ersatz für den weggebrochenen Alltag. Kontakte sollten auf einmal vermieden werden. Umso mehr genoss ich es, wenn Sina ihre Eltern besuchte und sie umarmen durfte. Wenn meine Charaktere ihre Ermittlungen ohne Abstandhalten vorantreiben konnten.

Jedes neue Manuskriptprojekt beginnt mit einer ersten Idee. Bei diesem Krimi bestand der erste Funke aus der Verwicklung von Sinas Schwager in den Kriminalfall sowie dem Thema K.-o.-Tropfen. Die komplette Weiterentwicklung bis zur Buchveröffentlichung ist lang und wird von vielen Menschen begleitet, denen ich an dieser Stelle von Herzen danken möchte.

Meine Familie, mein Mann und meine Kinder, haben mir ein weiteres Mal den Rücken freigehalten, sodass ich mich mit Ruhe und Muße Sina und ihren neuen Ermittlungen widmen konnte. Ohne euch wäre der Weg, den ich eingeschlagen habe, nicht möglich. Ihr wisst, was mir eure Unterstützung bedeutet. Und unser Recherchespaziergang durch Weinheim, am Wachenberg und unterhalb der Burg Windeck war wieder einmal amüsant und äußerst aufschlussreich.

Weiter danken möchte ich meinen Eltern, die einfach immer da sind, wenn ich sie brauche.

Claudia Hugo, meine liebe Testleserin der ersten Stunde, hat sich auch bei diesem Manuskript wieder bereit erklärt, den Text auf Logiklöcher und andere Unstimmigkeiten zu überprüfen. Vielen Dank dafür! Am meisten freue ich mich immer auf unsere »Nachbesprechungen«, denen hoffentlich noch viele weitere folgen werden.

Ein riesengroßes Dankeschön möchte ich meinem Verlag Grafit aussprechen: allen voran Daria Gaberdan für die allzeit nette, offene und faire Kommunikation und Marion Heister für ihre tolle Lektoratsarbeit. Außerdem all denen, die im Hintergrund dafür sorgen, dass aus meinem Text ein »richtiges« Buch entsteht und dieses den Weg zu seinen Lesern findet. Ich bin sehr glücklich darüber, dass wir die Reihe weiter fortsetzen.

Danken möchte ich ganz besonders aber auch Ihnen, liebe Leserinnen und Leser. Für Ihre Treue, Ihre Unterstützung und Ihre Rückmeldungen auf allen erdenklichen Kanälen, die mir stets die schönste Motivation zum Weiterschreiben sind. Ich hoffe von Herzen, dass ich Ihnen mit der Geschichte ein paar spannende Lesestunden bescheren konnte. Passen Sie auf sich auf.

Mit herzlichen Grüßen

Ihre Silke Ziegler
www.autorin-silke-ziegler.de
https://de-de.facebook.com/people/
Silke-Ziegler/100007539316616/

Sina Engels erste Fälle

Die Nacht der tausend Lichter
ISBN 978-3-89425-488-9
Auch als eBook erhältlich

Ein ermordeter Verlobter, sie selbst hochschwanger – in Sina
Engels Leben passt gerade nichts zusammen. Doch als in Weinheim
an der Bergstraße das größte Sommerfest der Region näher rückt,
muss das Privatleben der Kommissarin zurückstehen. Denn seit
zwei Jahren treibt ein Serienmörder auf der Kerwe sein Unwesen.
Die Polizei arbeitet mit Hochdruck, um ein weiteres Opfer zu
verhindern. Da wird Sina ausgerechnet der ehemalige Kollege ihres
Verlobten zur Seite gestellt. Matthias Sommer ist charmant und
intelligent, doch Sina ist alles andere als gut auf ihn zu sprechen.
Können die beiden sich zusammenraufen, um den Mörder
rechtzeitig zu stoppen?

Stille Sünden
ISBN 978-3-89425-588-6
Auch als eBook erhältlich

Dieser Fall geht der alleinerziehenden Hauptkommissarin Sina
Engel unter die Haut. Der elfjährige Fabian ist von zu Hause
weggelaufen. Die eisigen Temperaturen erhöhen den Druck, ihn zu
finden: Lange kann ein Kind auf der Straße nicht überleben. Dann
wird ein Flüchtling vor seiner Unterkunft erschossen, der Mörder
entkommt unerkannt. Auch hier drängt die Zeit. Unterstützung
erhält Sina von Matthias Sommer, mit dem sie ein kurzer Flirt
verbindet. Zwischen den beiden knistert es noch immer. Können sie
das Gefühlschaos hinter sich lassen und die Fälle aufklären?

Die Südfrankreich-Krimis von Silke Ziegler:

Im Schatten des Sommers –
Spurensuche im Roussillon
ISBN 978-3-89425-481-0
Auch als eBook erhältlich

Sophias Eltern und ihr kleiner Bruder sind vor vierundzwanzig
Jahren verschwunden. Als jetzt bei einem Autounfall ein Mann
schwer verletzt wird, ergibt sich eine neue Spur. Denn der
Unbekannte trägt ein Foto der Familie bei sich. Sophia bricht ins
idyllische Argelès-sur-Mer an der südfranzösischen Küste auf –
sehr zum Missfallen des ermittelnden Polizisten Nicolas Rousseau.
Dabei verbindet die beiden mehr, als sie am Anfang ahnen …

Im Angesicht der Wahrheit –
Rückkehr ins Roussillon
ISBN 978-3-89425-491-9
Auch als eBook erhältlich

Nach einem traumatischen Erlebnis hat die Französin Estelle
Miroux ihrer Heimat den Rücken gekehrt und ein neues Leben in
Deutschland begonnen. Als sie eine kleine Auberge erbt, kehrt sie
nach Argelès-sur-Mer zurück. Kurz darauf beginnt eine Mordserie
und die junge Frau gerät unter Tatverdacht. Denn den Opfern
wurde ein Datum in die Stirn geritzt – das Datum der schlimmsten
Nacht in Estelles Leben.

grafit

Spannung und Romantik

Im Licht der Erinnerung
ISBN 978-3-89425-580-0
Auch als eBook erhältlich

Eine Frau wird verdächtigt, zwei Jugendliche niedergeschossen zu haben, aber sie leidet an einer Amnesie. Um ihrem Gedächtnis auf die Sprünge zu helfen, erklärt sich Polizist Cédric Douchet widerwillig bereit, bei einem waghalsigen Spiel mitzuspielen. Schon bald muss er feststellen, dass ihn die schöne Unbekannte alles andere als kaltlässt – und ganz eigene Pläne verfolgt …

Im Tal der Hoffnung
ISBN 978-3-89425-594-7
Auch als eBook erhältlich

Eine grausame Verbrechensserie erschüttert das südfranzösische Montpellier: Jahr für Jahr wird eine Studentin entführt, missbraucht und getötet. Als Adèle Nélard verschwindet, wendet sich ihr Vater an Raphaël Dumont. Der charmante Ex-Polizist genießt einen hervorragenden Ruf als Privatdetektiv und sieht nur einen Weg, sich dem Täter zu nähern: Er muss Coralie Beladier finden und sie überzeugen, ihm zu helfen. Denn sie ist das einzige Opfer, das der Entführer hat laufen lassen. Und dafür muss es einen Grund geben …

grafit

Mehr Spannung in Frankreich

Am Ende der Unschuld
ISBN 978-3-89425-772-9
Auch als eBook erhältlich

Milla Seifert erhält die Chance ihres Lebens: Sie soll einen
Leitartikel über Robert Hoffmann schreiben, der seit fünf Jahren
wegen Mordes in einem Pariser Gefängnis sitzt. Doch bei den
Interviews mit Hoffmann kommen Milla zunehmend Zweifel an
dessen Schuld. Kann sie ihrem Instinkt trauen, der sie glauben
lässt, dass bei der Verurteilung Fehler gemacht wurden und er
womöglich so unschuldig ist, wie er behauptet? Oder spielt der
charismatische Mann ein perfides Spiel mit ihr? Als es im Gefängnis
zu einem brutalen Zwischenfall kommt, trifft Milla
eine folgenschwere Entscheidung ...

grafit